牛虻

〔爱尔兰〕艾捷尔·丽莲·伏尼契——著

古绪满——译

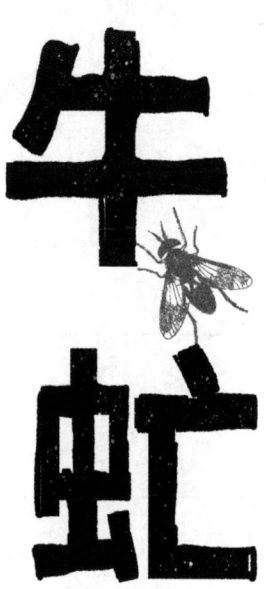

台海出版社

图书在版编目（CIP）数据

牛虻 / （爱尔兰）艾捷尔·丽莲·伏尼契著；古绪满译. -- 北京：台海出版社，2020.9（2022.10重印）

ISBN 978-7-5168-2614-0

Ⅰ.①牛… Ⅱ.①艾… ②古… Ⅲ.①长篇小说－爱尔兰－近代 Ⅳ.①I562.44

中国版本图书馆CIP数据核字（2020）第092121号

牛虻

著　　者：〔爱尔兰〕艾捷尔·丽莲·伏尼契　译　者：古绪满	

出 版 人：蔡　旭　　　　　　　　　　　封面设计：@嫁衣工舍
责任编辑：曹任云

出版发行：台海出版社
地　　址：北京市东城区景山东街20号　邮政编码：100009
电　　话：010-64041652（发行，邮购）
传　　真：010-84045799（总编室）
网　　址：www.taimeng.org.cn/thcbs/default.htm
E - mail：thcbs@126.com

经　　销：全国各地新华书店
印　　刷：三河市同力彩印有限公司
本书如有破损、缺页、装订错误，请与本社联系调换

开　　本：880 毫米 ×1230 毫米　　1/32
字　　数：190 千字　　　　　　　印　　张：8.5
版　　次：2020 年 9 月第 1 版　　印　　次：2022 年 10 月第 5 次印刷
书　　号：ISBN 978-7-5168-2614-0

定　　价：49.80 元

目录

拿撒勒的耶稣，我们与你有什么相干？

What have we to do with Thee, Thou Jesus of Nazareth?

第一部

🌾 第一章

　　亚瑟坐在比萨神学院的图书馆里，正在仔细查阅一大沓布道文稿。这是六月里的一个傍晚，天气很热。为了让室内空气凉爽，窗户全都敞开了，百叶半掩。神学院院长蒙泰尼里神父停了一下笔，朝俯在文稿上那颗满头黑发的脑袋看了一眼，目光中充满了慈爱。

　　"找不到吗，亲爱的①？找不到就算了。那一节我一定得重写。可能给撕掉了，害得你白白花费了这么多时间。"

　　蒙泰尼里声音低沉但圆润洪亮，像银铃一般纯净，听起来具有一种特殊的魅力。他像个天生的演说家，说起话来抑扬顿挫。他和亚瑟说话时语气里总是饱含着殷殷的爱意。

　　"不，神父，我一定要找到。您肯定是放在这儿的。即使重写，也绝不可能写得跟原来的一模一样。"

　　蒙泰尼里埋头继续写他的文稿。窗外，一只懒洋洋的金龟子正昏昏欲睡，发出轻微的响动；水果贩子在大声喊叫："草莓

---

　　① 原文是意大利语 carino。本书故事发生在意大利，作者在叙述中常常夹用意大利语，以加强气氛。

啊——卖草莓！"那叫卖声凄清悲凉，沿着大街悠悠回荡。

"《论医治麻风病人》，找到了。"亚瑟说着就起身穿过房间往神父那里走。他步履轻柔，家里那些自恃有教养的亲属对此总是看不顺眼。他生得瘦小，不大像十九世纪三十年代英国中产阶级的小伙子，倒像十六世纪人物画里的意大利少年，从修长的眉毛、灵敏的嘴角，到小巧的手脚，全身处处显得过于精致，轮廓过于清晰。若是静静地坐下来，很可能被人误以为是位穿着男装的窈窕淑女。不过，他动作非常灵活，那姿态会使人想到一头被驯服的、没有利爪的豹子。

"真的找到了吗？亚瑟，要是没有你，我可怎么办？我这人向来丢三落四的。算了，不想再写了。到园子里去吧，我帮你做做功课。你哪些地方不懂？"

他们走出房间，来到寂静幽暗的修道院园子里。神学院的这些房子，原来属于一所多明我会修道院。两百年前，这片正方的园子修剪得十分齐整。黄杨树栽得笔直，两排树木的边缘之间是一丛丛剪得很短的迷迭香和薰衣草。如今，栽培它们的那些白袍修士已经长眠地下，被人们遗忘了，但是那些药丛仍然鲜花盛开，尽管没有人采来合药，可它们依然在柔和的仲夏夜晚散发着扑鼻的香气。石板路的缝隙里杂草丛生，长满了芫荽和耧斗菜；园中心的那口井也为羊齿叶和纵横交错的景天草所掩盖。玫瑰恣意生长，舒枝展叶，蔓延过条条小径；偌大的红罂粟花在黄杨树间盛开，艳丽夺目；生得高大的毛地黄，俯首于杂草之上；还有未经修剪、从不结果的老葡萄藤，从那棵冷冷的枸杞树枝上悬垂下来，始终缓慢地摇曳着茸茸的枝头，像是有说不尽的哀愁。

一棵夏季开花的大木兰树从园子的一角突兀耸起，浓密的枝叶犹如一座宝塔，到处点缀着乳白色的花朵。大树旁安放着一条粗糙的木凳，蒙泰尼里就坐在那条凳子上。亚瑟在大学里读的是哲学，由于在一本书上遇到了难题，这才来向神父请教。他虽不是神学院的学生，可是在他眼里，蒙泰尼里犹如一部大百科全书。

亚瑟弄明白那一段后说："要是您没有别的事，我就要走了。"

"我也不想再干什么事了。你若是有空，我想你再待一会儿。"

"啊，那好！"亚瑟靠着大树，抬起头，透过阴暗的树叶仰望着宁静的天空，只见初露的星星闪烁着微弱的光辉。他那黑色睫毛下深蓝色的眼睛，像梦一般神秘莫测，那是他康沃尔郡的母亲留下的遗产。蒙泰尼里赶紧把头转过一边，以免和那双眼睛相碰。

"你好像累了，亲爱的。"蒙泰尼里说。

"没办法。"亚瑟说话时显出有气无力的样子，神父立即有所觉察。

"你不应该这样急着上大学。你因护理病人操劳，晚上又熬夜，已经累坏了。我本该坚持一下，让你得到一番彻底的休息，然后再离开里窝那。"

"啊，神父，那有什么用？母亲去世后，我无法在那凄凉的屋子里再待下去。裘丽亚会把我逼疯的！"

裘丽亚是亚瑟异母兄长的妻子，也是时时引起他苦恼的根源。

蒙泰尼里温和地回答说："我并不是要你和家里人待在一起，因为我很清楚，那极有可能使你陷入不幸的境地。不过，我倒是希望你接受那位英国医生朋友的邀请。如果你在他家休息个把月，然后再去读书，情况就会好得多。"

"不，神父，我实在不愿接受他的邀请。华伦医生一家人个个都很好，待人和气，可是他们不理解我，只是同情我，从他们的表情我能看得出来。他们会设法安慰我，还会谈起母亲。当然，琼玛就不一样，她一向懂得有些话是不该说的，甚至在我们小的时候她就懂。但是，其他人不懂。另外，也还有别的原因……"

"还有什么，我的孩子？"

亚瑟从一茎低垂的毛地黄枝条上捋下几朵花，在手里不停地搓来捻去，心里很烦躁。

"待在那个镇子让我受不了，"他停了一会儿接着说，"镇上的店铺，是小时候母亲常带我买玩具的地方；河岸一带，是我在她病危前一直扶她散步的场所。无论走到哪里，总是碰到使我联想到母亲的伤心景物。卖花姑娘见到我，总要拿着花束走过来，好像我现在还要买她们的花似的！还有教堂的墓地，我只好避开，因为一见到那地方心里就难受——"

他说话声戛然而止，坐在那里把毛地黄花儿捻成了碎片。一时间出现了静默的气氛。这静默那么漫长，显得很沉重，亚瑟不禁抬头看看神父，心里很奇怪，神父怎么一声不响。在木兰树笼罩下，天色渐渐黑下来，周围的一切都显得朦胧暗淡，但仍然有微弱的余光，可以看到蒙泰尼里的面孔惨白，令人惊惧。他低垂着头，右手紧紧抓住凳子边缘。亚瑟既敬畏，又困惑不解，赶忙把头调到一边，仿佛无意中闯进了圣地。

"上帝啊，"亚瑟思忖着，"和他在一起，我显得多么渺小，多么自私！我这种不幸即使发生在他身上，他也不可能更伤心了吧。"

不一会儿，蒙泰尼里抬头向四周看看，以最温存的口气说道："无论如何，目前我不会强迫你回到那儿去。但是，你一定要答应我，这个夏天一放暑假，就好好休息一下。最好远离里窝那，去别处度假。说什么我也不能让你拖垮了身子。"

"神父，神学院放假时，您打算去哪儿？"

"还像往常一样，带学生进山，把他们在山里安顿得好好的。副院长八月中旬就会度假回来。到那时，我要去登阿尔卑斯山换换环境。你跟我一起去好吗？我可以带你到深山里漫游。那里的苔藓和地衣，你一定会有研究的兴趣。只是就你我两个人，也许感到有点枯燥吧？"

"神父！"亚瑟高兴得把手拍得啪啪响，他这种动作，裘丽亚曾称为"感情外露的外国派头"，"说什么我也要跟您一道去。只是……恐怕……"他不说了。

"你是不是以为，博尔顿先生不让你去？"

"他当然不会赞成，可也不好怎么干涉我。我已经十八岁了，有选择的自由。他只不过是我的异母兄长，为什么我非得事事听他摆布不可！何况，他一向对母亲不好。"

"可是，他要真的反对，我看你还是不要和他顶撞为好。否则，你在家里的处境会更加艰难……"

"再艰难也难不到哪里去！"亚瑟激动地打断他的话，"他们老恨我，无论我干什么都反对。再说，您是我的忏悔神父，我跟您一道出去，詹姆斯怎能真敢反对？"

"你可别忘了，他是个新教徒①。无论如何，你最好还是给他写封信，宁可等一等，听听他的意见。我的孩子，千万不要操之过急。别人恨你或爱你都不要紧，重要的是你自己的所作所为。"

这些责备话说得非常温和，亚瑟一点也没有不自在的感觉。他叹口气回答说："您说的我懂，可是做起来很难啊……"

"礼拜二晚上你没能来，真是可惜，"蒙泰尼里突然换了个话题，"那天阿雷佐教区的主教在这里，我很想让你和他见见面。"

"我那天答应了一个同学，到他的寓所里参加一次会议。如果不去，大家都要等我的。"

"什么样的会？"

这一问让亚瑟感到很尴尬。"那、那不是一次普、普通的会议，"由于思想紧张，他说话带一点口吃，"从热那亚来了个学生，给我们做一次讲话，类、类似讲演的性质……"

"内容是什么？"

亚瑟犯了踌躇。"神父，您不会向我打听他的名字吧？因为我答应过……"

"我什么事也不会打听的。如果你答应不泄露秘密，当然就不该对我说什么。但我认为，到这个时候，你大概能够信任我了吧。"

"神父，我当然信任您。他讲到我们，和我们对人民的责

---

① 此处一语双关，既表示从天主教分裂出来的基督教，又暗指亚瑟和詹姆斯在宗教和感情上的裂痕。

任，还有对、对我们自己的责任。还谈到……我们能干些什么去帮助……"

"帮助谁？"

"农民……还有……"

"还有什么？"

"意大利。"

接着是长时间的沉默。

"告诉我，亚瑟，"蒙泰尼里转身问他，口气非常严肃，"这件事你考虑了多久？"

"自从——去年冬天。"

"你母亲在世时就考虑了吗？她可知道？"

"她不知道。那时候，我还没当一回事。"

"现在，你当作一回事了？"

亚瑟又从毛地黄上捋下一些花。

"情况是这样的，神父，"他两眼看着地，开始诉说，"去年秋天，我在准备入学考试期间，结识了不少大学生，您还记得吧？也就在那时候吧，一些学生开始向我谈、谈起上面那些事，还借书给我看。不过，我并没有怎么放在心上，一心只想快点回家看母亲。您是知道的，那幢房子简直就是地狱，母亲和他们在一起完全是孤苦伶仃，光是裘丽亚那张嘴就足够要她的命。到了冬天，她的病情更加严重，因此，关于那些学生以及他们的书我全都忘得一干二净。这以后，您是知道的，我根本就不到比萨来了。要是我心里还想到那些事，一定会跟母亲谈，只是我当时全忘了。接着，我看出母亲不久就要离开人世。您也知道，母亲临终前那些日子，我几乎一直在陪伴她。晚上常常熬夜，华伦·琼玛白天来接替时，我才能睡一会儿。正是在那些漫长的夜晚，我才想到那些书，思考大学生说过的那些话，同时怀疑，他们说的对不对，我们的主对这一切会如何嘱咐。"

"你问过主吗？"蒙泰尼里的声音不怎么平静了。

"神父，我经常问。有时候，我向主祈祷，请他嘱咐我应该怎么办，还求主让我和母亲死在一起。但没有得到任何答复。"

"可是，你一直对我只字未提。亚瑟，我本指望，你是能信任我的。"

"神父，您知道我信任您！但是，任何人都有一些不能同别人谈的事。我、我看，谁也帮不了我的忙，即使是您，或者母亲都帮不了我。我一定要直接求主，从主那里得到解答。您知道，这是大事，关系到我的一生，关系到我的整个灵魂。"

蒙泰尼里转过头，浓密的木兰枝叶处一片朦胧暗淡，他两眼对着那儿发愣。在苍茫的暮色里，他的身影显得黑魆魆的，仿佛一个浅黑色的鬼影投在深黑色的树荫中。

"后来呢？"他慢吞吞地问。

"后来——母亲死了。您知道，母亲临终前三个晚上，我一直陪着她……"

他说不下去了，稍停了一会儿。蒙泰尼里一动也没动。

亚瑟声音很低，继续说下去。"她死了以后隔两天就下葬了。那两天我什么都无心顾及。出殡以后，我就生了病。您还记得吧，我连忏悔都来不了。"

"是啊，我记得。"

"就在那天晚上，我起床走进母亲的房间，里面空荡荡的，只有壁龛中还放着那个巨大的十字架。我思量也许上帝会帮助我，便跪下去，等啊，等啊，一直等了一夜。天亮的时候，我醒悟过来——神父，我无能为力，无法解释，说不清见到了什么，连我自己也不怎么明白。但是，我明白上帝已经答复我，我不敢违背上帝的旨意。"

他们在黑暗中坐着，彼此沉默无言。过了一会儿，蒙泰尼里转过身，手搭在亚瑟肩上。

"我的孩子，"他说，"如果我说上帝没有对你的灵魂吩咐什么，上帝是不允许我这么说的。但是，你别忘了这是在什么情况下发生的。不要把你在悲痛和疾病中生出的幻觉当成上帝的庄严感召。如果上帝真的有意，要通过死亡的阴影来回答你的问题，那你也千万不要曲解上帝的话。你心里想干的那番事业究竟是什么？"

亚瑟站起来，好像复诵教义一样，不慌不忙地作答。

"我要为意大利而献身，使它摆脱奴役和贫困，帮它把奥地利人驱除出境，成为一个自由的共和国，使意大利只有耶稣基督，没有帝王。"

"亚瑟，想一想你在说些什么！你连个意大利人也不是啊。"

"我是不是意大利人，这都无妨。我就是我。既然已经得到上帝的启示，我也就献身于这个事业了。"

两个人又一次沉默不语。

等到蒙泰尼里说话时，他说得很慢。"刚才你提到，耶稣会说——"可是亚瑟立即插话："耶稣基督说：'为我献身的人将会得到再生。'"

蒙泰尼里臂膀靠在树枝上，另一只手搭在额上遮住眼睛。

他终于说话了。"我的孩子，坐一会儿吧。"

亚瑟坐下来，神父紧紧抓住他的手。

"今天晚上我不能跟你讨论下去了，"他说，"这件事太突然，我毫无准备，我得有充分的时间认真做些思考，然后我们可以谈得更加具体。目前，我只希望你牢记一件事：如果你在这个问题上惹了麻烦，如果因此有个三长两短，我的心也就碎了。"

"神父……"

"你别说，让我把话说完。我曾经讲过，我在这个世界上没有别人，唯有你。我认为你并不真正懂得这句话的含义。一个年纪轻轻的人是很难明白这个意思的。我要是在你这个年龄，也未必懂的。亚瑟，你就像我的……我的……亲生孩子一样。你明白吗？你是我眼里的光明，心中的希望。我情愿自己死，也不能让你误入歧途而送了性命。可是我又束手无策。我不能要求你向我做出任何保证，只求你记住我这番话，处处要谨慎。做重大决定一定要深思熟虑，即使不是为了你母亲的在天之灵，也是为了我。"

"我一定会考虑的。那么，神父，为我祈祷吧，为意大利祈祷吧。"

亚瑟一声不响地跪下来，蒙泰尼里也一声不响，把手放在亚瑟低垂的头上。过了一会儿，亚瑟站起身亲吻那只手，然后轻轻穿过沾满露珠的草地走了。蒙泰尼里孤单单地坐在木兰树下，目光直盯着眼前的黑暗。

他在沉思："上帝的惩罚已经降临给我，如同降临给大卫一样①。我的双手玷污了上帝的圣殿，玷污了圣体。上帝对我一直是耐心的，现在终于惩罚我了。'你在暗中行这事，我却要在以色列众人面前，日光之下报应你。你所得的孩子必定要死。'"

---

① 据《圣经·旧约全书·撒母耳记下》记载，以色列王大卫，曾害死自己的部下乌利亚，并霸占其妻，生一子。耶稣对大卫的行为不满，对他进行惩罚，使其子在重病七日之后死去。

第二章

　　詹姆斯·博尔顿先生对异母弟弟亚瑟和蒙泰尼里去"漫游瑞士"一事很不赞成。可这是一次采集植物标本的旅行，同行的又是年高的神学教授，是一次有益无害的活动。他要是明目张胆地加以阻止，亚瑟会认为他太专横跋扈，因为亚瑟并不知道他阻止的理由，立刻会归因于他对宗教和血统的偏见，而博尔顿一家向来以思想开明、具有宽容精神而自豪。早在一百多年前，博尔顿家就分别在伦敦和里窝那开了父子轮船公司。自那时起，他们一家人就成了虔诚的新教徒和坚定的保守派。但他们认为，英国绅士即使对天主教徒也应该有个公正的态度。因此，老主人鳏居、生活感到寂寞时，就和一个天主教徒结了婚。这个天主教徒也就是他们家小孩子的家庭教师，年轻貌美。老主人的长子詹姆斯和次子托马斯，对于家里出现这么一个年龄和他们相差无几的继母，难免幽愤厌弃，但是在行动上仍然有所克制，把这一现实归因于天意。随着老主人去世，老大结婚，本来就难处的家庭关系变得更加岌岌可危。不过，继母葛拉迪斯在世的时候，兄弟俩倒也尽心维护，使她不受裘丽亚那刻薄的长舌妇的伤害。对于亚瑟，他们俩也认为尽了自己应尽的责任，而且并不是虚情假意，不仅慷慨大方地给他零用钱，还允许他行动上自由自在。

因此，亚瑟在收到回信的同时，还收到一张足以供他花销的支票。信中允许他自由地安排自己的假期，不过口气比较冷淡。亚瑟拿零用钱的一半买了植物学书籍和采集植物的标本夹，就和神父一道出发，开始了阿尔卑斯山的初次漫游。

蒙泰尼里神采奕奕，亚瑟好久都未见他有这么高兴了。上次在花园里的谈话，让蒙泰尼里初次受到了震惊。自那以后，他渐渐恢复了平和，现在已经能泰然处之了。亚瑟年纪轻，没有什么阅历，纵使有什么决心也不至于到无法挽回的地步。只要对他好言相劝，晓以利害，还来得及阻止他误入险途。

他们本来打算在日内瓦住上几天，可是亚瑟一见到大街上那么闪光耀眼，游乐场所尘土飞扬，游客拥挤不堪，就有点皱眉头了。蒙泰尼里心里一阵阵欣慰，在一旁注视着他。

"不喜欢吗，亲爱的？"

"我也说不清楚。这儿和我想象的样子相差太远。湖很美，我也喜欢群山的姿态。"这时候，他们正在卢梭岛上，只见萨沃伊小镇那边峰峦连绵起伏，亚瑟指着那一带说，"不过，那个镇子看上去过于严谨，过于整齐，倒有点——俨然一副新教徒的派头，显得自命不凡。是啊，我不喜欢这样的地方，它使我想起了裘丽亚。"

蒙泰尼里哈哈笑着说："真是不幸的苦孩子啊！算了吧，我们到这儿来，本是想让自己玩得痛快，既然这样就不必再待下去了。今天我们在湖面划划船，明天早上就进山，你看怎么样？"

"可是，神父，您不是想在这儿逗留吗？"

"我亲爱的孩子，这一带我都来过十几回了。我度假是为了让你玩得高兴。你想到哪里去？"

"如果随便到哪儿都不影响您，我倒想溯河而上，到它的发源地去。"

"是伦河吗？"

"不，阿尔沃河，水流更湍急。"

"那好，我们就去夏慕尼。"

整个下午，他们划着小舟，在湖面上随波荡漾。湖虽美，但给亚瑟的印象远远不如那条浑浊的灰色阿尔沃河。亚瑟是在地中海边长大的，对蔚蓝色的微波习以为常，因而很想看到奔腾汹涌的急流。现在，他看到如冰河一样奔泻的急流，感到无限的喜悦。他感慨地说："这河流真是奔腾不息啊！"

第二天一早，他们就向夏慕尼出发。亚瑟驾着车，穿过山间肥沃的田野。一路上，他兴致勃勃。可是，车子来到克鲁斯镇附近时，道路蜿蜒曲折，四周为犬牙交错的大山岗所包围，他就变得肃然沉默了。从圣马丁镇开始，他们就弃车步行，沿着山谷慢慢向上攀登，晚上住宿在山间的牧人小屋或小山村，然后凭感觉继续漫游。亚瑟对沿途多变的景色感觉异常敏锐。他们在途中经过的第一道瀑布，简直使他欣喜若狂，那神态叫谁见了都会高兴。接近白雪皑皑的山顶时，他又从纵情狂欢进入了如痴如醉的状态，蒙泰尼里往日从没见过他那种神情。亚瑟和大山之间似乎有一种不解之缘。山间呼啸的松树高大挺拔，显得阴沉而神秘，亚瑟能静静地躺在林间，连续躺几个小时，从林隙间窥看外面阳光灿烂的世界，欣赏闪烁的山峰和绝壁断崖。蒙泰尼里见此情状，心中很是羡慕，只是那羡慕之中夹有一点伤感。

有一天，蒙泰尼里在看书时转头看躺在身旁青苔地上的亚瑟，只见他那伸展的姿势和一个小时前一模一样，还是睁着骨碌碌的大眼睛，仰望光彩夺目的蓝天白云。蒙泰尼里说："亲爱的，我多么希望，你能把你看到的一切都告诉我啊！"他们已从高高的山路转到一个寂静的小山村，要在那里过夜。那山村就在代奥萨斯山泉瀑布附近。晴空万里，渐渐西沉的太阳已经落在松林覆盖的岩顶，勃朗山脉那些圆形或尖形的山头即将烘托出阿尔卑斯山特有的晚霞。亚瑟听到蒙泰尼里说的话，便抬起头，目光中满是困惑和神秘。

"神父，您要我说看到了什么吗？我看到的是无边无际的苍穹，那儿不仅雄伟，而且一尘不染；我看到，那苍穹年复一年地等待着，等待圣灵的到来。只是我隔着一层玻璃在看，因而看得朦朦胧胧。"

蒙泰尼里一声叹息。

"往日我也曾看到这些。"

"现在一点也看不到了吗？"

"一点也看不到。这些景象我再也看不到了。我知道它们依然存在，可是没有能看清它们的眼睛，我看到的是另外的东西。"

"您看到了什么？"

"我吗，亲爱的？我看到的是蓝天，还有雪山。我若抬头往高处看去，所看到的只有这些。但是，若看那下面，所见就不同了。"

他指着下面的峡谷。亚瑟起身跪着，低头俯视下面的峭壁悬崖。黄昏渐渐凝重，暮色苍茫，高大的松树拘谨地伫立在狭窄的河流两岸，像哨兵一样忠于职守。太阳像闪闪发红的煤球，一会儿就隐没在锯齿般的山峰后面，一切的生命和光明都失去了自然的本色。黑暗立刻降临到山谷之间，阴森可怕，令人一筹莫展，仿佛那里面暗藏着杀机。光秃秃的西山那边，峭壁犹如潜伏的怪兽巨齿，等猎物一到就将其吞到深谷的腹中。峡谷那里黑乎乎一片，只听到树林在哀吟。松树像一排排刀锋，轻声呼唤："快投入我们的怀抱吧！"在渐渐聚拢的黑暗中，激流在奔腾咆哮，带着永无止境的绝望，疯狂地拍击如牢笼一般的石壁。

"神父！"亚瑟颤抖着从悬崖边缩回，站起来说，"那下面就像一座地狱。"

"不，我的孩子，"蒙泰尼里轻声回答，"它只不过像一个人的灵魂。"

"人的灵魂能待在黑暗中，而且披上死亡的阴影？"

"这正是你在大街上日常所见的人的灵魂。"

亚瑟不寒而栗，向那些阴影看去。一层淡淡的迷雾缭绕在松树林上空，与汹涌澎湃的山泉若即若离，仿佛一个凄凄惨惨的鬼，怎么也不能给人以安慰。

"快看啊！"亚瑟突然惊叫起来，"在暗中行走的那些人已经看到了一束巨光。"

就在这时，东边积雪的山峰在落日的余晖中燃烧着。待到山顶的红光消失以后，蒙泰尼里转身碰碰亚瑟的肩膀，把他从惊讶中唤醒过来。

"走吧，亲爱的，一点儿光都没有了。如果还不走，天一黑我们就会迷路的。"

"那里就像一具死尸。"亚瑟说着转过身。他刚才看到的是偌大的积雪山顶，在昏暮中微微闪烁，完全是一副狰狞的面孔。

他们小心翼翼地下了山，穿过黑黝黝的树林，朝牧人小屋走去，准备在那儿过夜。

蒙泰尼里一走进房间，就见亚瑟已经坐在餐桌旁等他吃晚饭了。这位小伙子似乎已从阴沉的梦幻中摆脱出来，完全变成另外一个人了。

"啊，神父，快看看这条狗，它真够荒唐的，竟然能立起后腿跳舞呢。"

亚瑟对那条狗的舞姿非常感兴趣，专心致志的神态与他刚才在落日余晖中的表现完全一样。房子的女主人脸色红润，系着白围裙，粗壮的胳膊叉在腰间，站在一旁笑嘻嘻地看亚瑟与狗玩耍。她用当地土话对女儿说："一个人能这样一门心思逗狗，头脑里准没有什么杂念。而且，这个小伙子长得多么英俊!"

亚瑟像个害羞的女学生，脸涨得绯红。那位女主人这才知道他听懂了自己说的话，又见他那难为情的样子，就笑哈哈地走开了。吃饭的时候，亚瑟只谈漫游、爬山以及采集标本一类的打算，别的什么也不说。很明显，刚才的梦幻既没有影响他的精神，也没有影响他的食欲。

第二天早晨蒙泰尼里醒来时，亚瑟已不知去向。原来天还没亮，亚瑟就出门去山上的牧场"帮主人加斯帕放羊去了"。

早饭刚上桌，亚瑟就奔进屋子，光着头，手里拿着一大束野花，肩上扛着一个三岁左右的农家女孩。

蒙泰尼里抬起头，一副笑容可掬的样子。在比萨或里窝那时亚瑟是那么严肃，寡言少语，和现在形成多么奇异的对比啊!

"你这孩子，真是毛手毛脚，刚才到哪儿去了? 早饭也不吃，就满山遍野乱闯。"

"啊，神父，实在太好玩了。日出时，群山美极了，露水还这么重。您瞧!"

说着，他抬起一只脚，靴子上面满是露水，还有泥。

"我们带了一些面包和奶酪，在山上牧场那里又挤了些羊奶。哎哟，那可真脏啊！可现在我又饿了。我还要给这个小女孩吃点东西。安妮特，吃点蜜糖好不好呀？"

他坐下来，把孩子放在膝上，准备帮她把花理整齐。

"不行，不行！"蒙泰尼里打断他，"你弄受凉了可不行啊。赶快把湿衣服换一换。安妮特，到我这儿来。你从哪儿带了个孩子？"

"就在村头。我们昨天碰到的那个人是她爸爸，这个小区的补鞋匠。您看，她一双眼睛多可爱！口袋里还有一只小乌龟，她叫它'卡罗琳'。"

亚瑟换掉湿袜子，便过来吃早饭，只见小女孩坐在神父腿上，正哇里哇啦同他谈她的乌龟。这时候，她已把乌龟翻了个身，放在胖乎乎的小手上，好让"先生"能欣赏动弹不停的四只脚。

"先生，您瞧呀！"她 本正经的样了，满口的上语叫人似懂非懂，"您瞧瞧，卡罗琳的靴子！"

蒙泰尼里坐在那里和小女孩玩耍，摸摸她的头发，赞赏她的宝贝乌龟，还给她讲奇异的故事。女主人进屋收拾餐桌，见到安妮特把教士装束、严肃正经的绅士的口袋翻了个底朝天，惊异得瞪大了眼。

"上帝教孩子们识别出好人。"她说，"安妮特平时总是害怕生人，可是，她见了这位先生一点儿也不胆怯。真是奇事！安妮特，快跪下来，趁先生没走请他给你祝福吧，将来会让你吉星高照。"

一个小时以后，他们穿过阳光普照的牧场，亚瑟说："神父，我还不知道，您那么会带孩子玩耍。那孩子眼睛老望着你，一刻也不离。您可知道，我认为……"

"什么？"

"我只是想说，照我看，教会不准许教士结婚，这似乎是令人遗憾的事。我实在不懂得这是什么原因。教育儿童是一项很严肃的任务，孩子从小就要有个良好的环境。我可以肯定地说，一个人的事业越是高尚，生活就越纯洁，也就越适宜做父亲。神父，如果您没有进行过庄严的宣誓，如果您已经结过婚，我相信您的孩子一定很……"

"嘘！"

这轻轻的一声"嘘"来得那么突然，随之出现的沉默也显得格外深沉。

亚瑟见对方表情忧郁，心里很难受，接着说："神父，我刚才说的话您认为有不妥之处吗？当然，也可能我说得不对，但是，我有这种看法在我是自然而然的。"

蒙泰尼里很温和地答道："刚才说的那些话，或许你并没有真正懂得其意义。再过几年，你就会有不同的看法了。现在我们最好谈谈别的吧。"

在这理想的假日里，他们相处得亲密无间，气氛和谐，可是这场谈话首次使他们之间出现了裂痕。

他们从夏慕尼出发，经过太特诺瓦山到达马第尼镇。由于天气闷热，他们就在镇上歇下来。午饭后，他们坐在旅馆的凉台上。那儿不仅凉爽，还可一览全山的风景。亚瑟取出盛标本的盒子，用意大利语就植物学方面的问题与神父进行了认真的讨论。

还有两名英国画家坐在凉台上，一个在写生，另一个正懒洋洋地和写生的人聊天，似乎没有想到刚来的两个陌生人可能懂英语。

　　聊天的那人说："威廉，别画什么风景了，就画那个意大利小伙子吧。他长得挺神气，正迷着那几片羊齿叶。你瞧他眉宇间的线条！只要把他手里的放大镜画成十字架，短衫短裤的衣着画成罗马人穿的大法衣，准保能画成一个罗马帝国时代的基督徒，而且形神毕肖。"

　　"得了吧，什么罗马帝国的基督徒！吃饭的时候，我就坐在那小子旁边。当时他对烤鸡的迷恋劲儿就跟现在对那些脏兮兮的野草一样。他生得是很漂亮，棕色的脸蛋也很美，可是远不如他的父亲富有画意。"

　　"他的——什么？"

　　"他的父亲，就坐在你的对面。难道你对他没在意？他那面孔绝对庄严。"

　　"怎么，就你这笨蛋还能当个卫理公会教徒！天主教教士就在你眼前你都认不出来？"

　　"天主教教士？啊呀，我的天哪，他真的是一个教士！是啊，我倒真的忘了。他们有过誓言，不结婚以及诸如此类的戒律。既然这样，我们就厚道一点，把那孩子看成是他的侄儿吧。"

　　"这帮白痴！"亚瑟轻轻骂了一声就抬起头，眼睛滴溜溜地转，"不过，他们倒也有好意，以为我很像您。但愿我真是您侄儿……神父，您怎么啦？脸色这么惨白？"

　　蒙泰尼里一面慢慢站起身，一面用手压住额头。"头有点儿晕，"他听起来很虚弱，口气也很压抑，"今天早上，可能太阳晒得太多了。亲爱的，我要回去躺一躺。中了点暑，没什么要紧的。"

亚瑟和蒙泰尼里在琉森湖畔停留了半个月后，就经过圣哥达山口返回意大利。这次出门很幸运，因为天气帮忙，好几次远游都玩得很痛快。但是，当初出门时感到有魅力的东西已不复存在。蒙泰尼里一直被一种不愉快的念头所萦绕，因为他曾说过要"谈得更加具体"，这次度假本是个机会却错失了。在阿尔沃河的山谷那里，他尽力回避他们在木兰树下谈过的话题。当时他思忖，亚瑟是个艺术气质很浓的人，第一次感受到阿尔卑斯山优美的风景带来的喜悦，若重提那势必引起他痛苦的话题，未免有点残忍。自从到了马第尼以后，每天早晨他都对自己说："今天要跟他谈。"可是到了晚上又说，"明天一定要同他谈。"眼看度假快要结束了，还老是"明天，明天"，一拖再拖。他心里有一种说不出的胆寒，认为此时和彼时有些不同，他和亚瑟之间隔着一层看不见的薄纱，因此始终不便开口。到了假期的最后一个晚上，他才突然意识到，要是他真的想讲，那么这天晚上非讲不可了。当时他们在鲁加诺镇上过夜，第二天一早就要动身回比萨。他至少要探听一下虚实，在这个生死攸关的意大利政治旋涡中，这位心爱的人究竟涉足多深。

太阳下山以后，他建议说："雨停了，亲爱的。要欣赏一下湖光水色，这是唯一的机会了。到外面走走吧，我有话想跟你谈谈。"

他们沿着湖边漫步，来到一处清静的地方，在一堵低矮的石壁上坐下来。石壁附近是一片玫瑰花丛，挂满鲜红的果实；其中一两株还有迟开的乳白色花朵，悬在高高的枝头，花儿沾上露珠，凝重地低头摇曳，仿佛在诉说着悲伤。碧绿的湖面上，一叶扁舟挂着瑟瑟抖动的白帆，在湿润的微风中荡漾。那游弋的小舟显得轻盈娇弱，仿佛湖面上漂荡着一簇银色的蒲公英。萨尔佛多山上一家牧羊人的茅屋居高临下，那敞开的窗户犹如一只金黄色的眼睛。玫瑰花在九月的悠悠白云下低着头，做着美梦。湖水轻击岸边，似乎在和鹅卵石喃喃私语。

蒙泰尼里先开了口："在未来很长的时间内，我能和你静静地谈谈心，这是唯一的机会了。你马上要回到学校，忙于功课，结交朋友；而我今年冬天也很忙。我想清楚地了解，以后我们该如何相处。因此，如果你……"他稍作停顿，说得更慢了，"如果你还像以往一样信任我，我希望你跟我谈谈，比那天晚上在神学院花园里要谈得更具体一些，你参与到什么程度。"

亚瑟望着湖对面，静静地听，不说什么。

蒙泰尼里接着说："如果你愿意告诉我，我想知道，你是不是宣过誓或经过类似的仪式，因而使自己受到了约束？"

"亲爱的神父，实在没什么可说的。我没有束缚自己，但我是受约束的。"

"我不明白……"

"发誓有什么用？发誓约束不了人。如果你对一桩事情有了某种体会，那就被它约束住了；如果没有那种体会，那你怎么也受不到束缚。"

"那么，你是说这桩事情，你这种认识已到了不能改变的地步？亚瑟，你这么说经过深思熟虑没有？"

亚瑟转过头，直盯蒙泰尼里的眼睛。

"神父，您问我是否信任您，那您能不能也信任我呢？说实在的，如果有什么话该对您说，我自然会讲。可这些事跟您说一点用处也没有。那天晚上您说的一番话，我没有忘记，而且永远牢记在心里。但是我一定要走自己的路，追随我所见到的光明。"

蒙泰尼里从花丛中摘了一朵玫瑰，扯下一片一片的花瓣，扔到了水里。

"亲爱的，你说得很对。的确，这些事我们不好再说什么了。话说多了也实在没有多大意思。算了，算了，我们回去吧。"

第三章

秋冬两季平安无事地过去了。亚瑟学习很刻苦，几乎没有空闲。不过，他每个礼拜总要挤出一点时间去看望蒙泰尼里一两次，哪怕只有几分钟。他常常去请教疑难问题，不过，话题只局限在书本上，不涉及其他。蒙泰尼里与其说是观察到，不如说是有了实际感受：他们之间存在着一道隐约而不可捉摸的障碍。所以他处处谨慎，不让自己显得像在尽力保持往日那种亲密的关系。现在，亚瑟的来访给他带来的已是痛苦多于欢乐，而他还要装得泰然自若，仿佛一切都没有改变，实在是苦不堪言。神父这种态度上的微妙变化，亚瑟注意到了，只是很难明白其中的原委，隐约感到是和"新思想"这个恼人的问题有关。因此，尽管满脑子装的都是"新思想"，他也绝口不提。但是，他比以往任何时候都更深切地爱着蒙泰尼里。亚瑟以往精神空虚，头脑始终模模糊糊有不满足的感觉，他曾以钻研神学理论和宗教仪式的学习压力来竭力抑制。自从接触了青年意大利党①以后，那种感觉

---

① 青年意大利党（Young Italy）：一八三一年由 G. 马志尼（Giuseppe Mazzini，1805—1872）在法国马赛成立的一个秘密组织，其宗旨是驱逐奥地利统治者，建立独立和统一的共和国。

便荡然无存。往日因生活孤独、服侍病人而产生的种种不健康的念头，如今已化为乌有。往日习惯于用祈祷来解决的各种疑惑，如今用不着任何法术也一扫而光。随着新生热情的滋长，以及更明确、更新颖的宗教理想的产生（他主要从这方面而不是政治前景来看待学生运动），他感到心安理得，事事圆满，举世升平的人间要人人相爱。有了这样高尚的情操，优雅的境界，他眼中的世界处处充满光明。从前最厌恶的人，如今也能从他们身上发现某些可爱的品质。五年来他一直视蒙泰尼里为理想的英雄，如今他心目中这位英雄又多了一道光环，仿佛就是自己新生信念的先知。每当神父讲道，他总是满腔热情专心倾听，尽量从中找到一些迹象，表明神父的道理与自己的共和理想有着内在的血肉联系；他还钻研四部福音书①，欣喜地发现基督教义在根源上就具有民主倾向。

元月的某一天，他去神学院还先前所借的一本书。听说院长外出，他就直接进了蒙泰尼里的私人书斋，把书放回书架上。正要出门的时候，忽然看到桌上有一本书，书名引起了他的注意。那是但丁所著的《帝制论》②。他打开阅读，一下子就入了迷，连有人开门关门都没在意，直到蒙泰尼里在他背后说话才意识到。

"没想到你今天会来，"神父说着看了看书名，"我正要派人去问你今晚能不能来。"

---

① 四部福音书（the Gospels）：指《圣经·新约全书》前四卷——《马太福音》《马可福音》《路加福音》《约翰福音》。

②《帝制论》（De Monarchia）：意大利诗人但丁（Dante Alighieri，1265-1321）用拉丁文写的政治论文，书中反对教皇干涉政治，主张政教分离。该书在十九世纪被罗马教皇列为禁书。

"有要紧的事吗？今晚我已有约。但我可以不去，如果……"

"不用了。明天来也行。想跟你见见面，因为我礼拜二要走。我已应召要去罗马。"

"去罗马？要待很久吗？"

"信上说要待到复活节以后。这是梵蒂冈的命令。我本来想立刻告诉你，可是一直很忙，要结束神学院的事务，还要给新来的院长做些安排。"

"可是，神父，您总不至于真的就对神学院撒手不管了吧？"

"这是迫不得已的事。不过，我可能还要回到比萨，至少还待一段日子。"

"那您为什么要放弃神学院？"

"啊，这还没有正式公布，不过我已经被任命为主教。"

"神父！教区在哪儿？"

"我正是为这个问题要去一趟罗马。究竟是到亚平宁山区当正主教，还是留在这里当副主教，还没有定。"

"新任院长选定了吗？"

"卡尔狄神父已被任命，明天就到。"

"这事也太突然了吧？"

"是啊，可是，梵蒂冈的决定有时要等到最后一刻才发通知。"

"新院长您可认识？"

"没见过面，但人们对他评价很高。那个常写文章的贝洛尼神父就夸他博大精深。"

"神学院一定会很想念您。"

"神学院怎样我不知道，但是，亲爱的，你肯定会想念我，这大概也如同我会想念你差不多。"

"我自然会很想念您，可尽管如此，我仍然感到非常高兴。"

"是吗？不知道我自己是不是也高兴。"他说着在桌旁坐下，显得很疲乏，不像一个即将晋升的人应有的神态。

"亚瑟，今天下午有空吗？"停了一会儿，他说，"要是有空，我想你再多待一些时候，因为你晚上不能来了。我有点不大舒服，想在临走之前尽可能和你多谈谈。"

"行，我可以多待一会儿。我六点赴约。"

"是你们的会议吗？"

亚瑟点点头，但是蒙泰尼里立即转换了话题。

他说："我想谈你自己的事。我走以后，你要另外找一位忏悔神父。"

"等您回来，我不是还可以继续在您面前忏悔吗？"

"亲爱的孩子，你怎么还不懂我的话？当然是指我不在这儿的三四个月时间。你可愿意到圣凯瑟琳教堂去找一位神父？"

"愿意。"

他们谈了一会儿别的事，亚瑟就站起来了。

"我得走了，神父。同学们在等我呢。"

蒙泰尼里的脸上又泛起疲乏的神色。

"时间已经到了吗？你差不多把我阴郁的心情都赶跑了呢。好吧，再见了。"

"再见。明天我一定来。"

"尽量来早一点，这样我可以有时间和你单独谈谈。明天卡尔狄神父就到了。亚瑟，我亲爱的孩子，我走以后，你可要谨慎行事，千万别有什么鲁莽行动，至少也要等我回来。我离开你，实在非常担心，你哪儿能理解啊。"

"神父，您不必这样，一切都平平安安的。那样的事还远着呢。"

"再见。"蒙泰尼里突然冒了这么一句后，就坐下写东西了。

大学生们正在举办小型集会，亚瑟进屋，第一眼恰巧落在华伦医生的女儿身上，也就是他小时候一起玩耍的伙伴。她坐在靠窗的角落里，津津有味地听一位"启蒙者"对她讲话。那是一位年轻的伦巴第人，身材高大，身着一件破外衣。几个月未见，她的模样变化很大，看上去已像个成熟的女青年，但还是一身学生装束，背后仍然拖着两条乌黑的辫子。她全身上下清一色的黑衣服，头上围一条黑色围巾，因为屋里风冷飕飕的。她胸前插着一根柏树枝，这是青年意大利党的标志。那位"启蒙者"正慷慨激昂地向她描述卡拉布里亚地区农民的悲惨情况。她坐在那里静静地听，一只手托着下巴，眼睛看着地面。在亚瑟看来，她就像一位满面愁容的自由女神，为失去的共和国黯然神伤。不过，要是裘丽亚见她这样子，　定要说她发育太快，生性太野，说她皮肤发黄，鼻子难看，那件连衣裙还是旧衣料做的，而且做得太短，很不合身。

亚瑟见那位"启蒙者"被叫走，立即走上前说："琼，你也在这儿呀！"她受洗礼时得了个怪名字，叫"琼尼弗"，后来孩子们简称为"琼"。她的意大利校友都叫她"琼玛"。

她吓了一跳，抬起了头。

"啊，亚瑟！真没有想到你……也属于这里面！"

"我也没想到还有你。琼，你什么时候……"

"你不了解情况，"她连忙打断他的话，"我不是党员，只是帮过一两回小忙，才到这儿来了。不过，我见过毕尼。你知道卡洛·毕尼吗？"

"知道，当然知道。"毕尼是里窝那支部的组织者，青年意大利党人无不知晓。

"对了，起初就是他同我谈起这些事。我请求参加学生集会，他就在前几天写信到佛罗伦萨。我已经到那里度过了圣诞节，你还不知道吧？"

"我不大听到家乡的消息。"

"哦，反正我去那儿就住在赖特姐妹家里。（赖特姐妹是琼玛的老同学，后来搬家至佛罗伦萨。）后来，我收到毕尼的信，要我在今天回家途中经过比萨，我就到这儿来了。啊！会议就要开始了。"

讲演的内容是关于理想的共和国以及青年人为此应尽的责任。讲演人自己对上述内容的理解有些模糊，但是亚瑟却怀着虔诚和敬佩认真聆听。这一时期的亚瑟还没有起码的批判能力，接受道德理想总是囫囵吞枣，也不管是否理解其精神。讲演及随后的漫长讨论结束以后，学生们也就解散了。他走到仍然坐在角落的琼玛那里。

"琼，我和你一道走。你住在哪儿？"

"玛丽埃塔家里。"

"是你爸爸的老管家吗？"

"是的。离这儿还有一段路。"

他们走了一会儿，双方都没有讲话。亚瑟突然冒出一个问题。

"你今年十七了吧？"

"去年十月份我就十七周岁了。"

"我一直觉得你与别的女孩子不一样，不像她们一长大就想到舞会一类的事。琼，亲爱的，我老是在想，你会不会成为我们的一员。"

"我也常这么想。"

"你说你帮过毕尼的忙，真没想到你竟然认识他。"

"我不是帮过毕尼的忙，而是另外一个人。"

"另外一个人，谁？"

"波拉。就是今晚和我谈话的那人。"

"你很了解他？"亚瑟问话的口气略带妒意。一提到波拉，他就感到一阵隐痛，因为他俩都曾争过某一项任务，可是青年意大利党的委员会认为亚瑟太年轻，没有经验，结果把任务交给了波拉。

"我很了解他，而且也很喜欢他。他曾在里窝那住过一段时间。"

"我知道，他去年十一月到了那里……"

"是为轮船的事。亚瑟，你不觉得，干那样的事在你们家比我家要安全些吗？你家有钱，经营的又是航运业务，谁也不会怀疑运输的事。再说，码头上的人你个个都认得……"

"嘘，小声点，亲爱的。这么说来，从马赛运来的书报都藏在你家？"

"只存了一天。啊，也许我不该告诉你。"

"为什么不该告诉我？你知道我也在这个团体里。琼玛，亲爱的，有你和我们在一起，我真是高兴极了——有你，还有神父。"

"你的神父！他肯定会……"

"不错，他是有不同的想法。可是我有时候心存幻想，心存——希望，我不知道……"

"亚瑟，注意！他是个教士啊。"

"教士又怎么样？我们团体里就有教士，其中有两位还在报上写文章呢。所以说，教士怎么不能参加！他们的使命就是要引导世界奔向更高的目标，追求更崇高的理想。我们这个团体除此以外还能有什么别的使命吗？总之，这不仅是个政治问题，更主要的还是宗教和道德问题。如果大家都名副其实，当一个自由而有责任心的公民，那么谁也别想在他们头上作威作福。"

琼玛皱起了眉头，说道："亚瑟，我怎么觉得，你的逻辑有点儿混乱。教士宣传的是宗教信条，我不明白这和驱逐奥地利人有什么关系。"

"教士宣教，讲的是基督教义，而基督正是最伟大的革命家。"

"你可知道，有一天我和父亲谈到了天主教教士，他说……"

"琼玛，你父亲是新教徒。"

她停了一会儿，转过身，直率地盯着他。

"得了，我们最好不谈这个话题。一提到新教徒，你总是一副不能容忍的样子。"

"我并没有不容忍的意思，相反，我倒觉得，恰恰是新教徒在谈到天主教教士时总有不能容忍的倾向。"

"大概是吧。算了，我们在这个问题上老是争执不下，再争下去也没意思。今天晚上的讲演，你觉得怎么样？"

"我很喜欢，特别是最后一部分。他强调说，必须实现那个共和国，而不是空想它。我听到这样的见解真是高兴，正如基督所说的一样：'天堂的王国就在你心里。'"

"我恰恰就不喜欢那部分。他讲了许多美好的事物，要我们去想、去体会、去实现。可是，我们应该如何行动，他却只字未提。"

"到了关键时刻，要干的事很多。但是，我们不能操之过急。一场大变革不是一朝一夕就完成得了的。"

"完成一项事业所需的时间越长，就越有理由只争朝夕。你经常讲到配享受自由的人，那你可知道，还有谁能比你母亲更配享受到自由？难道说，她还不是你见过的最纯洁、最像天使的女人吗？她有那样的美德，可又有什么用？当了一辈子的奴隶，你哥哥詹姆斯和他老婆对她百般侮辱、蛮横欺凌。你母亲就因为太心软、太容忍了，否则她的境况要好得多，不至于遭受这般对待。目前的意大利也正是如此。现在需要的不是容忍，而是有人挺身而出，保卫自己……"

"琼，亲爱的，如果靠愤怒和热情能拯救意大利，它早就获得了自由。它现在需要的不是恨，而是爱。"

亚瑟刚说了一个"爱"字，脸就突然红了，但很快又恢复正常。琼玛并没有留意他表情的变化，只是皱着眉头，紧绷着嘴，直视前方。

过了一会儿，她说："亚瑟，你以为我错了，其实并没有。总有一天你会明白过来。我就住这儿，进来坐一会儿吧？"

"不了，已经很晚了。晚安，亲爱的！"

亚瑟站在门口的台阶上，双手紧紧握住她的手。

"为了上帝和人民……"

琼玛缓慢又庄严地答完那句誓言："始终不渝。"

　　说完她就抽回手跑进屋去。门关上以后，亚瑟弯下身，拾起了从她胸前落下的那根柏树枝。

第四章

忏悔的当天下午，亚瑟感到需要长途步行回家。他把行李托给同学照管，徒步回里窝那去。

这天潮湿多云，但并不冷。田畴广阔低平，似乎比往日显得更加美好。脚下的草地湿润柔软，富有弹性，路边的野花露出春日羞涩而流转的眼波。一切都赏心悦目。在一片狭长的树林边，一只鸟儿正在刺槐丛中筑巢，看到亚瑟路过，吃了一惊，扑打着褐色的翅膀，吱的一声飞跑了。

亚瑟尽力集中思想，怀着虔诚的心默念耶稣受难日前夕的祷文。可是脑子里老是想到蒙泰尼里和琼玛，只好放松思绪，任其驰骋。他幻想即将到来的非凡而荣耀的起义，幻想自己崇拜的两个人物在其中扮演的角色。神父一定是领袖、使徒和先知。在他神圣的威慑下，一切黑暗势力必将逃遁；在他英明的领导下，年轻的自由卫士们学习旧的教义和旧的真理，必将赋予它们全新的、无法估量的重要意义。

琼玛呢？啊，琼玛将会奋战在街垒。她具有英雄本色，会是个尽善尽美的同志。许多诗人都梦想见到一位纯洁无瑕又无所畏惧的巾帼英雄，琼玛就是那样的圣女。她将和他并肩战斗，分享迎接斗争风暴的喜悦。他们将一同赴死，也许死在胜利的时刻——胜利终将属于他们。至于爱她这件事，他闭口不谈。凡有可能扰乱她的心境、破坏她宁静的同志感情的言辞，他都只字不提。她神圣崇高，冰清玉洁，为了人民的解放不惜牺牲自己。她只知爱上帝，爱意大利，像他这样一个人怎么能闯进如此纯洁的灵魂圣殿？

上帝和意大利……他不觉已经到了宫殿大街，见到自家旧宅依然这般庞然阴森，一下子从云雾中摔了下来。裴丽亚的管家在楼梯上碰见了他。和往常一样，这管家穿一身干净衣服，神态悠闲，显得彬彬有礼，却又对人不屑一顾。

"晚上好，吉朋斯，哥哥他们在家吗？"

"先生，托马斯先生在家，博尔顿太太也在。他们都在客厅里。"

亚瑟走进去，感到沉闷压抑。这房子多么令人沮丧啊！生活的洪流好像绕道而行，总是把它留在高水位上，永远冲击不到它。房子里的人、家庭照片、笨拙的家具、丑陋的器皿、庸俗不堪的排场——所有死气沉沉的东西，都还是老样子。甚至连青铜色花瓶里的鲜花也像是上了色的金属一样，无论有多么和煦的春风吹拂也不会有红情绿意。裴丽亚穿好餐服待在客厅里，这儿是她生活的中心，用来招待客人。她脸上挂着刻板的微笑，浅黄色的头发上挽着髻，膝上还趴着一条狗，凭她那副坐姿，可以作为广告画的时装模特。

"你好，亚瑟。"她生硬地打了声招呼，把手指尖让亚瑟握了握，就缩回去抚摸小狗柔软的皮毛，似乎摸那儿更舒服些，"希望你身体健康，学业上有长足的进步。"

亚瑟临时想到几句客套话，咕哝完就无话可说了，待在那里很不自在。这时候，詹姆斯威风凛凛地走进来，身旁跟着一位不苟言笑、上了年纪的船运经理。他们的出现并没有改变客厅里的生硬局面。直到吉朋斯说吃饭了，亚瑟才稍稍松了口气，站起身来。

"裘丽亚，我不想吃饭了。请原谅，我打算回房间去。"

"我的孩子，你这么斋戒也太过分了，"托马斯说，"这样下去一定会生病的。"

"啊，不会的！晚安。"

亚瑟在走廊碰到一个女用人，吩咐她第二天早上六点叫醒他。

"小少爷要上教堂吗？"

"是的。晚安，黛丽莎。"

亚瑟走进自己的房间。这儿本是母亲的住房，在她久病期间，窗子对面的壁龛已装饰成祈祷坛，坛中心安放着一个带黑色底座的巨大十字架，前面悬挂一盏罗马吊灯。母亲就是在这里去世的。靠床边的墙上还挂着她的遗像，桌上的一只瓷缸也是她的遗物，里面装着一大束她喜爱的紫罗兰。她去世正好一年，生前的意大利仆人们仍然没有忘记她。

他从旅行包里取出一幅精心包裹、镶有相框的画像。那是蒙泰尼里的彩色肖像画，几天前从罗马寄给他的。他正要打开那份珍贵的礼物，忽见裘丽亚的童仆捧着食盘走进房间。原先伺候葛拉迪斯的意大利老厨娘现在也伺候泼辣的新女主人。她做了分量很少的精致食物，以为她亲爱的小主人可能会多少吃点而不觉得违反教规。亚瑟只拿了一块面包，其余都退了回去。那个童仆撤走盘子的时候意味深长地笑了笑。他是吉朋斯的侄子，刚从英国来，早已在用人室里加入新教徒阵营。

亚瑟走近壁龛，跪在十字架前，试着静下心来认真祈祷和默念。可是，他觉得很难坚持下去。正如托马斯所说，他在四旬斋①期间斋戒得太过分了。此刻他像喝了烈酒一样，头脑发昏，背也有点发颤，眼前的十字架仿佛在云雾中飘荡。只有经过长时间的连续祈祷，机械地背诵经文以后，他才能收回奔放不羁的想象，集中精神思考赎罪的玄义。最后，他纯粹因体力的疲乏摆脱了情绪上的动荡，宁静平和地睡着了。

亚瑟睡得正香，忽然听到一阵猛烈而急促的敲门声。"啊，黛丽莎！"他这么想了想又懒洋洋地翻过身。敲门声再起，他惊醒过来。

"小少爷！小少爷！"一个男人用意大利语叫喊，"我的天啊，你快起来呀！"

亚瑟跳下床。

"什么事？谁呀？"

"是我，吉安·巴第士达。快起来，快，说什么你得快一点！"

亚瑟匆匆忙忙穿了衣服，打开门，困惑不解地看着车夫苍白惊慌的面孔。就在这时，走廊里传来咚咚的脚步声以及金属的叮当声。他猛然意识到出事了。

"要逮我？"他问得很冷静。

"是逮你呀！啊，小少爷，快跑！有什么东西要藏一藏？您

---

① 四旬斋（Lent）：又称大斋戒，始自复活节前六个半星期，规定在四十天内（星期日除外）进行斋戒，模仿当年耶稣在旷野禁食。

瞧，我能藏到……"

"我没什么东西要藏的。哥哥们知道吗？"

这时，第一个宪兵出现在走廊的拐弯处。

"主人已喊起来了，全家都给吵醒了。哎呀！真惨，这实在太惨了！刚碰上个好日子啊！上帝啊，发发慈悲吧！"

吉安·巴第士达眼泪扑簌簌地落下来。亚瑟向前几步，等候那些宪兵。他们咯噔咯噔走上前来，后面跟着一大群家仆，慌乱中穿着随手抓来的衣服，一个个吓得瑟瑟发抖。士兵们把亚瑟包围起来，男女主人这才出现在这个奇异队列的后方。男主人身着睡衣，脚穿拖鞋，女主人披着长长的梳妆大衣，头上扎了卷发纸。

"这一定又是一场洪水降临了。一对对用人奔向方舟，后面还跟着一对奇怪的野兽！"

亚瑟看着那些奇怪的面孔，头脑里忽然闪过挪亚方舟的故事。他本想笑，又觉得这样的场合笑有点不伦不类，何况他还有更要紧的事要考虑呢。"再见吧，圣母马利亚，天国的女王！"他轻声念了一句祷语，赶紧把头转过去，以免裘丽亚头上跳来跳去的卷发纸引他发笑。

博尔顿先生来到宪兵队长跟前，说道："你们这样粗暴地闯入私宅，倒说一说是什么原因！我警告你，除非你能给我一个满意的解释，否则我一定要向英国大使提出控诉。"

那军官态度很生硬，回答说："我想，把这份东西给你看看就足以说明问题了，英国大使自然也无话可说。"他拿出一份逮捕证，上面写着：亚瑟·博尔顿，哲学系学生。他把逮捕证递给詹姆斯，冷冰冰地加上一句："如果还要进一步解释，就亲自去问警察局局长好了。"

裘丽亚从丈夫手里一把夺过公文，扫了一眼，就对亚瑟大发雷霆，俨然是位勃然大怒的时髦女人。

"哼，败坏家门的原来是你呀！"她尖声尖气地叫开了，"这不是要城里的乌合之众来看我们家笑话，对我们说三道四、指手画脚吗！你不是很虔诚吗，怎么会坐大牢呢！我们早就看出来，那个天主教女人生下的孩子……"

"太太，你不该对一个犯人用外语说话。"军官打断她的话，可是他的劝告在裘丽亚那番连珠炮般的刺耳的英语里，微弱得几乎听不见了。

"我们早就料到可能会有这么一天！你又是斋戒，又是祈祷，还有什么神圣的默念，在这一切的掩盖下，原来干的是这勾当！我看你快收起那套把戏吧。"

亚瑟对裘丽亚尖酸的刻薄话十分厌恶，突然想到华伦医生曾经打过的比方。他说裘丽亚好像一盘色拉，厨师把酸醋瓶打翻在里面了。

"说这种话毫无用处，"亚瑟说，"用不着担心给你带来什么不愉快的事。大家都明白，你们全都清白无辜。先生们，我想，你们是想搜查一下吧，我没有隐藏什么东西。"

宪兵们开始搜查房间。他们看了他的信件，检查了他在学校的笔记，翻箱倒柜地查来搜去。亚瑟坐在床沿上等着，心里有些激动，脸涨得通红，但丝毫不感到痛苦。对于宪兵的搜查，他很坦然。平时，凡可能牵连他人的来往信件，他总是烧掉的。因此，宪兵们白忙一阵，除了几首带有革命性和神秘感的诗稿以及两三份《青年意大利党报》外，什么也没发现。裘丽亚呢，经不住小叔子托马斯的再三要求，只好回去睡觉了。她从亚瑟身旁经过时，故意装出一副不屑一顾的神气。詹姆斯也乖乖跟她走了。

托马斯一直在房间里来回踱步，尽量装得若无其事，等大家都离开后，他走到军官跟前，要求同犯人说几句话，得到了军官的点头认可。他来到亚瑟身旁，干巴巴地说："你看，事情弄得这么糟，我很难受。"

亚瑟抬起头，脸色就像夏天的早晨一样明朗。他说："你对我一向很好。不用难过，我会没事的。"

"亚瑟，你听我说！"托马斯狠狠捋了一下胡子，忽然想到一个问题，但又难以启齿，只好磕磕巴巴地说，"这事，是不是跟……钱有关系？若是有关，我……"

"什么！钱？哪里的话，怎么可能跟钱有什么……"

"要么是政治上的把戏？我想准是。好吧，你千万别介意，裴丽亚那一派胡言乱语千万别往心里去，她一向就是要咬人的。如果你要帮忙，现钱或别的什么，就跟我说一声，好不好？"

亚瑟一声木吭地伸出手，托马斯握了握就走了。他一心要装出无所谓的样子，结果反而使表情显得更加冷漠呆板。

这时候，宪兵已结束了搜查。领头的军官要亚瑟穿上出门的衣服。亚瑟立即照办，正要出门时，忽然犹豫着不走了。当着这些军人的面，就这么离开母亲的祈祷室，让他有点难以接受。

"你们是不是可以离开这个房间一会儿？"他问，"你们看得出来，我不会逃跑，也没什么要隐藏的。"

"很抱歉，让犯人单独行动是不允许的。"

"那就算了，这也无妨。"

他走近壁龛，跪下吻了吻十字架的底座和蒙难耶稣的脚，轻柔地说:"主啊,请让我宁死不屈吧!"

他站了起来,只见那位军官站在桌旁认真查看蒙泰尼里的画像并问道:"是你的亲戚吗?"

"不,他是我的忏悔神父,是布里西盖拉地区的新任主教。"

家中那些意大利仆人正在楼梯上等着亚瑟,既焦急又伤心,因为他们爱他,爱他的母亲。大家围在他身边,吻他的手和衣服,那种感情既热情洋溢,又忧心忡忡。吉安·巴第士达站在一旁,眼泪顺着灰色的胡须一直往下淌。可是,博尔顿家里反倒没有一个人出来为他送行。家人这种冷漠的态度更增加了仆人们对亚瑟的体贴和同情。亚瑟同那些伸过来的手紧紧相握告别,几乎要哭出来。

"吉安·巴第士达,再见了,替我亲吻你的孩子!黛丽莎,再见了。上帝保佑你们大家,再见,再见!"

他急忙下楼,到了门口。不一会儿,只有一小群无言悲泣的男女仆人站在门阶上,目送着渐行渐远的马车。

🌿 第五章

亚瑟被关进港口那座巨大的中世纪堡垒。监狱生活还算可以忍受，虽然潮湿阴暗，很不舒服，但亚瑟在波尔拉街道的旧宅长大，因而牢房里令人窒息的空气、乱窜的老鼠和难闻的气味，在他看来也不觉得奇怪。牢房的食物很难吃，分量也不足，不过詹姆斯很快就获得许可，从家里送来各种生活必需品。亚瑟是被单独监禁的，看守的监视并不像他预计的那么严，可是，谁也没有解释他为什么被捕。好在他进了牢房以来，一直都保持着平静的心情。由于不准在牢里看书，他就祈祷，虔诚默念，以此来打发时光，不急不躁地等候事态的发展。

有一天，一个士兵打开牢门，对他喊："请这边走！"亚瑟一连问了两三个问题，得到的回答只是："不准讲话！"他只好听天由命，跟着士兵走过一座座院落、一条条过道、一道道楼梯，像走迷宫一般。走到哪儿都带着点霉味。最后，他们来到一间又大又亮的房间，里面有一张铺着绿呢、堆满公文的长桌，桌旁坐着三个穿军装的人，正在无精打采地闲聊。他们看到亚瑟进来，立刻摆出一副一本正经的样子。其中年纪最大的一个看着很阔气，留着灰色络腮胡子，身穿上校制服。他指了指桌子那头的一把椅子，开始初步审问。

亚瑟早有思想准备，以为会受到恫吓、凌辱和咒骂，决心维护自己的尊严，耐心和他们周旋。但事实并非如此，他反倒有点失望，只是这失望中还有点快慰。那位上校表情严肃，态度冷淡，说话打着官腔，但是非常有礼貌。他按照惯例问了姓名、年龄、国籍以及社会地位等问题，并且把亚瑟的回答一一记录下来。亚瑟被问得有些厌烦，忽听上校问道："博尔顿先生，现在问你：你说说，青年意大利党是怎么回事？"

　　"那是一个组织，在马赛办了一种报纸，在意大利境内发行，其目的是要引导人民起义，把奥地利的军队从意大利驱赶出去。"

　　"你大概看过这种报纸吧？"

　　"看过。报纸上讨论的问题我很感兴趣。"

　　"你在读这种报纸的时候，可曾意识到，这是一种违法行为？"

　　"当然知道。"

　　"我们在你房间里查到的几份报纸，你是从哪儿弄到的？"

　　"我不能告诉你。"

　　"博尔顿先生，在这儿不允许说'不能告诉'这样的话。我提的问题，你有义务回答。"

　　"如果你不允许说'不能告诉'，那么，我可以改成'我不愿意'。"

　　"要是再玩文字游戏，你会后悔的。"上校指出以后，亚瑟仍然没有回答。

　　上校接着说："不妨告诉你，我们已经掌握了证据，证明你不仅阅读违禁报刊，而且与那个组织有更密切的联系。如果坦白承认，对你会有好处。无论如何，真相终会大白。你要明白，以回避和否认事实来掩饰自己，是徒劳的。”

"我不想掩饰。你要了解什么？"

"首先，你是个外国人，怎么会和这种事纠缠在一起？"

"因为报纸上讨论的问题，我也曾考虑过，凡与此有关的书报，我能搜集到的也都阅读，从而得出自己的结论。"

"谁劝你加入这个组织的？"

"谁也没劝我。我自愿加入的。"

"你是在和我磨时间。"上校言辞尖利，显然开始不耐烦，"哪有自己就能加入一个组织的事！你要加入的愿望是向谁透露的？"

沉默。

"你是否有意回答我？"

"如果是这一类问题，我无意回答。"

亚瑟阴沉着脸答道，心里渐渐产生一种不可名状的恼怒，因为这时他已经知道，里窝那和比萨两地许多人遭到逮捕。他虽然不清楚这场灾难到了什么程度，但这足以使他对琼玛和其他朋友的安全感到牵肠挂肚。军官们戴着礼貌的面具，用阴险的问题和不着边际的回答来回避和搪塞，这样虚伪的游戏让他既担心又愤慨。门外哨兵来来回回的脚步声听起来也那么刺耳，让他难以忍受。

"啊，顺便问一下，你最后一次见到乔万尼·波拉是在什么时候？"你来我往争论几句后，上校调换话题，问道，"是不是在离开比萨前？"

"我没听说过这个名字。"

"你说什么？你不知道乔万尼·波拉？你肯定认识。一个年轻人，高个子，脸修得很干净。对了，他还是你同学嘛。"

"学校里好多同学我都不认识。"

"啊，波拉你肯定认识，一定认识。看，这是他的手迹，他很了解你呀。"

上校挺随便地把一份文件递给他。文件的标题是《供词记录》，下面有"乔万尼·波拉"的签名。亚瑟往下扫了一眼，忽然看到自己的名字也在上面。他很惊讶，抬头问道："是要我看看吗？"

"是的，这和你有关，不妨一看。"

亚瑟开始看文件，审讯官们默默地坐在一旁，注意亚瑟的表情。文件记载的似乎是回答一长串问题的供词。很明显，波拉也遭到了逮捕。供词的开头照例是一套成规的文字，接下来简要记载了波拉和组织的关系，他在里窝那散发违禁书报，还有学生集会的情况。后面写道："加入我们的还有一个年轻的英国人，叫亚瑟·博尔顿，家里很有钱，开轮船公司。"

亚瑟的脸涨得通红。波拉把他出卖了！这个波拉，他曾以启蒙者的神圣职责为己任；这个波拉，他曾改变了琼玛的信仰并且又爱上她！亚瑟放下文件，两眼对着地上发愣。

上校礼貌地暗示说："我想，这份小小的文件使你回想起来了吧？"

亚瑟摇头否认："我想不起来有这样的名字。"他顽固又生硬地重复着，"一定是出了什么差错。"

"差错？胡说八道！别这样，博尔顿先生，骑士风度和堂吉·诃德主义就其本身来说是美德，但也不能做得太过分。你们年轻人，干什么事儿一开始就容易用力过猛。仔细想想吧！别人已经出卖了你，而你还在这种小节上斤斤计较，把自己牵连进去，毁掉一生的前途，这有什么好处？你亲眼所见，他在供词上提到了你，对你可没有特别关照啊。"

上校话中不免冷嘲热讽，亚瑟心中一惊抬起头，突然醒悟过来。

他放声大喊："这是谎言！这是捏造！从你脸上就能看出来，你卑鄙无耻，要么是存心陷害哪个犯人，要么是设好圈套拖我下水。伪造文件，谎话连篇，你这恶棍……"

"住口！"上校咆哮着跳了起来。他那两个同事也站起身。他对其中一个说："托玛赛上尉，快按铃叫卫兵，把这位年轻的先生带到惩罚牢房里关上几天。我看，他不吃点教训是不知道理智的。"

惩罚牢房设在地下，里面阴暗潮湿，污秽不堪。亚瑟在这里不但没有变"理智"，反而更加怒不可遏。他在奢华的家庭长大，很讲究个人卫生，而牢房里滑腻腻的墙壁上爬满毒虫，地上堆满垃圾，青苔、污水和朽木散发出阵阵恶臭。那位受顶撞的上校见亚瑟在这儿受到如此强烈的刺激，可谓十分满意。亚瑟刚被推进牢房，门就锁上了。他伸手向前小心翼翼地跨了三步，刚碰上那滑腻的墙壁便心生厌恶，浑身战栗。他在黑暗中到处摸索，想找稍微干净点的地方坐下来。

漫漫长日在牢不可破的黑暗和寂寞中过去了，夜晚也是如此。他好像待在真空里，与外界完全隔绝，渐渐失去了时间的概念。第二天早上，有人来开门，响声惊得老鼠们吱吱叫着从他身边窜过去，把他吓了一跳，惊醒过来。他的心怦怦乱跳，耳朵里像有惊雷轰鸣，仿佛他隔绝了光明和声响不是几个时辰，而是好几个月。

牢门开了，透进一丝微弱的灯光。在亚瑟看来，这微弱的灯光犹如光的洪流，晃得他睁不开眼。看守长拿着一块面包和一杯水走进来。亚瑟跨步向前，以为是要领他出去，不料没等他张口，看守长就把面包和杯子递到他手里，转身走了。牢门又锁上了。

亚瑟气得直跺脚，生平头一回这般怒气冲天。但随着时间流逝，他对时间和空间的概念越来越淡漠。黑暗似乎无边无际，无始无终，生命对他来说好像已经停止了。第三天傍晚，牢门再次打开，看守长和一名士兵出现在门口。亚瑟抬起头，只觉得头晕目眩，赶忙用手遮住眼睛，避开那不习惯的亮光。他恍恍惚惚，不知道在这座坟墓里究竟待了几个小时还是几个礼拜。

"出来，往这儿走。"看守长公事公办，说话冷冰冰的。亚瑟站起来，机械地往前移动，可是怪得很，身子东倒西歪，像个醉汉一样跌跌撞撞。向上的台阶又陡又窄，看守长想扶他走，被他拒绝了。可是刚踏上最高一级台阶，亚瑟就感到一阵眩晕，身子踉踉跄跄支持不住了。要不是看守长一把抓住他的肩膀，他准会一跟头跌回牢房里去。

"瞧，他一会儿就没事了，"有人高兴地说，"从里面出来，大都要像这样晕倒的。"

一捧水泼到亚瑟脸上。他大口喘着气，眼前的黑暗仿佛一片片呼啦啦地消失了。他突然清醒过来，推开看守长的胳膊，沿着过道往前走上楼梯，步子十分稳当。他们在一扇门前站了会儿，门就开了。没等他弄明白要被带到哪里，就走进一间灯火通明的审讯室。亚瑟惊疑不定地看看那张桌子和上面的文件，又看看那几个军官，他们还坐在原来的位子上。

上校先开了口："啊，博尔顿先生！希望我们这次能聊得更愉快点。怎么样，黑洞洞的牢房滋味还行？不过，比你哥哥那豪华的客厅要差些吧？"

亚瑟抬起头，目光落在上校喜笑颜开的脸上。他被这个蓄着灰胡子的伪君子气得咬牙切齿，恨不得立刻扑过去，狠狠咬上几口。他的怒气写在脸上，弄得上校赶紧换种口气说："博尔顿先生，坐下喝点儿水，你太激动了。"

亚瑟把水推到一边，双臂撑在桌上，一只手托着额头，竭力让自己的思想集中起来。上校经验丰富，用犀利的目光注视着他。亚瑟的手和嘴不断颤抖，头发滴着水，目光涣散，这一切都表明他体力虚弱，精神紊乱。

过了几分钟，上校说："博尔顿先生，我们接着上次的谈话往下说。由于我们之间已经有了一点不愉快，不妨向你表明一下意图。我除了想对你宽容以外绝无其他用意。如果你态度端正，表现得理智一点，我可以保证，我们决不会对你采取不必要的粗暴手段。"

"你要我干什么？"

亚瑟语气强硬，怒气冲冲，声调都走了样。

"我只希望你能把这个组织及其成员的情况以直截了当的态度向我们坦白。首先，你要回答的是，你和波拉认识多久了？"

"我从来就没有见过这个人，关于他的情况我一无所知。"

"真是这样吗？那好，我们过一会儿再谈。我想，有个叫卡洛·毕尼的年轻人你认识吧？"

"从来没听说过这个人。"

"简直奇怪透了。那么，弗兰西斯科·奈里你总该认识吧？"

"从未听说过。"

"可是，这里有你写给他的一封信，是你亲笔写的。你看看！"

亚瑟漫不经心地扫了一眼就放下了信。

"这封信你可认得出来？"

"认不出。"

"你能否认这是你的亲笔信吗？"

"我什么也不否认，根本不记得有这事。"

"那么这一封你大概还记得吧？"

第二封信递过来，那是去年秋天他给一个同学写的信。

"不记得。"

"连收信的人也不记得？"

"不记得。"

"你的记忆力也差得出了奇。"

"这是我的毛病，我一直为此苦恼。"

"不见得吧！前两天我听一位大学教授说，你什么毛病也没有，相反很聪明。"

"你大概是以密探的标准来判断聪明的含义，而大学教授所指的聪明是另一码事。"

亚瑟的话里火气越来越旺。由于腹中饥饿，睡眠不足，加上空气污浊，亚瑟早已心力交瘁，身子像散了架一样。上校的声音使他更愤怒，气得他咬牙切齿，嘴里发出石笔在石板上咯咯摩擦的声音。

上校靠在椅子上严肃地说："博尔顿先生，你又忘了自己的处境。我再次向你提出警告，你这么谈下去没有好处。黑洞洞牢房的滋味你也尝够了，至少不会想马上再尝一回。我明白地告诉你，如果再拒绝这种温和的方式，我就要采取激烈手段了。注意，我已经掌握了证据，确凿的证据，证明这些年轻人当中有人偷运违禁书报进了这个港口，而且你和这些人有来往。我们不想对你施加压力，你是否打算把这桩事的来龙去脉都告诉我？"

亚瑟把头埋得更低了，心中涌起难以抑制的野兽般的狂怒，仿佛活物一般盲目搅动。他感到自己快要失去控制，不禁惶恐起来，因为这比任何外部威胁都更危险。他平生第一次意识到，无论上流社会的人修养多么好，基督徒的信仰多么虔诚，他们心里都隐藏着某种潜在的力量。这种自我的恐怖感强烈地笼罩在他心头。

"我在等你回答。"上校提醒他。

"我没什么可回答的。"

"你断然拒绝回答？"

"我什么都不会告诉你。"

"既然这样，我只好命令你回到惩罚牢房，直到你回心转意。如果还有麻烦，就要给你套上脚镣手铐了。"

亚瑟抬起头，浑身上下都在颤抖。他慢腾腾地说："随你的便。不过，你们这样任意摆布一位无辜的英国侨民，英国大使不会无动于衷，自会有所主张。"

亚瑟最终被关回原来那间牢房。他一下扑到床上，一直睡到第二天早晨。他没有戴镣铐，也不再进黑牢，但和上校之间的仇恨随着一次次审讯日益加深。在牢房里，他祈求上帝恩赐，使自己克服好动怒的罪恶，足足有半夜，他都在沉思基督的耐心和忍让，可是这些努力都无济于事。只要他一被带进那空洞洞的长房间，见到那张铺着绿呢的桌子，看到上校蜡黄的唇须，立刻就滋长出非基督的精神，刻毒和轻蔑的言辞脱口而出。不到一个月时间，他和上校之间的敌意已经发展到一见面就不可收拾的程度。

这种小冲突使他始终处于思想上的紧张状态，并开始严重影响他的神经。他知道自己受到了严密监视，还想起一种可怕的谣传：警察偷偷给犯人服一种可使神经错乱的颠茄制剂，这样就可以把他们的胡言乱语记录下来。他渐渐变得担惊受怕，觉不敢睡，东西也不敢吃，晚上有老鼠跑动也会惊醒，吓出一身冷汗，身子也直哆嗦，以为有人躲在屋里偷听他说梦话。显然，宪兵布下陷阱诱使他招供，好把波拉牵连进去。因此，他十分担心自己失言，哪怕是一点点疏忽，就会失足中了圈套。由于他神经的弦始终绷紧，因而真有可能胡言乱语。无论白天黑夜，波拉的名字始终在他耳畔回荡，甚至在数着念珠祈祷时，也会错将圣母马利亚的名字错念成波拉。更糟糕的是，随着日子一天天过去，他的宗教信仰同外界的事物一样，与他越离越远。他把宗教信仰作为自己最后的立足点，怀着狂热而执着的精神紧紧抓着不放，每天用好几个小时做祷告和默念。尽管如此，他还是越来越多地想到波拉，连祷告也做得非常机械。

不过，牢里那位看守长倒成了他最大的精神安慰。他是个胖乎乎的秃顶小老头，一开始还竭力装得十分古板。渐渐地，那张胖脸上每个酒窝都显露出他的善良，这种善良战胜了他公务在身而应有的种种顾虑，使他为一个个牢房的犯人传递消息。

五月中旬的一天下午，这位看守长来到牢房，满脸怒气，心事重重的样子。亚瑟见此十分惊讶。

"怎么回事，安里柯？"他叫道，"你今天究竟出了什么事？"

"什么事也没有。"安里柯答得咬牙切齿，一面往草铺那边走，开始收拾亚瑟带来的那条垫毯。

"这是干什么？把我送到别的牢房吗？"

"不，就要放你出去了。"

"放我出去？什么……今天？全部释放吗？安里柯！"

亚瑟激动异常，一把抓住老人的胳膊，却被断然推开。

"安里柯！你这是怎么啦？为什么不回答我？是不是我们大家都被释放了？"

老人只是轻蔑地哼了一声。

亚瑟再次抓住看守长的胳膊，笑哈哈地说："你看看你，对我发火有什么用？我是怎么也火不起来的。我想知道其他犯人的情况。"

"其他人指谁？"安里柯大发牢骚，突然放下正在折叠的衬衣，"大概不是指波拉吧？"

"当然是指波拉和其他所有同志。安里柯，你究竟是怎么啦？"

"得了吧，波拉一时还释放不了。这孩子真倒霉，被一个同志出卖了，哼！"安里柯一腔怨恨，把那件衬衣又拾了起来。

"出卖他？一个同志？天哪，太可怕了！"亚瑟吓得两眼发直。安里柯赶忙转过身。

"怎么，出卖他的不是你吗？"

"我？你这家伙疯啦！我？"

"可是，昨天审问波拉的时候，他们是这样对他讲的，确实是这么说的呀。如果不是你出卖了他，我真太高兴了。我一直觉得你是个体面的小伙子。这边走！"安里柯出了牢门，走上过道，亚瑟跟在后面，突然茅塞顿开。

"他们对波拉说我出卖了他？他们自然会搞这一套。不是吗，老朋友，他们也对我说过波拉出卖了我。波拉不会那么傻，相信他们编的这套鬼话！"

"这么说，根本不是那么回事了？"安里柯走到楼梯口停住脚步，对亚瑟浑身上下打量了一番。亚瑟只是耸耸肩。

"这一套当然是谎言。"

"孩子，听你这么一说，我真高兴。我要把这话告诉波拉。可是，你听听他们对他说些什么呀，说你指责他是出于……啊，是出于嫉妒，因为你们爱上了同一个姑娘。"

"这是谎言！"亚瑟重复一遍，说得又急又快，声音小得几乎听不见。他突然感到恐惧，全身好像瘫软下来。"同一个姑娘……嫉妒！"他们怎么知道？怎么会知道呢……

"孩子，等一等，"在通向审讯室的走廊上，安里柯停下来，轻柔地说，"我很信任你，只要你对我说一件事。我知道你是天主教徒，你在忏悔的时候说过些什么……"

"这是谎言！"亚瑟声音哽咽，像是要哭出来。

安里柯耸耸肩，继续往前走。"当然你心里最有数。不过，像这样受骗上当的傻小子，并不止你一个。最近，比萨城里就为了一个教士闹得满城风雨。你的一些朋友发传单揭发了他，说他是个间谍。"

他打开审讯室的门，见亚瑟还一动不动站在那里，两眼茫然若失，便轻轻推他进门。

"下午好，博尔顿先生，"上校和颜悦色地咧嘴笑着说，"很高兴祝贺你，佛罗伦萨方面来了命令，要释放你。请在文件上签个字好吗？"

亚瑟走过去，木讷地说了一句："我想知道究竟是谁告发了我。"

上校眉毛一扬，面带笑容。

"猜不出来吗？想想看。"

亚瑟摇摇头。上校双手一摊，礼貌地表示诧异。

"猜不出来？真的吗？怎么啦，博尔顿先生，就是你自己呀。谁还能知道你的恋爱私事？"

亚瑟默默转过头，只见墙上挂着一个巨大的木制十字架。他的目光渐渐落到耶稣的脸上，那目光并没有祈求，只是露出隐隐约约的惊异：这位上帝因循姑息、宽厚容人，连出卖忏悔者的教士也不给以雷打电劈。

"把你的笔记本领回去，在收据上签个名字好吗？"上校态度温和地说，"签好字就没有必要久留了。我想，你一定着急回家，我也要花大把时间处理那个傻小子波拉的事。你这回可因为基督徒的忍耐被他坑得好苦。我看，他的罪名恐怕要重多了。再见！"

亚瑟在收据上签了字，拿好笔记本，在死一般的沉默中走出去，跟着安里柯来到沉重的大门口，连一声告别的招呼也没打就下坡来到河边。一个船夫正等着渡他过河。他下了船，踏上通向大街的石级，就见一位身着布衣、头戴草帽的姑娘伸出双臂朝他迎面跑来。

"亚瑟！真是高兴！太高兴了！"

他把双手缩了回去，浑身战栗。

"琼！"他终于叫了一声，那声音仿佛不是从他嘴里冒出来的，"琼！"

"我在这儿等你半个小时了。他们说你四点钟就能出来。亚瑟，你怎么这样看我？出了事吧！亚瑟，你怎么啦？别走！"

他已经转过身，沿着街道慢慢走，仿佛把她给忘了似的。琼玛对他这种举动大惊失色，赶忙追过去，一把抓住他的胳膊。

"亚瑟！"

他停下脚步，两眼迷离地看着她。琼玛挽起他的手臂，两个人又默默向前走了一会儿。

"你听我说，亲爱的，"她很温和地先开了口，"这种事是够倒霉的，你别放在心上。我知道，你一定受了很大的委屈，不过大家都是很理解你的呀！"

"你指的是什么事？"他还是那么木讷地说话。

"波拉那封信啊。"

一听到波拉这个名字，亚瑟的脸就痛苦地抽搐。

"我以为你没听说呢，"琼玛接着说，"但转念一想，他们应该已经告诉你了。波拉准是疯透了，居然想得出这种事来。"

"这种事？"

"这么说，你还不知道啰？他写了一封耸人听闻的信，说你告发了轮船偷运一事，害他遭到逮捕。别提多荒唐了。但凡了解你的都不会相信，只有不了解你的那些人才对此感到恼火。我来正是为了告诉你，我们组织里没有一个人会相信那封信。"

"琼玛！可是，这……这是真的！"

她慢慢从他身边缩回身子，一动不动站在那里，惊得两眼圆睁，眼神阴冷，脸色就像丝绸围巾一样白。沉默像一阵巨大的冰浪将他们裹挟其中，与街上的一切完全隔绝开来。

"是真的，"他终于轻声说道，"轮船的事……我说了，还说出了他的名字……啊呀，我的上帝！我的上帝！我可怎么办呀！"

　　他突然清醒过来，意识到琼玛就在身旁，吓得面如土色。是啊，那是理所当然的，她一定以为……

　　"琼玛，你不明白！"亚瑟突然说着靠近她，但她尖叫一声躲开了。

　　"别碰我！"

　　亚瑟猛地一下紧抓住她的右手。

　　"看在上帝的分上，你听我说！这并不是我的过错。我……"

　　"放开我，放开我的手！放开！"

　　在这一刹那，她的手挣脱出来，并且用另一只手扇了他一记耳光。

　　他的眼前像是蒙了一层迷雾，一时间什么感觉也没有，只看到琼玛那惨白绝望的脸，看到她的右手在衣裙上拼命揉擦。接着迷雾驱散，恢复了白天的光亮。他环顾四周，发现琼玛已经不见了。

第二部

十三年以后

🌿 第一章

一八四六年七月的一个黄昏，在佛罗伦萨的法布列齐教授家里，一些熟人正举行会议，讨论未来的政治活动计划。

他们当中有几个是马志尼党人，最大的愿望就是成立一个民主共和国，统一意大利。另外一些是君主立宪党人，以及程度不同的自由主义分子。不过，有一点是大家的共识：他们都对塔斯加尼公国^①的报刊审查制度不满。几位知名教授召集了这次会议，希望各党派代表至少在这个问题上能顺利地讨论一个小时而不至于争吵。

庇护斯九世^②即位后，对教皇领地^③的政治犯施行了著名的大赦令。虽然即位才两周，但是由此掀起的自由主义热浪已席卷了整个意大利。这一惊人的事态甚至影响到塔斯加尼公国的政府。法布列齐和佛罗伦萨的其他几位名流都认为，要想奋力争取改革

---

① 意大利在当时分成许多小国，塔斯加尼公国（Tuscan）是其中之一。

② 庇护斯九世（Pius IX, 1792—1878）：又译"庇护九世"，是历史上在位时间最长的教皇。他颁布的一系列措施对十九世纪中期至二十世纪中期的天主教会有深远的影响。

③ 教皇领地（the Papal States）：一八一五年的维也纳会议把意大利分成许多小国，并将意大利中部的大片领土划为罗马教皇领地。

出版法，眼下正是大好的机会。

有人曾向戏剧家莱伽提出这个问题，他回答说："当然，出版法不改变，要办报纸是不可能的，那干脆就不办报纸。说不定我们能通过审查出版一些小册子。行动越早，就越有可能尽快修改出版法。"

此刻，这位戏剧家正在法布列齐教授的藏书室里阐述自己的理论方针，并且主张自由主义作家应采取这一方针。

"毫无疑问，"一位头发花白、说话慢条斯理的律师插嘴说，"我们应该抓住目前的有利时机，进行重大的改革，这是千载难逢的机会。但是，我不相信出小册子有多大用处。这种小册子充其量只能激怒政府，使他们担惊受怕，却不能争取他们的支持，而这才是我们的真正意图。当局一旦认为我们在进行危险的煽动，那我们就失去了得到支持的机会。"

"照你看，我们该怎么办？"

"请愿。"

"向大公爵请愿吗？"

"对，请他给出版以更多的自由。"

这时，一个坐在窗边的人大笑一声，转过身来。他面孔黝黑，目光炯炯有神。

"你要是请愿，那才大有收获呢！"他说，"我原以为，伦齐 ①那桩案子让想搞请愿的人已经有了足够的教训呢！"

"亲爱的先生，伦齐引渡一事未能阻止，我和你一样都感到

---

① 伦齐（Renzi）：在教皇领地组织起义的领袖，后被大公爵出卖并引渡给教皇，遭到杀害。

非常难过。说实在的，我无意伤害任何人的感情，但我不得不认为，造成失败的主要原因在于我们内部有些人操之过急。我当然应该迟疑……"

"皮埃蒙特人一向就是那般见识。"黑面孔的人尖刻地打断说，"我可不懂，那次行动有什么操之过急的地方，除非你把一系列温和的请愿行为也视为操之过急。塔斯加尼或皮埃蒙特的人也许认为操之过急，可我们那不勒斯人却没看出哪里操之过急了。"

皮埃蒙特人反唇相讥："所幸那不勒斯人的过激言行也只在那不勒斯才有。"

"得啦，得啦，先生们，别争了！"教授打断他们，"那不勒斯有那不勒斯的习惯，皮埃蒙特也有皮埃蒙特的习惯，各有各的长处。如今我们在塔斯加尼，而塔斯加尼的习惯是抓紧眼前的事情。格拉西尼律师主张请愿，盖利表示反对。里卡多医生，你的看法呢？"

"照我看，请愿也没有什么害处。如果格拉西尼拟好了请愿书，我愿意在上面签个名，毕竟这是我平生一大快事。不过，单纯请愿还不够，必须采取其他行动。我们一方面请愿，同时又出小册子，双管齐下不是更好吗？"

格拉西尼说："因为一出小册子，政府就反感，不会接受我们的请愿了。"

"无论采取哪一种手段，政府都不会接受的。"那不勒斯人站起身，走到桌旁说，"先生们，我们的方法不对路。跟政府妥协没什么好处，要干就必须唤起民众。"

"说得轻巧，真正做起来可没那么容易。你打算怎么干？"

"这还用得着问盖利吗！他第一步当然就要敲检察官的脑袋。"

"不，我不会那么干，"盖利态度坚决，"你们总以为南边来的人不讲道理，只知道冷酷无情的铁锤。"

"那好，你打算怎么干？嘘！先生们，请注意！盖利有高见了。"

参加会议的本来已经三三两两议论开了，这时，大家都聚拢在桌子周围，听听盖利有什么话说，盖利连忙举手声明："不，各位先生，谈不上什么高见，只是有点建议。照我看来，为新教皇的上任欢欣鼓舞，这实际上潜伏着很大的危险。人们似乎以为，庇护斯九世制定了一个新方针，颁布了大赦令，只要投入他的怀抱，他就会引导整个意大利进入福地。教皇大赦确实是辉煌的壮举，大家纷纷赞扬，我对他的赞美也绝不亚于别人。"

格拉西尼一听就鄙夷地插了话："可以肯定，圣父听了该扬扬得意了……"

"瞧你，格拉西尼，让人家把话讲完嘛！"这一次轮到里卡多插话干预了，"真是怪事，你俩老是斗来斗去，就像猫和狗一样，见面就咬。盖利，你继续！"

"我想说的是，"那不勒斯人接着说，"圣父的行为从本意上讲很好，这毫无疑问。但是，他的改革究竟推行到什么程度，就另当别论了。目前的进展很顺利，意大利境内各派反动势力在一两个月内将按兵不动，直到由大赦引起的兴奋逐渐平息。但是，不经过一番较量，他们不会把自己的权力拱手相让。我猜，过不了今年冬天，耶稣会派①、格里高利派②和圣信会派③的教士及其狐群狗党，都会来跟我们捣乱。他们会要阴谋、使诡计，用各种手段对付我们，对于收买不了的人都要下毒手。"

"这倒完全有可能。"

"既然这样，那我们究竟是温文尔雅地送上请愿书，等拉姆勃鲁契尼④及其同党说服大公爵派，让耶稣会派差遣奥地利轻骑兵监视大街小巷管制我们，还是趁他们一时受挫，先发制人呢？"

"你跟大家说说，要怎么先发制人？"

"我想到的是，我们要有组织地进行宣传和鼓动，矛头指向耶稣会派。"

"其实就是靠发小册子宣战，对吗？"

"对，就是要揭露他们的阴谋，戳穿他们的诡计，号召民众为了共同的事业反对他们。"

"可是，你要攻击的耶稣会派教士，我们这儿并没有呀。"

"没有？再过三个月你看会有多少。等到那时再攻击他们就为时已晚了。"

"可是，要真正唤起民众反对耶稣会派，话就要说得直截了

---

① 耶稣会派（Jesuits）：天主教修会，于一五三四年创立。罗马教皇利用此会来对付教内的宗教改革运动。

② 格里高利派（Gregorians）：指教皇格里高利十六世（1765—1846）的追随者，主张教皇极权主义，反对意大利民族主义运动。

③ 圣信会派（Sanfedists）：源自意大利语 Sanfedismo，全称"我们的主耶稣基督中的神圣信仰之军"，是一七九九年意大利反动势力为对抗民族主义运动而创立的一个天主教教派，支持教皇和奥地利的反动政策。

④ 拉姆勃鲁契尼（Lambruschini）：格里高利派的首脑人物，在奥地利的支持下镇压意大利民族解放运动。

当。这样一来，能过得了审查这关吗？"

"我并不想逃避审查，而是让他们查不出来。"

"你是想匿名出版小册子吗？那固然很好，可是我们大家对出版物的命运早就看够了……"

"不是那个意思。我打算公开发行，小册子上还印有我们的姓名和住址。只要他们有胆量，就来审查好了。"

"你的计划实在太荒唐了，"格拉西尼叫唤起来，"胆大妄为，简直是把脑袋往虎口里送。"

"噢，你别怕，"盖利态度尖锐地打断他的话，"我们还不至于为了几本小册子要你去蹲大牢。"

"住嘴，盖利！"里卡多表态了，"这不是害不害怕的问题。如果对事业有利，我们每个人都跟你一样，做好了进牢房的准备。可你这是无谓的冒险，等同儿戏。因此，对这个建议我想做点补充。"

"那好，你说说。"

"倒不如想办法将矛头单独指向耶稣会派，避免与审查制度冲突。"

"不知道你怎么着手。"

"宣传的内容隐晦一点，不必说得太露骨，这是可能办到的……"

"让审查官看不懂？可是这样一来，对于贫穷的手工业者和劳工，你能指望他们依靠无知和愚昧看懂你宣传的内容吗？这种想法似乎很不符合实际。"

"玛梯尼，你怎么看？"教授转向身旁那位肩膀宽阔、蓄着棕色大胡子的男人。

"我想参考更多的事实做依据，暂时保留意见。像这样的事要多尝试不同的方案，然后再看试验的结果如何。"

"萨康尼，你呢？"

"我倒想听听波拉太太的意见。她向来颇有见地。"

大家纷纷转头看向房间里唯一的女人。她一直坐在沙发上，手托着下巴，静静听大家讨论。那双黑色的眼睛深沉而严肃，可一抬眼的目光却显然令人玩味。

"恐怕，"她说，"我和大家的看法都不一样。"

"你一向与众不同，却偏偏总是对的。"里卡多插了一句。

"我们要同耶稣会派做斗争，这一点我认为非常正确。既然要和他们斗，就必须手握武器。仅仅反对显得软弱无力，逃避审查又太过烦琐，至于请愿，那就是儿戏了。"

"太太，我希望，"格拉西尼严肃地说，"你不至于要进行……暗杀吧？"

玛梯尼捋着大胡子，盖利忍不住笑出声来，连一向不苟言笑的波拉太太也难掩笑意。

"请放心，"她说，"如果我真那么凶恶，想搞暗杀，也不至于傻到把这种想法说出来。我认为最致命的武器莫过于讽刺。假如能把耶稣会派的所作所为以嘲笑的口吻揭露出来，让公众对他们的主张冷嘲热讽，就可以不用流血而战胜他们。"

法布列齐说："我认为你说得很对。可是该如何落实呢？"

"怎么不能落实？"玛梯尼反问，"面对审查，讽刺性文章比政论文章更容易通过。即使文章略加掩饰，普通读者也能从那些明显荒唐的笑料中明白其双关含义，总比读科学或经济论文容易得多。"

"太太，照你的意见，我们应该印发一种讽刺性的小册子，或者办一份幽默小报啦？如果办这样的报纸，我敢断定，审查机关是不允许的。"

"我的意思并非一定要出小册子或办报纸。我们可以印一些讽刺性的小传单，形式可以是诗歌或散文，然后在大街上廉价出售或免费散发，这样做会很有效果。如果能找到一位领会文章精神实质的艺术家，还可以在传单上插一些画。"

"这个方案如果得以实施，真是再好不过。我们不干则已，一旦干了就得像个样子。必须找个会写讽刺文章的一流人物，可是上哪儿找呢？"

"说得很对，"莱伽补充道，"我们大多数人写起东西来都很严肃，尽管我敬重各位，可不得不说，若要叫大家扮起面孔强装幽默，恐怕就跟大象表演快速旋转的塔兰泰拉舞①一样。"

"我绝不是要大家一窝蜂去干不适合自己的工作。我们得想办法，找到一个真正具有讽刺天才的人。我想这样的人在意大利总会找得到。当然，我们要提供必要的经济报酬，而且对这个人有所了解，确保他按照我们同意的方针办事。"

"可是，这样的人上哪儿去找？真正有才能的讽刺家屈指可数，而且都不合适。讽刺作家吉乌斯蒂自己就忙得不可开交，伦巴第那儿倒有一两个好手，可惜只用米兰方言写作……"

"而且，"格拉西尼补充道，"我们可以用更好的手段对塔斯加尼人施加影响。如果我们把公民自由、宗教自由这样严肃的问

---

① 塔兰泰拉舞（tarantella）：意大利南部一种轻快的民间舞蹈，节奏非常快。

题当作小事处理，别人肯定以为我们在政治上缺乏最基本的敏感。佛罗伦萨毕竟不像疯狂开厂赚钱的野蛮伦敦，也不像穷奢极侈的魔窟巴黎。这个城市有过伟大的历史……"

"雅典也是，"波拉太太微笑着打断他，"然而，它'由于臃肿而显得相当呆滞，需要一只牛虻来把它叮醒'……"

里卡多突然拍案惊叫："啊呀，怎么就没有想到牛虻！最恰当的人选啊！"

"谁？"

"牛虻，费利斯·列瓦雷士。你们忘了吗？就是三年前亚平宁山区穆拉多里队伍中下来的那个人呀！"

"是呀，这帮人你认识！我还记得，你跟他们一道去了巴黎。"

"不错，我一直到了里窝那，送列瓦雷士去马赛。他不愿留在塔斯加尼。他说，既然起义已经失败，留在那儿除了嘲笑也无事可做，所以宁可去巴黎。他的意见毫无疑问与格拉西尼先生一致，认为塔斯加尼不是一个适合嘲讽的地方。不过，如果我们请他回来，我倒蛮有把握他会同意，因为意大利又有机会干一番事业了。"

"你说他叫什么名字？"

"列瓦雷士。可能是巴西人，不管是不是，至少在那儿住过。我这辈子从没见过像他那样机智的人。我们在里窝那待了一个礼拜，天晓得有多了无生趣，只要一瞧兰勃梯尼那副苦样子，就足以叫人伤心。可是，列瓦雷士一到场，没有人能忍住不笑。他谈吐诙谐，甚至荒谬可笑，像一团永远喷不完的烈火。他脸上有一道可怕的刀伤，我还给他缝过伤口。这人虽然古怪，可是在我看来，正是他和他那套诙谐妙语使那些沮丧的年轻人从挫败中完全振作起来。”

“在法国报纸上发表政治讽刺文章，署名为牛虻的，就是那个人吗？”

“对，写的大多是一些短文和幽默小品文。因为他嘴不饶人，亚平宁山里的走私贩子给他起了个绰号叫‘牛虻’，他也就以此为笔名了。”

“这位先生的情况我也知道一些，”格拉西尼说得慢条斯理、一本正经，“不过我听到的可不都是奉承他的话。此人确实有些聪明，引人注目，可这种聪明还是流于表面，人们对他的赞誉有言过其实之处。他可能不乏体魄之勇，但是在巴黎和维也纳的名声，依我看，离纯洁还相差甚远。他似乎是个绅士，冒过……冒过许多险，但是身世不明，据说是由杜普雷探险队出于慈善而收留下来的。那是在南美赤道的荒野一带，当时他一身褴褛，粗俗不堪。至于如何落到那种地步，我认为他从未做出令人满意的解释。至于亚平宁山区的起义，的确是一次不幸的运动，但参加的人员之复杂早已不是什么秘密。在博洛尼亚被处决的那些人，不过是些普通的歹徒；至于逃跑的人，其品质也都很难说。毫无疑问，参加起义的人中确实不乏品德高尚之辈……”

“有些还是在座几位的知心朋友呢！”里卡多气愤地打断他的话，“格拉西尼，你洁身自好，这固然很好，可是那些‘普通的歹徒’为自己的信仰而献身，恐怕比你我所干的事都要有意义得多吧。”

“下次若有人向你散布巴黎的流言蜚语，”盖利补充说，“你就对他们说是我讲的，关于杜普雷探险队的传闻纯属杜撰。我认识杜普雷的助手马特尔，他把这件事原原本本地告诉了我。列瓦雷士当时流浪在那一带，这确有其事。他曾参加阿根廷共和国的独立战争而当了俘虏，后来逃跑了，以各种方式乔装起来，想要回到布宜诺斯艾利斯。说探险队出于慈善收留他，纯粹是捏造。当时探险队的翻译生了病，不得不回国，而那些法国人没有一个会说当地话，因此请他去当翻译。他们一起待了整整三年，一同在亚马孙河支流一带探险。马特尔还对我说，如果没有列瓦雷士帮忙，他们的探险队绝不可能完成探险任务。"

"不管他是什么样的人，"法布列齐说，"像马特尔和杜普雷这样老练的探险家能对他一见倾心，说明此人必有与众不同之处。波拉太太，你怎么看？"

"我对此一无所知。他们逃出塔斯加尼的时候，我正好在英国。不过照我看，探险队的同伴跟他一起在野蛮地带度过了三年，觉得他好，与他一同起义的同志也说他好，说明这个人值得推崇，也足以抵消对他的一些无稽之谈。"

"说起他的同志对他的看法，那是毫无疑问的，"里卡多说，"无论是穆拉多里及其战友赞贝卡里，还是那些粗野山民，无不对他表示敬意。他和奥尔西尼 ① 的私交也很好。另一方面，巴黎那边确实风言风语，流传一些针对他的荒诞故事。可是话说回来，要当一个政治讽刺家，不可能不树敌。"

---

① 奥尔西尼（Felice Orsini，1819—1858）：意大利民族主义革命者，原为马志尼的信徒，后与马志尼决裂，选择个人恐怖斗争道路。一八五八年，当拿破仑三世和皇后乘车前往巴黎歌剧院时，他与同伙投弹谋刺，失败被捕，后在巴黎被处死。

"我记不大清了。"莱伽提出，"当初那些逃亡者待在这里时，我好像见过他一回。是不是有点弯腰驼背，类似这种毛病？"

法布列齐教授打开写字台的抽屉，开始翻阅一大堆文件。他说："我这儿应该有警察局对他的通缉令，上面描述了他的特征。大家还记得吧，他们逃进山里的时候，到处张贴着通缉令。那个大主教，这流氓叫什么来着……斯宾诺拉，还悬赏要他们的脑袋呢。"

"提起警察局的通缉令，我又想到列瓦雷士的一段精彩事迹。他曾穿上士兵的旧军装，扮成一个执行任务受了伤的骑兵，四处流浪，想回归他的部队。不料碰上斯宾诺拉的搜查队，竟然搭上他们的便车，在车上待了整整一天。一路上，他编造了许多触目惊心的故事，说自己被叛军抓去当了俘虏，被带到山上的匪穴，受到了残酷的折磨。搜查队队员把通缉令拿给他看，他信口胡扯了一通'绰号叫牛虻的恶魔'的故事。那天晚上，他趁他们睡觉，把一桶水灌进火药里，扛着好几袋粮食和弹药跑了……"

"啊，通缉令在这儿，"法布列齐插话说，"费利斯·列瓦雷士，绰号'牛虻'。年龄三十左右；籍贯与家世不详，可能是南美人；职业为新闻记者。身材矮小，黑发，黑须，皮肤黝黑，蓝眼睛，前额宽阔方正，鼻子、嘴巴、下巴……啊，这里，特征：右脚跛，左臂扭曲，左手断二指，脸上有新砍的刀伤，口吃。下面还有一个说明：枪法极准，逮捕该犯时要当心。"

"搜查队有这样一份详细明确的识别公告，居然还被骗得团团转，实在是不可思议。"

"这当然是他胆识超群。一旦遭到一丝怀疑，他就非完蛋不可。一个人若能随时装出纯洁无辜的天真模样，准会化险为夷。

那么，先生们，关于这个提议大家有什么意见？我们这儿似乎有几位很了解列瓦雷士。要不要向他表示，邀请他来这儿帮我们的忙？"

"我看，"法布列齐说，"不妨先就此事打听一下，看他是否有意支持我们的计划。"

"噢，他会支持的。只要是跟耶稣会派做斗争，他肯定干。我从没见过像他这样坚决反对教士的人。在这一点上，他几近疯狂。"

"那好，里卡多，你来写信好吗？"

"没问题。让我想想，他现在在哪儿？应该是瑞士。这个人根本闲不住，总是东奔西跑。至于小册子的事……"

大家进行了漫长而热烈的讨论。散会时，玛梯尼走到沉默的年轻妇人跟前。

"琼玛，我送你回家吧。"

"谢谢。我正好有事要跟你谈。"

"是不是通讯地址出了什么差错？"他小声问。

"并不严重，但我认为该做些调整了。这个礼拜有两封信被邮局扣留。这两封信不怎么重要，也可能是巧合。可是这种冒险我们经受不起呀。一旦警方对我们的任何地址有所怀疑，就要立刻变换。"

"这事我们明天再谈。今晚不谈正事了，你好像很累。"

"我不累。"

"那是心情又不好了？"

"啊，不，没有什么。"

❧ 第二章

"太太在家吗，卡蒂？"

"在的，先生，她在更衣。请到客厅坐一坐，她一会儿就下楼。"

卡蒂以一个地道德文郡姑娘的快活和热情领客人进了客厅。她特别喜欢玛梯尼这样的客人。他说英语，虽然说起来像外国人，但这已经令人刮目相看，他也不会像有的客人那样，一来就扯着嗓门高谈政治，一直折腾到凌晨一点，弄得女主人非常疲倦。不仅如此，女主人住在德文郡的时候，孩子刚死，丈夫病危，正是困难时期，他还赶到德文郡去帮助她。从那时起，卡蒂就把这位身材高大、行动笨拙、寡言少语的男人当成"家里人"，就像此刻蜷在他膝上的那只懒洋洋的黑猫一样。而黑猫帕希特呢，把玛梯尼当成了一件还算派得上用场的家具。这位客人从不踩它的尾巴，不把烟往它眼睛上喷，也从不跟它过不去。他表现得像个本分人，拿出自己舒适的膝盖供它躺着打呼噜，吃饭的时候也从不忘记它，没有表现出好像人在吃鱼，猫会无动于衷似的。他们之间的友谊由来已久。帕希特还是小猫咪的时候，女主人病得很厉害，无暇照顾它，正是玛梯尼关心它，把它安放在篮子里，从英国带到了这里。长期的经验使它深信不疑，这位粗笨的"人熊"真是同舟共济的好朋友。

"瞧你们俩，多快活！"琼玛下楼来到客厅，"叫人看见，还以为你们就这样自在地打发了黄昏时光呢。"

玛梯尼小心地把猫放到地上。"我提前来，"他说，"是想在动身前吃些茶点。今晚那边肯定拥挤不堪，格拉西尼也拿不出什么像样的东西吃。时髦大师从来做不出像样的食物。"

"行了！"琼玛笑着制止他，"你说起话来就像盖利一样刻薄！可怜的格拉西尼，撇开妻子不善持家不说，他自己的罪已经够受的了。茶点马上就好。卡蒂专门为你准备了一些德文郡的蛋糕。"

"卡蒂真好，帕希特，你说是不是呀？呀，你到底还是穿上了这套漂亮衣服。我还以为你把这事给忘了。"

"我答应过你要穿的，不过今晚有点热，穿着并不合适。"

"到了菲索尔就会凉快些。你穿白色羊绒衫比什么都合身。我带来几朵花，给你戴在衣服上。"

"啊，玫瑰，真好看，我真是喜欢！不过，还是插在瓶里吧，我不爱戴花。"

"瞧，你的迷信念头又作怪了。"

"不，不是迷信。我只觉得，一整晚跟我这样乏味的人做伴，花儿一定会感到厌倦的。"

"今天晚上恐怕我们都会感到厌倦。聚会一定沉闷得难以忍受。"

"为什么？"

"一部分是因为，格拉西尼接触到的任何东西，都会变得像他本人一样乏味。"

"不要刻薄了。我们就要到人家那里去做客，这样说主人有点不厚道。”

“太太，你一向言之有理。还有一部分是因为，爱说爱笑的人半数不会到。”

“这是怎么回事？”

“不清楚。可能不在城里，或者生了病之类的其他原因。总之，参加聚会的有两三位外国大使、几位德国学者，照例有一些说不上名头的旅行家、俄国王子和文艺俱乐部的人，还有几位法国军官。这些人我都不认识，当然，除了……那位新来的讽刺家。今晚他可是万众瞩目。”

“新来的讽刺家？怎么，列瓦雷士？我还以为格拉西尼极力反对他呢。”

“对，本来是不赞成的。但既然这个人已经来了，而且日后必将引起议论，格拉西尼当然希望这位名人在自己家里率先露面。格拉西尼对他持不赞成的态度，他根本就不知道。不过，他很快会猜到的。这个人非常精明。”

“我都不知道他已经来了。”

“他是昨天刚到的。茶来了。不，不用站起来，我来拿茶壶。”

待在这间小巧玲珑的书房里，他感到其乐无穷。琼玛的友谊，她于庄重中不经意散发的魅力，以及她那坦诚质朴的同志情谊，在他平淡乏味的生命中绽放出最夺目的光辉。每当心情郁闷时，他总要在办完公事后到这儿来坐坐，常常一言不发，看着她低头织毛线或斟茶。她从不过问他的烦恼，也不在言语间流露同情。可是，他离开时总能变得更加坚强，心情更加平静，正如他自己说的那样，“又可以痛痛快快过上两个礼拜了”。她具备一种难能可贵的秉性，擅长安慰别人，尽管她自己并没有意识到。两年前，玛梯尼的几位好友在卡拉布里亚遭人出卖，像狼一样被射杀了。可是琼玛仍然抱着坚定的信念，也许正是这种信念使他不至于陷入绝望。

有时在礼拜天早上，他会过来和她谈谈公事，聊聊马志尼党内的一些实际事务。他俩都很积极，是党内忠实的成员。在这种场合，她又变成另外一个人，热切而冷静，思路清晰，细致客观。那些只在工作场合见过她的人把她当成训练有素的策动家，纪律严明，遇事果断，值得信赖，在各方面都是党内宝贵的一员，只是缺乏人情味，没有个性。盖利曾评价她"是天生的革命家，一个抵得上我们一打，可是除此以外她什么也没有了"。玛梯尼所了解的这位"琼玛夫人"，真让人难以捉摸。

"那么，你那位新来的讽刺家究竟什么样？"琼玛一面打开食品橱，一面回头问玛梯尼，"西塞尔，你瞧，这儿有你爱吃的麦芽糖和蜜饯。说来奇怪，搞革命的人怎么都爱吃甜食。"

"其实别人也喜欢，只是不说而已，觉得说出来有失身份。你问新来的讽刺家？是那种一般女人见了会起哄的类型，你不会喜欢的。他专说刻薄话，摆出一副无精打采的样子满世界游荡，后面紧跟着一个跳芭蕾舞的漂亮女人。"

"你是指他身边真的有个跳芭蕾舞的女人，还是出于不满，故意学他说刻薄话？"

"真是天晓得！哪是我对他有什么不满，跳芭蕾舞的姑娘确有其人，对那些把泼辣也视为美的人来说，她也算得上是个美人。我个人是不喜欢的。据里卡多说，她是匈牙利的吉卜赛女郎，或者类似那样的身世，早先在加里西亚某个戏院待过。这个厚脸皮的家伙向别人介绍那个女人时，就像在介绍家里没出嫁的姑妈一样。"

"如果真是他把她从家里带出来的，那么介绍也无可厚非。"

"亲爱的夫人，你不妨这么看，可社会上的人并不这么看。他那样介绍一个女人，我想大多数人一定反感，因为他们都知道那女人是他的情妇呀。"

"他没说，别人怎么知道？"

"这是明摆着的。你见了她就会明白。不过他应该不至于胆大妄为到把她带去格拉西尼家里。"

"他们家也不会接待她。格拉西尼太太不是那种愿意违背礼俗的女人。其实，我想知道的是作为讽刺家的列瓦雷士先生，而不是他个人的事。法布列齐对我说，这位先生已经收到我们的信，表示愿意到这儿来，担负攻击耶稣会派教士的任务。后面的情况我就不知道了。我这个礼拜工作很忙。"

"我也只知道这些。钱的问题倒不像我们预料的那么麻烦。他手头似乎很宽裕，工作不计较报酬。"

"这么说，他有私人财产？"

"显然有，不过，这事似乎有些蹊跷。那天晚上在法布列齐家里，谈到杜普雷探险队发现他时他的处境，你也听到了。可是，他现在手里握有巴西某处矿山的股票，还在巴黎、维也纳和伦敦撰写杂文，其稿费收入也相当可观。他似乎精通六种语言，待在这里并不妨碍他和别处报纸的联系。抨击耶稣会教士也不至于占用他全部的时间。"

"那是当然。我们该动身了，西塞尔。哎呀，我还是把花戴上吧，稍等一下。"

她跑上楼，下来时花已别在胸前，头上披一条西班牙黑边蕾丝长围巾。玛梯尼以欣赏艺术品的眼光赞许地打量她。

"我亲爱的太太，你这样子就像尊贵的皇后，像聪明伟大的示巴女王①。"

"你真会挖苦人！"她笑着反驳，"瞧，我为了把自己打扮成典型的社交太太，真是受够了！谁还指望一个地下革命党人装扮得像示巴女王？靠这种办法也摆脱不了暗探啊。"

"无论你怎么打扮，也学不会社交太太的庸俗。这不打紧，尽管你不会像格拉西尼太太那样，拿扇子捂着脸，一个劲地傻笑，但是你那么漂亮，特务不可能猜到你的政治观点。"

"得了，西塞尔，那个可怜的女人你就不要奚落她了！来，吃点麦芽糖平复一下情绪。准备好了？我们该动身了。"

聚会正如玛梯尼估计的那样拥挤不堪，枯燥乏味。学者名流文质彬彬地闲聊，一副无可奈何、百无聊赖的样子；那些"说不上名头的旅行家和俄国王子"，在房间里来回打听，高攀名流，说话时摆出很有学问的架势。格拉西尼接待客人的姿态，就跟脚上那双擦得锃亮的靴子一样小心翼翼，可是一看到琼玛，那张冷冰冰的面孔顿时喜笑颜开。其实，他并不真心喜欢她，甚至对她有些畏惧。不过他清楚，要是没有琼玛，整个客厅的吸引力就会一落千丈。他在自己的专业领域已经出人头地，名利双收，如今最大的愿望就是把自己家打造成开明人士和知识分子的社交中心。他已经痛苦地意识到，自己在年轻时不慎娶了一位身材矮小、相貌平庸、穿着花哨的女人，她谈吐乏味，姿色早衰，与大

---

① 示巴女王：又称希巴女王，《圣经·旧约》中的传说人物。

型文艺沙龙女主人的身份极不相称。因此，每次晚会他都劝琼玛参加。只要她出席，晚会就能成功。她的优雅谦和总是让来宾感到舒服。他总觉得这栋房子被一种俗不可耐的氛围所萦绕，只要琼玛一出现，这种气氛就能烟消云散。

格拉西尼太太十分亲切地迎接琼玛。她凑近做耳语状，其实声音很大。"你今晚多迷人啊！"说着开始用苛刻的目光挑剔她那件白色羊绒衫。她对这位女宾有满腔的怨恨，她所恨的恰恰就是玛梯尼所爱之处：她沉静性格中蕴含的力量，诚挚爽快中显出的庄重，平衡的心境以及自然的表情。格拉西尼太太恨一个女人，却是以一股奔放的热情来显露的。琼玛对这套恭维和亲昵抱着姑且听之的态度，从不放在心上。在她看来，"进入社交界"这项任务令人腻烦，可是地下革命党人若要躲开暗探的注意，又必须自觉地完成这项任务。她将此与书写密码的烦琐程度相提并论。她知道一个女人若是衣着华丽出了名，就等于有了一层天然的保障，可以免遭怀疑，因此，她研究时装就像研究密码一样仔细。

那些无聊郁闷的文人学士们，听到琼玛的名字终于提起了点精神，他们都很喜欢琼玛，尤其是那些激进的新闻记者，纷纷聚拢到她身边。但她毕竟是位老练的地下党员，不会把精力全都放在这些人身上。激进分子天天都能碰到，因此他们围拢来时，她便婉言相劝，要他们干自己的正事，笑着提醒他们，别在她这儿浪费时间，这屋里还有那么多旅行家等着他们去指导。她自己则全力以赴与一位英国议员周旋，因为共和党人正迫切希望得到这位议员的支持。她知道这人是财政专家，为了引起他的注意，她首先就奥地利的一个财政技术问题向他请教，然后巧妙地把话题转到伦巴第和威尼斯政府的财政预算上。英国议员本以为这又是一场无聊的闲谈，故此刻惊讶地看着她，担心自己被一位女学者窘得下不了台。但是见她热情友好、谈吐风趣，他立刻心悦诚服，认真地同她讨论起意大利的财政问题，仿佛她就是奥地利首相梅特涅。这时候，格拉西尼领着一个法国人走过来，说他想就青年意大利党的历史问题请教波拉太太。英国议员迷惑不解地站了起来，觉得意大利人不满于现实的原因也许比他原本估计的还要复杂。

过了一会儿，琼玛悄悄溜出客厅，来到窗外的露台上。这里栽着高大的山茶花和夹竹桃，她想坐下休息一会儿。客厅里空气沉闷，人来人往，弄得她晕头转向。露台另一头摆着一排棕榈树和凤尾蕉，都栽在大木桶里，木桶前面种了一排百合和其他花木以作遮掩。这些花木形成一道严密的屏风。在这屏风背后不大的角落里，外面山谷的美景一览无余。石榴枝头结着一簇簇迟开的花蕾，悬空高挂，点缀在花木之间狭窄的空隙处。

琼玛把这个角落当成避难所，打算清静地休息一会儿，缓解头晕的症状。她不希望有人打扰。美丽的夜晚，暖和而静谧。她刚从闷热的室内出来，感到阵阵凉意，于是把围巾披在头上。

正恍惚蒙眬间，琼玛突然被走廊上传来的说话声和脚步声惊醒了。她躲到暗处，期待不要被人发现，好得到更多宝贵的休息时间，然后再搜索枯肠应付交际。讨厌的是那脚步声就停在"屏风"附近，接着听到格拉西尼太太的说话声。她的声音像笛子一样尖细，喋喋不休一阵又稍作停顿。

另外一个是男人的声音，听起来柔和悦耳，美中不足的是夹杂着一种特别的拖音，可能是装腔作势，但更有可能是为了矫正口吃养成的习惯，总之听起来很不舒服。

"你说是英国人？"那人问道，"但名字听着像意大利的。叫什么，叫波拉？"

"对，是个寡妇。可怜她丈夫乔万尼·波拉，大约四年前死在英国，你不记得了？啊！我倒忘了，你过的是流浪生活，哪儿知道这个不幸的国家死去的那许多烈士呢！"

格拉西尼太太叹了口气，和陌生人交谈她一向如此。这一声叹息就像爱国志士在为意大利的命运忧伤不已，但那神情又很像寄宿学校女生的派头，孩子似的撒娇噘嘴。

"死在英国！"那人重复一遍，"这么说他当时在英国逃难？我总觉得这个名字有点耳熟。他不是与初期的青年意大利党有关系吗？"

"是有关系。一八三三年，一批青年人不幸被捕，他就是其中一个。那个悲惨事件你还记得吗？几个月后他被释放；过了两三年，政府又要拘捕他，于是他就逃往英国。后来，我们听说他在那儿结了婚。这一件件事听起来实在是罗曼蒂克，可怜的波拉一向都很罗曼蒂克。"

"你说他后来死在英国？"

"是的，死于肺病。英国的气候太恶劣，他受不了。丈夫临死的前几天，琼玛唯一的孩子又得了猩红热死掉了。多悲惨啊，不是吗？我们个个都很喜欢亲爱的琼玛！这可怜的人，就是有点儿拘谨。你也知道，英国人一向如此。照我看，她是因为苦恼才变得郁郁寡欢，而且……"

琼玛站起身，推开石榴枝来到亮处。把她个人的不幸遭遇当成闲聊的话题，实在无法容忍。她脸上显然挂着怒意。

"啊呀，原来她在这儿！"女主人一声惊叫，却还能保持镇静，真叫人佩服，"琼玛，亲爱的，我还在想你跑哪儿去了呢。费利斯·列瓦雷士先生想要认识认识你呀。"

"这就是牛虻。"琼玛心里思忖，好奇地看着他。他彬彬有礼地鞠了一躬，但是，那双上下打量人的眼睛露出锐利又傲慢的目光，仿佛在审问她似的。

"你找到这么一个悠、悠、悠闲的地方，"他看了看浓密的花木屏障说，"多、多么迷人的景色啊！"

"是的，这里的确很美，我想换换新鲜空气。"

"夜色这么美，待在屋里真是辜负了上帝的一片慈心。"女主人说着，抬眼望向天上的星斗。她的睫毛生得很好看，想炫耀炫耀。"先生，你想想看，我们可爱的意大利要是有了自由，不就是人间天堂吗？它有这么美丽的花朵、这么美丽的星空，竟然是个被束缚的奴隶，简直不可思议！"

"还有这些爱国的女人呢！"牛虻声音柔和，有些含糊地拖起长音。

琼玛转头瞥了他一眼，震惊于他的无礼，竟这般明目张胆地讽刺别人。但她低估了格拉西尼太太要人恭维的愿望。那女人怪可怜地垂下睫毛，又叹了一口气。

"啊，先生，一个女人能干的事实在微不足道！也许有那么一天，我也可以证明我不愧为一个意大利人，谁知道呢？现在我得回去，尽我招待客人的义务。法国大使先前请求我，把他的养女介绍给这里所有的社会名流。你们一会儿得进去见见她，真是个讨人喜欢的姑娘啊！琼玛，亲爱的，我带列瓦雷士先生到外面来，是想让他看一看这里的美景，现在我得把他交给你了。我知道你会好好招呼，向他介绍这里的客人。哟！令人愉快的俄国王子过来了！你见过他吗？据说是尼古拉皇帝最宠爱的人儿，现在身任波兰一个城市的司令官，那个城市的名字谁也念不来。多么美好的夜晚！不是吗，我的王子？"

她像长了翅膀似的翩翩飞去，和那个男人絮絮叨叨聊开了。那人脖子粗壮如牛，下巴肥大臃肿，外衣上佩戴着金光闪闪的勋章。一路上，她在为"我们不幸的祖国"哀悼的同时，不时夹以"多迷人啊""我的王子"之类的感叹。那声音越走越远，终于渐渐消失了。

琼玛仍然静静地站在石榴树旁。她对那位小个子女人的可怜和愚笨感到遗憾，又对牛虻那种懒洋洋的傲慢感到厌烦。此刻，他正目视着渐渐消失的人影，那副神态使她非常气愤。对于这样可怜的人采取嘲笑的态度似乎太不厚道。

"你看，意大利，和、和俄罗斯的爱国主义，"他回过头来，微笑着说，"搂着胳膊相互为伴，多么高兴。你喜欢哪一种爱国主义？"

琼玛皱了皱眉头，没有理睬。

他接着说："当、当然啰，这纯粹是个、个人的爱好问题。不过，我更喜欢俄罗斯的爱国主义，因为那是一种彻底的爱国主义。想想看，假如俄罗斯的霸权统治不依靠火药和子弹，只靠鲜花和天空，那位'我的王子'在波兰的要塞里能待、待上几天？"

琼玛冷冷地答道："我认为，个人的看法可以坚持，但不该在做客时嘲笑女主人。"

"啊，对了！我忘、忘了意大利是好客之邦，意大利民族也是好客的民族。我想，奥地利人对此一定有所领教。请坐下来好吗？"

他一瘸一拐地走过露台，为她端出一把椅子，自己则站在她对面，靠在栏杆上。灯光透出窗子，把他的脸照得分明。琼玛得以从容地打量他。

她感到很失望。原本以为，这张面孔虽算不上赏心悦目，但至少会给人以生动而有力量的感觉。没想到他的外表最显眼之处不过是服饰华丽的倾向，至于神情和态度上潜伏的傲慢，绝不仅仅是一种倾向。此外，他皮肤黝黑，像是黑白种的混血儿。尽管跛脚，但动作像猫一样敏捷。他的整个性格让人很奇怪地联想到一头黑色的美洲豹。一道长长的刀疤弯弯曲曲地跨过前额和左颊，使整张脸显得非常可怕。琼玛注意到，他说话口吃的时候，有一侧脸会产生神经质的痉挛。他虽然有点浮躁乖张，但若除去上述缺陷，他的相貌还是英俊的。现在这个样子，当然谈不上好看了。

他又说话了，声音还是那么柔和，语调还是那么模糊。琼玛对他越发有了怒意，暗自忖道："假如美洲豹在脾气好的时候能说话，肯定就是这副腔调。"

"我听说，你对激进派的报纸非常感兴趣，还给这些报纸写文章。"

"只是偶尔写写，因为没多少工夫。"

"啊，那是自然。格拉西尼太太对我说，你还有其他重任。"

琼玛微微扬起了眉毛。像格拉西尼太太这样的女人，头脑简单，显然不够谨慎，在这狡猾的家伙面前瞎唠叨了什么。她打心底里对他起了反感。

"我的确很忙，"琼玛冷冰冰地说，"不过，格拉西尼太太对我的工作未免估价过高。我不过是忙些琐碎小事。"

"如果我们所有人都把时间用来为意大利高唱哀歌，这个世界就不堪设想了。我倒认为，与今晚的主人和他太太接近，会使每个人为了自卫而把自己说得无足轻重。哦，是的，我明白你的意思，完全正确，可是刚才那一对活宝的爱国主义是真滑稽。怎么，你要进去了？这外面多好啊！"

"我是要进去了。那是我的围巾吗？谢谢。"

他帮她把围巾拾起来。此刻他站在那里，睁着天真纯洁的蓝色大眼睛，就像溪水中两朵清澈的勿忘我。

"我知道你在生我的气，"他有些后悔，"因为我嘲弄了那个上了彩的蜡娃娃。可是，我有什么办法呢？"

"既然你这么问，那我的确认为，把智力不如自己的人拿来取笑，是不厚道，甚至卑怯的行为。这就好像嘲笑一个跛子，或者……"

牛虻突然屏住呼吸，感到一阵痛苦，身子连连后缩，看了一眼自己的跛脚和残手。但是他很快就恢复了自控，迸发出一阵笑声。

"太太，你这番类比很难说公正。我们这些跛子并不当着别人的面炫耀自己的残疾，而她却要卖弄自己的愚蠢。请相信，我们也承认，畸形的背和畸形的行为一样，都不会使人感到愉快。这儿有个台阶，我扶你一下好吗？"

琼玛一声不吭地回到屋里。没想到他那么敏感，弄得琼玛完全不知所措，有些难堪。

牛虻把客厅的大门一拉开，琼玛就意识到里面出现了异常。绅士们大多显得气愤而不安；小姐太太们簇拥在房间的一头，一个个涨红了脸，极力装出若无其事的样子；男主人一手托着眼镜，竭力克制心中的怒火；一小撮旅行家站在角落里，饶有兴致地看着房间另一头。那里显然出了什么状况，旅行家们似乎在看笑话，而大多数客人则认为自己受了侮辱。只有格拉西尼太太一个人还蒙在鼓里，照样卖弄风情地摇着扇子，同荷兰使馆的秘书聊个没完。那位秘书一面听她说，一面咧着嘴难掩笑意。

琼玛在门口停留片刻，回头看看牛虻是否也注意到人群中的不安，只见他的目光从无知而多福的女主人脸上移到屋里另一头的沙发上，眼里明显露出邪恶的得意神情。琼玛立刻明白了，原来他打着幌子把情妇也带来了。他玩的这套把戏也就只能骗骗格拉西尼太太。

那个吉卜赛女郎斜倚在沙发上，身边围着一群嬉皮笑脸的纨绔子弟和滑稽可笑的骑兵军官。她打扮得花枝招展，身着琥珀色和猩红色相间的衣服，颇具艳丽的东方色彩，身上还佩戴着许多珠光宝气的饰物，夺目耀眼。她在这个佛罗伦萨的文艺沙龙里格外引人注目，仿佛一群麻雀和椋鸟中间飞进了一只热带鸟。她自己似乎也感到有点格格不入，对那些面带怒意的太太小姐们横眉瞪眼，摆出不屑一顾的架势。见牛虻和琼玛进屋，她一下就跳起来，迎了过去，用一口错误百出的法语说个不停。

"列瓦雷士先生，我到处找你啊！萨尔特柯夫伯爵问你，明天晚上能不能到他的别墅去，那儿有舞会。"

"抱歉，我不能去。即便去了我也不会跳舞。波拉太太，请允许我介绍一下，这位是绮达·莱尼小姐。"

吉卜赛女郎带着挑衅的神气打量一番琼玛，挺不自然地鞠了一躬。正如玛梯尼所说，她的确很漂亮，那种美如野兽般粗犷而生动；举止协调潇洒，招人喜爱；但额头生得低而窄，鼻子的线条虽然精细，却流露出刻薄甚至残酷的神态。琼玛跟牛虻在一起已经倍感压抑，现在又多了个吉卜赛女郎，这种心情更加强烈了。因此，当主人来请她帮忙招待另一房间的几位旅行家时，她欣然同意，竟有种如释重负的感觉。

"太太，你觉得牛虻这个人怎么样？"当天夜里驱车返回佛罗伦萨时，玛梯尼问琼玛，"格拉西尼家那个矮小的女人本来就怪可怜的，他还那样嘲弄人家，还有比这更无耻的行为吗？"

"你是指跳芭蕾舞的女人？"

"是啊，他哄骗格拉西尼太太，说那个女人就要成为社交季的明星。而格拉西尼太太对于一个名流，干什么事也在所不辞。"

"我也觉得他这么干不好，甚至有点恶意。不仅使格拉西尼夫妇处境尴尬，而且对于那个女郎本人也同样残忍。我敢肯定，那个女郎一定感到不是滋味。"

"你不是和他聊了几句嘛，有什么看法？"

"唉，西塞尔，没什么可说的，只是一见他就巴不得走开。我从没见过他这样惹人厌烦的人，聊不到十分钟就弄得我头疼。他简直就是魔鬼的化身，没有一刻安宁。"

"我早就说你不会喜欢他的。说实在的，我跟你一样不喜欢。那家伙狡猾得像条鳗鱼，不值得信赖。"

第三章

牛虻在罗马门外住下，邻近绮达的住所。他显然有点西巴列斯人的享乐派头。屋里的摆设虽谈不上过分奢侈，但细微处却有铺张扬厉的倾向，陈设布置无不精美雅致，盖利和里卡多对此不胜惊异。他们本来以为，一个在亚马孙荒野里四处流浪的人，各方面都会比较简朴，所以当他们看到一尘不染的领带、排列成行的皮靴和写字台上的鲜花时，不免感到诧异。不过，他们总体上相处还算融洽。牛虻对每个人都很友好，对当地马志尼党的成员尤其热情，可是对琼玛显然有些例外。自从初次见面以后，他似乎对她十分反感，处处回避，有两三次甚至粗鲁待之，使玛梯尼对他有了切肤之恨。他俩本来就互相没有好感，性格不合，因此相互之间只有厌恶。玛梯尼对牛虻的反感很快就发展成了敌视。

"我一点也不在乎他对我的看法，"有一天，玛梯尼愤愤不平地对琼玛说，"其实我也不喜欢他，这就扯平了。但是，他那样对你，我就忍不了。要不是怕党内说三道四，指责我们请了人来又跟人家吵，我定要叫他说个清楚，凭什么这样对你。"

"算了吧，西塞尔，没必要那么做。毕竟我也有过错啊。"

"你有什么错？"

"正是因为我的错他才对我有了反感。在格拉西尼家的晚会上，我和他初次交谈，说了很无礼的话。"

"无礼的话，你说的？太太，这谁会相信！"

"当然，我并不是有意的，当时就感到很抱歉。我提到人们嘲笑跛子，他以为我说的就是他。我从来就没把他当跛子看，他其实也不能说是有多么严重的残疾。"

"当然不至于。他只是两个肩膀一高一低，左臂受伤较重，但是他背不驼，脚也不畸形。至于走路有点跛，那也不值一提。"

"可是，他当时气得全身发抖，脸色也变了。都怪我太不谨慎，但他的敏感反应也着实奇怪。我猜他是不是受过类似的恶毒嘲笑，吃过苦头。"

"我看更可能是拿这个乱开过玩笑吧。我最不能忍的是，他心肠狠毒，却有本事表现得那么斯文。"

"瞧你，西塞尔，这么说就有失公允了。我和你一样也不喜欢他，可是评论他的缺点何必言过其实？他是有点装腔作势，可能是被人捧得太高了，那些没完没了的俏皮话也实在叫人厌烦。但我认为他并无恶意。"

"他究竟安的什么心，我不知道。可是一个人不分青红皂白地嘲笑一切，这心地总不见得多干净。那天在法布列齐家的辩论，他对罗马的改革竭力贬低，仿佛任何东西在他看来都有卑劣的动机，听得我很不舒服。"

琼玛叹了口气说："在这一点上，恐怕我更同意他的意见。你们这些心地善良的人总是抱着最乐观的态度，以为只要有个心眼好的中年绅士当选教皇，其他一切问题就会迎刃而解，只要他把牢门打开，向所有人赐福，不出三个月就可望千禧年 ① 降临。你们还是没明白，即便这位新教皇想拨乱反正，也无从下手。是原则出了问题，而不是这个人或那个人做得不对。"

"什么原则？是指教皇的世俗权力吗？"

"何必专挑这个说，那只不过是所有错误中的一部分。有害的原则是，有人握着对别人的生杀大权。这不是同伴之间应该有的关系。"

"太太，不用说了。"玛梯尼双手一举，笑哈哈地说，"我可不参与讨论这种极端的'反律法论'②。你还真是十七世纪英国平均派 ③ 的孝子贤孙啊。对了，我来找你是为了这篇稿子。"

他从口袋里掏出一份手稿。

"又编了什么小册子？"

"昨天委员会举行会议，讨厌的列瓦雷士交上来的蠢东西。我认为要不了多久，我们就会跟他干起来的。"

"什么事呀？西塞尔，说实在的，我认为你多少心存偏见。列瓦雷士确实不大讨人喜欢，但他可不蠢啊。"

"噢，这篇稿子也有它的过人之处，我不否认。你最好还是自己看看吧。"

这篇稿子对新教皇上任后意大利的举国狂热进行了讽刺，沿

---

① 千禧年（millennium）：基督教神学名词。据《圣经·启示录》，耶稣基督将复临世界，再统治一千年。

② 反律法论（Antinomianism）：基督教神学名词，从根本上否认法律、道德、伦理的约束。

③ 平均派（Levellers）：存在于英国内战与共和国时期，主张废除君权，法律面前人人平等。

用了牛虻一贯的风格，笔调辛辣，夹枪带棒。尽管琼玛对这种笔调很是反感，但不得不承认他的批评非常公正。

"稿子写得确实非常恶毒，我完全同意你的看法，"琼玛放下手稿说道，"但最遗憾的是，他所指责的全都是事实。"

"琼玛！"

"的确如此。你说他像冷血鳗鱼，怎么说都行，可是，他掌握了真理。我们用不着自欺欺人，硬说文章没有击中要害，实际上它恰恰击中了要害！"

"这么说，你觉得我们应该印出来？"

"印不印那是另外一回事。我当然不赞成就这么原封不动去付印，那样会伤害大家，引起众怒，没有好处。如果他肯修改，删掉人身攻击的部分，那这篇文章就很有价值，可以作为一篇出色的政治评论。真没想到，他能写得这样一手好文章。他说出了该说的话，而我们想说又不敢说。你看这一段，他把意大利比作醉汉，抱着小偷的脖子柔声哭泣，而小偷正在掏他的腰包，真是写得入木三分！"

"琼玛！文章最糟的就是那一段。对所有人和事都采取恶毒的狂吠，实在令人痛恨！"

"我也不赞成这种态度，但这不是问题的关键。列瓦雷士的文章风格令人反感，在做人方面，他确实让人生厌。但他指出，我们只顾请愿游行，相互拥抱，高呼仁爱与和解，在这样的气氛中自我陶醉，而真正获利的却是耶稣会派和圣信会派，这些看法确实是对的。可惜我没有参加昨天的会议。会上最后怎么决定的？"

"我来就是为这，想请你去找他谈谈，劝他把稿子的口吻改得温和一点。"

"我？可是我对他不怎么了解，再说他也不喜欢我。那么多人怎么偏要我去？"

"只是因为今天抽不出别人来。而且你比较理智，不至于像我们一样跟他发生无谓的争执。"

"我当然不会。那好吧，既然你们要我去，我就去，不过我实在没有多大把握。"

"只要你愿意，肯定能说服他。另外请转告他，从文学角度看，委员会的同志个个都对他的文章表示称赞。这样他会高兴些，而且也是实际情况。"

牛虻的桌上摆满了鲜花和凤尾草，他正心事重重地坐在桌旁对着地板发愣，膝上摊着一封信，脚边的地毯上伏着一只毛茸茸的柯利狗。听到琼玛敲门，那狗便昂起头汪汪直叫。牛虻匆忙站起来，显得毕恭毕敬，生硬地向她鞠了一躬，板起面孔，毫无表情。

"你太客气了，"他的态度冷若冰霜，"如果有话跟我说，只要知会一声，我就会去拜访你的。"

琼玛见状，知道他是想把她拒于千里之外，赶紧说明了来意。牛虻又鞠了一躬，端给她一把椅子。

"委员会找我来，"她开始解释，"是因为你写的那篇文章，他们有些不同意见。"

"意料之中。"

牛虻微笑着在她对面坐下，随手拿起一大瓶菊花放在眼前，挡住光线。

"大多数成员认为，这篇文章作为文学作品绝对值得称赞，但是就这么印出去，似乎不太合适。文章的语气太过激烈，他们担心会得罪人，连那些素来帮助和支持我们的人恐怕也要疏远了。"

他从花瓶里摘下一朵菊花，慢慢撕下一片又一片的白色花瓣。琼玛无意中看到他修长的右手，以及撕扯花瓣的姿势，突然觉得很不自在，仿佛在哪里见过似的。

"作为文学作品，"他以轻柔而冰冷的口气说，"这东西分文不值，只有对文学一窍不通的人才会表示称赞。要说文章得罪人，那倒恰恰是我的本意。"

"我对你的用意非常了解。问题是你有可能得罪错了人。"

他耸耸肩，把撕下的花瓣放进嘴里咬起来。"我看是你们错了，"他说，"问题是你们委员会请我来的目的是什么？照我理解是揭露和嘲讽耶稣会派。我只是尽我所能，履行义务。"

"没有人怀疑你的能力或善意，这一点我可以保证。委员会担心的是，自由派可能会不高兴，城里的劳工也可能不再给予道义上的支持。你写这个小册子，本意是攻击圣信会派，可是许多读者会误以为你在攻击教会和新教皇。委员会从政治策略上考虑，认为这么做不合适。"

"我算是明白过来了。只要我攻击的对象局限在和你们关系不好的那一群教士里，就可以尽情地说出真相，可是，一旦把矛头指向委员会宠爱的对象身上，'真理就是一只狗，必须把它关进狗窝里；而且在圣父也可能遭受攻击时，就应该把它打出去'。① 不错，傻子的想法是对的。可是，要我干什么都行，就是万万不愿当傻子。委员会的决定，我当然要服从。但是我仍然认为，他们把自己的聪明才智过多地用来对付两旁的小卒，而放过了站在中间的蒙、蒙、蒙泰尼、尼里主、主教大人。"

"蒙泰尼里？"琼玛重复了一遍，"我不明白。你是指布里西盖拉教区的主教？"

"正是。新教皇刚刚提拔他做红衣主教。我这儿有一封关于他的信，你要不要听听看？这是我在边境那边的一个朋友写来的。"

"教皇领地的边境？"

"是的。他在信中写道……"他拿起琼玛进屋时看到的那封信，开始大声朗读，突然口吃得更加厉害了。

"'你、你很快、快、快就有幸见、见到一个最、最、最恶毒的敌人，红、红衣主教罗伦梭·蒙、蒙泰尼、尼、尼里，就是布、布里西盖拉的主、主、主教。他——'"

亚瑟戛然止住，歇了一会儿又继续。这次念得很慢，拖音长得叫人受不了，但不再口吃。

"'他肩负调解的使命，打算在下个月来塔斯加尼。先在佛罗伦萨逗留讲道三个礼拜，然后前往锡耶纳和比萨，经比斯托亚返回罗马涅大区。他表面上属于教会中的自由派，与教皇和红衣主教范拉蒂私交甚好。前任教皇格里高利在位时，他很不得志，被

---

① 引述莎士比亚悲剧《李尔王》第一幕第四场中傻子的一段话："Truth's a dog must to kennel; he must be whipped out when Lady the brach may stand by the fire and stink."

贬到亚平宁山区的小角落里，默默无闻。如今却突然发迹起来。其实，就跟国内任何一位圣信会教士一样，他也受耶稣会操纵。正是由于一些耶稣会神父的推荐，他才得到这项任务。他是教会最杰出的传教士之一，跟拉姆勃鲁契尼大主教一样诡计多端。他的使命就是要让民众对新教皇的热情欢呼持续下去，转移公众的注意力，直到耶稣会派的代理人让大公爵在他们呈上去的一项计划上签字。这份计划究竟是什么内容，我还没弄明白。'信上还写道，'蒙泰尼里究竟是明知自己被派到塔斯加尼的目的，还是受耶稣会派的愚弄，我不得而知。他要么老谋深算，要么愚蠢透顶。不过，有一件事倒很奇怪，据我所知，他既不受贿贪赃，也不包养情妇，真是前所未闻呢。'"

他把信放下，坐在那儿眯眼看着琼玛，显然在等她发表意见。

过了一会儿，琼玛问道："这个报告人提供的情况，其可靠性你满意吗？"

"你是指蒙泰尼里大人无可指摘的私生活吗？不，连我朋友自己也没把握。想必你注意到了，他在信中提到一句有保留的话，'据我所知……'"

"我不是说这个，"琼玛冷静地打断他的话，"而是他肩负的使命。"

"我百分之百相信报告人。他是一八四三年那些老同志之一，我们是老朋友了。他目前的地位十分便于探听这方面的内幕。"

"原来是梵蒂冈的官吏，"琼玛很快闪过这个念头，"我早就猜到你会有这一类的秘密联络手段。"

"这当然是一封私信，"牛虻接着说，"你该明白，这个消息仅限于委员会内部，不可外传。"

"这就无须多说了。小册子的事，我怎么跟委员会交代？是不是可以说你同意做些修改，语气稍稍缓和些，还是说……"

"太太，你不觉得修改之后既削弱了攻击的力量，也破坏了'文学作品'的美感吗？"

"你这是问我个人意见了，我来这儿是为了转达整个委员会的意见的。"

"这么说你、你、你和整个委员会看法不一致咯？"他把信揣进口袋，欠着身子打量她，全神贯注又热切期待，与刚才判若两人，"你认为……"

"如果你想知道我个人的意见，大多数委员的这两点看法我都不认同。我根本没有从文学的角度看待这篇文章，也确实认为，文中揭露的问题千真万确，就策略而言也是明智的。"

"那么……"

"你说意大利如今鬼迷心窍步入歧途，一味欢欣鼓舞，说不定要陷入厄运的泥潭，我完全同意；你采取公开而大胆的态度，即使得罪或吓退一些原有的支持者也在所不惜，我感到由衷的高兴。但是委员会的大多数人与我意见相反，作为组织一员，我不好坚持个人的意见。因此我认为，如果非说不可，那语气应该缓和平静些，不要用现在这种写法。"

"我把稿子再看看，你等一会儿好吗？"

他拿起稿子，一页一页往下看，很快就皱起眉头，显得很不满意。

"是啊，你说得没错。这东西写得像娱乐餐馆里消遣的文字，不像讽刺性的政治文章。怎么办才好呢？写得太文雅吧，人家看不懂；写得不够刻毒吧，人家又说枯燥。"

"难道你不觉得，刻毒一旦过了头，也就变得枯燥了？"

他用敏锐的目光迅速扫了她一眼，突然大笑起来。

"你这位太太显然属于令人生畏的一类人物，说话一向有理！这么说，我要是太过刻毒，到时候就会像格拉西尼太太那样乏味了？天哪，这是什么命啊！不，别皱眉头。我知道你不喜欢我，我这就谈正事。那么，实际情况就是这样了：我要是删掉人身攻击那部分，主要内容保持不动，委员会将十分遗憾地表示，他们不能承担印行的责任；要是把政治真理那部分删去，一切咒骂集中于党的敌人而不涉及其他人，他们就要把小册子捧上天，而你我都很清楚，这种文章不值得付印。这倒颇有哲学上那种玄学的微妙，能印行却没有价值，而有价值的又不能印行。那么，太太，你看哪一种情况更可取呢？"

"我不认为你非得两者取其一。如果删去人身攻击的部分，尽管大多数人不会同意其中的观点，但委员会还是会同意把小册子印出来。我相信这篇文章会起到很大的作用。但是，你得改变一下那种恶毒的口气。如果你要阐明一个观点，其实质是一颗需要读者吞咽的大药丸，那就不要从一开始就拿形式来吓唬他们。"

牛虻无可奈何地耸耸肩，叹口气说："太太，我算服了你。但有一个条件。这一次你剥夺了我嘲笑的权利，下次我必须保留这份自由。等到完美无缺的红衣主教阁下光临佛罗伦萨，我要痛痛快快大骂一场，到那时，你和委员会都不能反对。这是我应有的权利！"

他说得极其冷酷而轻描淡写，同时从瓶里抽出那束菊花举在手中，透过半透明的花瓣看阳光。琼玛见那花束不停地颤抖，心中思忖："他那只手抖得这么厉害！不会是喝多了酒吧！"

"关于这个问题，你最好跟委员会的其他成员再讨论一下。"琼玛说着站起身，"我很难断定，他们对此事会持什么看法。"

"你的看法呢？"他也站起来，靠在桌上，拿花紧贴自己的脸。

她犹豫了。这个问题使她感到苦恼，因为这让她回想起痛苦的往事。"我也不知道。"她最后说，"多年前，关于蒙泰尼里先生我曾略知一二。那时候，他只是个神父，一个神学院的院长，学院就在我小时候居住的省份。有关他的情况我听到很多，是从……从一个和他很熟悉的人那里听说的。从来没听说他干过坏事。我想，至少在当时他还是个德高望重的人。不过，那是过去的事了。时隔这么多年，他也可能有所改变。毕竟那么多人因为滥用权力而堕落了。"

牛虻把头从花束中抬起来，表情坚定地看着她。

"无论如何，"他说，"就算蒙泰尼里自己不是恶棍，也是恶棍手中的一个工具。不管他是什么，对我和边境的那些朋友来说都是一回事。就好比挡在路中间的石头，无论石头有什么高尚的愿望，总得把它一脚踢开。太太，失陪了！"他按了按铃，一瘸一拐地走到门口，开门让她走出去。

"太太，你来拜访，真是太客气了。帮你叫辆马车好吗？不用？那好吧，午安！比安卡，请开厅门。"

琼玛出门走到街上，脑子里不安地盘旋着许多问题。"边境的那些朋友"是谁？路上的石头要一脚踢开，怎么踢法？如果只是讥讽，目光又何必那么凶狠？

第四章

　　牛虻自然懂得，如何为自己树敌。他八月份来佛罗伦萨，到了十月底，邀请他的委员会里已经有四分之三的人赞同玛梯尼的观点。他猛烈地攻击蒙泰尼里，使那些崇拜他的人也感到恼火。就连对这位机灵的讽刺家言听计从的盖利，如今也感到心情沉重，认为最好不要再抓住蒙泰尼里不放。"正直的主教并不多见，若是真有这样的人，就该以礼相待。"

　　讽刺漫画和文章铺天盖地而来，只有一个人漠然视之，那就是蒙泰尼里自己。正如玛梯尼所说，一个人受到这样的讥讽竟漠然处之，再要花精力去攻击他似乎毫不值得。城里还流传，有一回蒙泰尼里和佛罗伦萨的大主教一同进餐，在大主教的房间看到牛虻所写的一篇对他进行大肆人身攻击的文章，他看完后递给大主教，还评价说："文笔多巧妙啊，不是吗？"

　　有一天，城里出现一张传单，题为《圣母领报①的奥秘》。虽然抹去了人们熟悉的签名——那只张开翅膀的牛虻，但大多数读

---

　　① 圣母领报（Annunciation）：《圣经·路加福音》记载，天使加百列向马利亚预告，她将受圣灵感孕而生子，并指示婴儿应取名耶稣。基督教规定三月二十五日为圣母领报节。

者一读到那极其恶毒的笔调就猜到了作者是谁。文章采用的是对话形式。对话的一方是塔斯加尼公国，比作圣母马利亚，另一方是蒙泰尼里，比作那位天使。他手持纯洁的百合花，头戴象征和平的橄榄枝，正在宣告耶稣会派即将降临。全篇对话充斥着含沙射影的人身攻击和危险的臆测。整个佛罗伦萨城都认为文章不够厚道，也不公正，但大家还是都笑了一场。牛虻那些一本正经的荒唐笑话有种不可抗拒的力量，使最不赞成、最不喜欢他的人读了他的讽刺文章，也能和最热烈拥护他的人一样捧腹大笑。尽管传单的口气令人反感，却给全城人留下了不可磨灭的印象。像蒙泰尼里这样德高望重的人，任何抖机灵的讽刺文章都无法对他造成损害，但这张传单引起的群情激动却几乎要逆转局势。牛虻知道怎样能击中他的要害。主教大人在门前上下车时，虽然照例有狂热的人群对他欢呼和祝福，但那呼声中已夹杂不祥的高叫："耶稣会派的走狗！""圣信会派的奸细！"

然而，支持蒙泰尼里的大有人在。那篇讽刺文章发表两天后，教会派首屈一指的报纸《信徒报》刊登了一篇光彩照人的文章，《答〈圣母领报的奥秘〉》，作者署名为"某教徒"。对于牛虻的恶毒攻击，文章热情饱满地为蒙泰尼里做了辩护。这位匿名作者笔酣墨饱，据理力争，首先阐明教义，要维护人类和平，要与人为善，并指出新教皇就是福音的传播者。作者最后向牛虻挑战，要他对每一个论断提出佐证，同时向读者严肃相劝，不能轻信卑劣的诽谤。这篇文章在论战上有理有据，令人信服，而且具有一定的文学价值，无论在说理上还是文学上都比一般作品更胜一筹，加上连编辑部的人也猜不出作者是谁，更是吸引了全城的注意。文章很快就印成了小册子。佛罗伦萨咖啡馆里无不在议论这位"匿名辩护人"。

作为答复，牛虻对新教皇及其拥护者进行了猛烈的攻击，尤其将火力集中于蒙泰尼里，并向读者巧妙暗示，可能就是蒙泰尼里本人授意别人写了那篇颂扬文章。那位匿名辩护人又在《信徒报》上就此愤然否认。蒙泰尼里停留在佛罗伦萨的最后几天，公众的注意力都集中在这两位作者你来我往的笔墨官司中，反而无心注意大名鼎鼎的传教士本人。

自由党成员对牛虻这样恶意攻击蒙泰尼里表示公然抗议，奉劝他适时收手，但是并没有得到满意的结果。牛虻只是态度和气地报以微笑，拖着长音结结巴巴地说："说实、实在的，先生们，你们这就很不公正了。上一次，我对波拉太太做出让步，当时就有言在先，允许我自由自在地开个小、小、小玩笑。契约上是这样规定的呀！"

蒙泰尼里于十月底回到了罗马涅大教区。在离开佛罗伦萨前的告别布道中，他提及这场论战，对双方作者过激的态度略有微词，并请求那位匿名辩护人做出榜样，采取宽容的态度，结束这场毫无意义又不成体统的笔战。第二天，《信徒报》就登出一则启事："某教徒"遵照蒙泰尼里大人公开表示的愿望，甘愿退出论战。

最后还是牛虻为这场论战做了总结。他印了一份传单，说自己受到蒙泰尼里基督徒式善良的感召，决定回心转意，解除武装，并且在遇到第一个圣信会派教徒时，就要抱着他的脖子，洒下一掬表示和解的眼泪。文章的结尾说道："我甚至愿意同那位匿名的挑战者本人拥抱。如果读者也像蒙泰尼里阁下和我一样，清楚这样做的意义，以及那位匿名作者不肯亮相的原因，那么他们就会相信我回心转意的真诚了。"

十一月下旬，牛虻告知文学委员会说，自己要到海滨度假半个月。他显然是到里窝那去。可是，当里卡多医生随后赶到要同他商议事情时，却发现整个里窝那都不见他的影子。十二月五日，教皇领地爆发激烈的政治示威，声势浩大，一直蔓延到亚平宁山区各个省份。大家这才起疑，牛虻怎么突然在隆冬季节提出到海滨度假。那场政治示威平息后，牛虻回到佛罗伦萨，在大街上碰到里卡多医生，说话十分友善。

"听说你去里窝那找我了，可我当时在比萨。真是个美丽又古老的城市，大有阿卡迪亚①的遗风。"

圣诞节那周，在里卡多医生位于克罗斯城门的寓所里举行了一次文学委员会会议。这天下午与会的人很多。牛虻姗姗来迟，面带笑容表示歉意，弓着身子进了会场，可是没有找到空位子。里卡多起身要到隔壁房间给他搬椅子，牛虻拦住他说："不用麻烦，我坐那儿也很好。"说着走到琼玛座椅旁边那个窗口，坐在窗台上，懒洋洋地靠着百叶窗。

他微笑着低头看看琼玛，两眼微闭，那微妙的神态就像希腊神话里的狮身人面像，又仿佛是达·芬奇的一幅画像。琼玛本来就对他不大信任，现在这种感觉又深化成了莫名其妙的恐惧。

塔斯加尼此时正受饥荒的威胁。这次会议的议题就是如何发行小册子，阐明委员会对饥荒的看法，并且提出解决饥荒所应采取的措施。委员会对这个问题的看法照例出现了很大的分歧，很

---

① 阿卡迪亚（Arcadia）：古希腊伯罗奔尼撒半岛中部山区，与世隔绝，古代居民过着纯朴的牧歌式生活。这里牛虻用的是讽刺口吻。

难取得一致意见。像琼玛、玛梯尼以及里卡多这样比较激进的一派，主张向政府和公众双方同时紧急呼吁，要他们立即采取措施救济农民；而包括格拉西尼在内的温和派则担心，过于激烈的口气可能说服不了当局，反而会惹恼他们。

"先生们，要使农民立刻得到救济的想法固然很好，"格拉西尼看周围的激进分子一个个争得面红耳赤，自己倒是心平气和，颇为同情地说，"但光想些不切实际的事也没有用。假如一开始就用你们提出的那种态度，政府可能就按兵不动，不到灾难临头不会采取什么救济措施。如果我们好言劝告政府，请他们调查调查作物收获的情况，倒也算迈进了一步。"

盖利坐在炉子旁边的角落里，一听这话就噌地跳起来进行回击。

"迈进一步！是呀，可爱的先生。要真有了灾荒，恐怕容不得我们这样磨磨蹭蹭。照这速度迈进，没等救济措施出台，农民怕是早就饿死了。"

"我想请问——"萨康尼刚开口，就被好几个声音淹没了。

"说响一点，听不清！"

"是听不清，街上吵得翻了天。"盖利火冒三丈，"里卡多，那边的窗户关上了没？我连自己说什么也听不清了！"

琼玛回头看了看说："关上了，窗子关得很严实。可能是一班玩杂耍的经过。"

下面的街道上传来阵阵呼叫声和大笑声，叮当的铃声，咚咚的脚步声，夹杂着蹩脚的乐队拼命吹吹打打的乐器声。

"这几天没办法，"里卡多说，"圣诞节期间，这样吹吹闹闹的总是难免。萨康尼，你刚才要说什么？"

"我说我想知道比萨和里窝那对这件事有什么看法。列瓦雷士先生可能了解一些情况，因为他刚刚从那边回来。"

牛虻没有回答。他两眼看着窗外，似乎没有听到别人说些什么。

坐在牛虻附近的只有琼玛一人，她叫了一声："列瓦雷士先生！"

牛虻仍然没有反应，她只好躬身向前推推他的胳膊。他这才慢腾腾地把脸转过来。琼玛惊讶地看见一张呆滞的面孔，如同死人一般叫人生畏。接着他毫无生气地动了动嘴唇，样子很是奇怪。

"是呀，"他小声说，"一班玩杂耍的。"

琼玛本能地想到替他遮掩，以免别人见他那样产生好奇。虽然莫名其妙，但她意识到，牛虻已经沉浸在一种可怕的幻想中，而且这种幻想缠住了他的整个身心。她迅速站起身挡在他面前，不让别人看到他，然后把窗户打开，仿佛要看看外面的情况。这样一来，除了她以外，谁也没有看到他的表情。

一班走江湖的马戏团正从大街上经过，有骑毛驴的卖艺人，也有穿五颜六色衣服的哈乐昆①。节日里化过装的人群嬉笑着、拥挤着，与马戏团的小丑们打趣，互相扔着一串串纸带，把小糖果丢给坐在彩车里的"小鸽子"②。扮"小鸽子"的女人用金银纸箔

---

① 哈乐昆（Harlequin）：意大利即兴喜剧中主要的定型角色之一，是青年女仆的一个任性的求婚者。他的服装五颜六色，是意大利即兴喜剧中的小丑角色。

② 小鸽子（Columbine）：又译科隆比纳，定型的舞台角色，起源于意大利即兴喜剧，是个活泼的女仆。意大利语译为"小鸽子"。

和羽毛打扮得花枝招展，额上挂几绺假发，嘴唇涂得红艳艳的，露出做作的笑容。车后面跟着一群五花八门的人——流浪汉、乞丐、一路翻跟头的小丑和高声叫卖的小贩。他们都往一个人那儿挤，向他扔东西，对他拍手叫好。由于人头攒动，琼玛一时看不清是什么人。过了一会儿才发现，原来是个又矮又丑的驼子。他穿着滑稽的丑角衣服，头戴纸帽，身上挂着叮当响的铃子，显然是江湖马戏团的一员，扮鬼脸，做丑态，以此取悦观众。

"外面在干什么？"里卡多说着往窗边走，"你们好像很有兴趣。"

屋里在开会，他俩居然不顾大家的等待去看大街上的热闹，里卡多不免有点诧异。琼玛赶忙转过身来。

"没什么，"她说，"一班玩杂耍的，闹得那么厉害，我还以为有什么别的玩意呢。"

她站在那儿，一只手搭在窗台上，突然感觉到牛虻那冰凉的手紧紧抓了上来。"谢谢！"他温柔地低声说，然后关了窗子，仍旧坐在窗台上。

"抱歉，"他故作轻松地对大家说，"恐怕耽搁各位了吧。我在看、看玩杂耍的，真、真有趣呀。"

"萨康尼在问你话呢。"玛梯尼粗声粗气地说。牛虻的行为在他看来简直荒唐，更使他恼火的是，琼玛竟然也跟着他失了分寸，这不像她一贯的作风。

牛虻解释说，他在比萨只不过度了个假，并不了解那边公众的情绪。接着，他立即投入热烈的讨论，从农业的前景谈到小册子的问题，说起话来结结巴巴，但又滔滔不绝，听得在场的人都有些发厌，他却似乎从自己的声音中听出了无穷的乐趣。

会议结束，大家站起来准备离开时，里卡多走到玛梯尼身边。

"你留下和我一起吃饭好吗？法布列齐和萨康尼已经同意留下了。"

"谢谢，可是我要送波拉太太回家。"

"你真的担心我一个人回不了家？"琼玛反问一句，站起来披上了围巾，"里卡多医生，他自然要留下来，换换口味对他有好处，老是窝在家里。"

"如果你愿意，我来送你回家，"牛虻这时插了话，"我们同路。"

"如果真的同路……"

"我猜你今天晚上没空在这儿逗留了吧，列瓦雷士？"里卡多边说边开门送他们。

牛虻扭头哈哈一笑。"你问我吗，亲爱的朋友？我要看杂耍呢！"

里卡多把他们送走后，进屋对客人们说："那家伙真是古怪，竟然对卖艺的感兴趣！"

"我看这是一种同行的兴趣，"玛梯尼说，"要说我见过什么卖艺的人，那家伙自己就是一个。"

"但愿他只是个卖艺的才好呢，"法布列齐一脸严肃，"就算真是干那行的，恐怕也是个极端危险分子。"

"你指哪方面的危险？"

"你看，他老是搞些神神秘秘的短期度假，我就很反感。这都第三次了。我看他根本就没去比萨。"

"他是到亚平宁山区去的，我以为这已经是公开的秘密了，"

萨康尼说，"他在萨维诺村庄搞起义的时候，和那里的一些走私贩子混得很熟，现在仍有来往，对此他也不否认。他当然要利用这种友谊，好把传单送到边境那一带。"

"我正想跟你谈这个问题，"里卡多说，"我忽然想到，我们自己的走私工作，要是请列瓦雷士来负责就再好不过了。照我看，皮斯托亚的那个印刷厂管理很不得力，运送传单的方法也过于简单，只晓得把传单卷在雪茄烟里，没有比这更原始的了。"

玛梯尼却很固执，反驳说："那一套方法目前不也很奏效吗？"盖利和里卡多老是把牛虻当作榜样，要大家仿效，玛梯尼对此十分反感。在他看来，这个"懒散的海盗"跑来教训大家之前，这里的一切不也顺顺当当吗？

"这一套方法到目前还奏效，大家也觉得满意，那是因为我们还没有更好的办法。你们也看到了，逮捕和没收的事件已发生过多次。如果由列瓦雷士负责这方面的工作，我相信情况会有所好转。"

"你这样想的理由？"

"首先，那些走私贩子把我们当外行，处处想捞油水，而列瓦雷士是他们私交的朋友，甚至很可能是他们的头目，必定受到尊重和信任。亚平宁山区的走私贩子对在萨维诺搞起义的人无不乐于帮忙，对我们就不会，这一点显而易见。其次，我们没有人比列瓦雷士更熟悉山区的地形。别忘了，他在山里藏匿过一段时间，走私贩子的大小道路他都了如指掌，谁也不敢欺骗他，即使想骗也骗不了。"

"照你的意思，我们是请他把边境那边印刷品的事一揽子管起来，包括散发、投寄、藏匿地点全部在内呢，还是只管把东西运过边界呢？"

"我们的投寄和藏匿地点，他可能都知道了，甚至比我们掌握的情况还要多。在这方面，我们无力对他做什么指教。至于散发，当然跟其他工作一样，要见机行事。照我看，最重要的还是私运环节。书报一旦能安全运到博洛尼亚，分发就比较简单了。"

"我个人反对这样安排，"玛梯尼有不同意见，"你们总说这个人如何精明能干，也不过是猜测。我们并没有见过他实际操作边境走私的事，也不知道在紧要关头他能否保持沉着冷静。"

"噢，这一点你用不着怀疑！"里卡多插话说，"萨维诺那段经历就足以证明他沉着冷静。"

"另外，"玛梯尼接着说，"我对列瓦雷士了解很少，根本不赞成把党内的秘密工作都委托给他。这个人好大喜功，总是夸夸其谈。把党内全部私运工作交给一个人掌管，这是很严肃的事。法布列齐，你看呢？"

"玛梯尼，如果我反对的理由只有你那么一点，"教授回答说，"那我一定会放弃，因为我们谈论的这个列瓦雷士的确具有里卡多说的那些优点。他有勇有谋，为人诚实，遇事镇定，这一切我没有丝毫的怀疑。至于说他熟悉山区的地形，了解山区的老百姓，这方面我们已经有充分的证据。我倒有其他反对理由。他到山里是不是专门为了私运小册子，我不得而知，也许还有别的目的。当然，这只是我们内部说说而已。我看，他很可能跟那一带的什么秘密团体有瓜葛，或许正是跟最危险的团体联络上了。"

"你指的是哪一个团体，'红带会'吗？"

"不，是'短刀会'。"

"'短刀会'！那可都是一群不法分子，大多数是农民，既没有受过什么教育，也没有政治经验。"

"萨维诺那次起义的人员也是这样，但他们的几个头目是受过教育的，说不定'短刀会'也是如此。罗马涅大区的几个秘密暴力团体，其成员大都是萨维诺起义的余党，他们认为自己的力量太薄弱，还不能公开和教会作对，因此转而采用暗杀的手段。他们手里没有枪，就操起短刀来了。"

"你怎么知道列瓦雷士跟他们有联系？"

"我不知道，只是猜疑。但不管怎样，我们最好核实清楚，然后才能把私运的事托付给他。如果他企图脚踩两条船，将对我党造成极大危害，到时成事不足，败事有余。这件事下次再谈吧。说说罗马方面的消息。据说那里要搞一部地方自治宪法，并且要委派一个委员会着手起草工作。"

❧第五章

琼玛和牛虻沿着阿诺河默默往前走。牛虻一向侃侃而谈的劲头似乎一落千丈,从里卡多家出来以后,他就没怎么说话。琼玛倒是高兴看他安静一会儿。和他待在一起总是有些别扭,今天更觉得尴尬,因为他在会上的古怪举止使她大惑不解。

走到乌菲齐宫时,牛虻突然停住脚步,转身对着她。

"你累吗?"

"不累。怎么?"

"今晚是不是很忙?"

"不忙。"

"求你一件事。想请你和我一起散散步。"

"去哪儿?"

"随便。你想上哪儿都行。"

"这是为什么?"

他犹豫了片刻。

"我……说不上来,也很难说得清。不过,要是可以陪我,就请答应吧。"

他原本盯着地面的眼睛忽然抬了起来,那目光多奇怪啊。

"你有点心事重重。"琼玛温和地说。牛虻从扣眼里的花朵上摘下一片花瓣，慢慢地撕成碎片。琼玛觉得很奇怪，那动作像极了某个人，是谁呢？那个人也有这个习惯动作，姿势局促还带点神经质。

"我心里有点烦，"他盯着自己的手，说话声音小得几乎听不见，"今天晚上，我……我不想一个人孤单单的，你能陪我吗？"

"当然可以，不过最好到我寓所去。"

"不，和我一起到饭店吃饭去。领主广场就有一家。请不要推辞，好了，你答应了！"

他们进了饭店。牛虻点好菜，却几乎没怎么吃，也难得开口说话，只是坐在那里，把面包揉碎在桌布上，心烦意乱地摆弄餐巾的边角。琼玛感到很不自在，有些后悔来这儿吃饭。沉默的气氛越来越尴尬。她想说点什么，可是对方似乎已经忘记她的存在，话也无从说起。最后他终于抬起头，突然冒出一句话。

"去看杂耍好不好？"

她诧异地盯着他。这家伙对杂耍究竟有什么奇怪的念头？

"你看过杂耍吗？"没等她搭话，他又问。

"没有，从来没看过。我觉得没什么意思。"

"很有意思。照我看来，研究生活的人不能不看杂耍。我们回克罗斯城门那儿去吧。"

他们来到城门口，只见卖艺的早在那儿搭起了帐篷，琴声、鼓声喧天，表演已经开始了。

这是一种很粗俗的娱乐活动。整个马戏团的阵容不过是几个小丑、玩杂技的、一个骑马钻圈的、那个涂脂抹粉的"小鸽子"，还有一个驼背，做着各种索然无味又愚蠢滑稽的动作。总的来说，表演并不算粗俗无礼，只是内容陈腐，始终叫人提不起精神。不过，一向很有礼貌的塔斯加尼人还是对表演报以掌声和笑声，虽然他们真正欣赏的似乎只有那个驼背的表演。琼玛怎么也看不出这里面有什么机灵或技巧可言。驼背只不过是扮出一系列奇形怪状的样子，观众也跟着模仿，还把孩子高举到肩上，让小家伙们也能看一看那个"丑八怪"。

"列瓦雷士先生，你真觉得这很有意思吗？"琼玛回头问身旁的牛虻，他正拿一只胳膊抱着帐篷的木柱子，"我看——"

她的话戛然而止，一言不发地看着他。那张脸上流露出深不可测的绝望和痛苦，这种表情她只在里窝那花园门口蒙泰尼里的脸上见到过。她望着牛虻这副样子，不禁想起但丁笔下的地狱。

这时，驼背被小丑踢了一脚，翻了个跟头，然后整个身子卷成一团奇形怪状的肉球，滚到了场子外面。接着，两个小丑开始对白，牛虻仿佛从梦境中醒了过来。

"我们走吧，"他问琼玛，"还是你想再看一会儿？"

"我想走了。"

他们离开帐篷，穿过墨绿色的草地来到河边，好一会儿都没有说话。

"你觉得表演怎么样？"牛虻问。

"有些枯燥，还有一部分表演让人不舒服。"

"哪一部分？"

"就是那些扮鬼脸、扭身子的表演，简直丑陋不堪，毫无高明之处。"

"你是指驼背的表演？"

琼玛记得，牛虻对自己的生理缺陷非常敏感，因此尽量避免这类话题，不想特别提到那一部分。现在既然他自己挑起这个话题，她便回答说："是的，那一部分我尤其反感。"

"可那正是观众最爱看的。"

"我想也是。这正是最糟糕的地方。"

"因为缺乏艺术性？"

"不，不是的，整个表演根本谈不上什么艺术。我是说，这种表演很残酷。"

牛虻脸上漾起了微笑。

"残酷？你是说对驼背很残酷？"

"我是说……驼背本人当然已经无动于衷，他这么做，跟那个耍马的或是'小鸽子'一样，只是为了混口饭吃。但是，那种表演令人感到难受。那是耻辱，也是人的堕落。"

"他也许不会比刚开始干这一行的时候更堕落吧。其实，我们大多数人都在堕落，只是方式不一样而已。"

"你说得不错。不过……我这样说，或许你会觉得是一种荒谬的偏见。一个人的肉体在我看来是神圣的，我不愿看到它扭曲变形，变得那么可怕。"

"那么，一个人的灵魂呢？"

他话一出口便猛然站住，一只手搭在堤岸的石栏上，两眼直视她。

"灵魂？"琼玛重复了一句也停住脚步，惊讶地看着他。

他突然激动地伸出双手说："难道你就从来没想过，那个凄惨的小丑也会有个灵魂，一个活生生的、拼命挣扎的人的灵魂？这个灵魂被紧锁在那扭曲的躯壳里，还被迫当了奴隶。你对一切都怀着一副好心肠，看到一个人的肉体穿着愚人衣、挂着当当响的铃子，就生出怜悯之心，可是，你有没有想过，灵魂更凄惨，赤裸裸连一块遮羞布也没有？想想看，在众人面前，灵魂冻得瑟瑟发抖，羞耻和悲伤把它压得喘不过气。观众的嘲弄，就是抽它的皮鞭；观众的哄笑，就是烫它皮肉的烧红的烙铁！想想看，它在众人面前无助地张望，上天无路，入地无门，甚至对老鼠也生了嫉妒之心，因为老鼠还有地洞可钻啊！要知道，灵魂是发不出声音的，既不能哭，也不能叫，只能忍受，忍受，再忍受！啊，我又胡说八道了！你怎么不笑呢？没有幽默感！"

在死一般的寂静中，琼玛转过身继续沿着河岸往前走。这一整个晚上，她都没有料到牛虻的烦恼跟杂耍班子有关。刚才听他突发一番感慨，琼玛才隐约窥见他的一部分内心世界，对他产生了极大的同情，却又无法用言语表达。牛虻扭头望着河水，继续和她并肩前行。

"希望你能理解，"他突然转过脸，以防范的口气对她说，"我刚才那番话纯粹是一种想象。我常常沉湎于幻想，不想让别人把这些话当真。"

她没有回答，继续往前走。经过乌菲齐宫门口时，牛虻穿过马路停在路边，弯腰去看靠着栏杆的一团黑漆漆的东西。

"小家伙，你这是怎么啦？"琼玛头一回听见牛虻说话这么温柔，"怎么不回家呀？"

那堆东西动了一下，呻吟着轻声回答他。琼玛走过去，只见一个六岁左右的孩子，穿一身又破又脏的衣服，像受了惊吓的小动物蹲在人行道上。牛虻俯下身，摸摸那颗乱蓬蓬的小脑袋。

"你说什么？"他把腰弯得更低些，想听清孩子说得模模糊糊的话，"你该回家睡觉去。小孩子哪能半夜三更跑到外面，会冻坏的！把手伸给我，快起来吧，像个男子汉一样！你家住在哪儿？"

他抓住孩子的胳膊，想扶他起来，没想到孩子尖叫起来，身子连连往后缩。

"怎么回事？"牛虻说着跪在人行道上，"啊，太太，快来看看！"

孩子的肩膀和上衣都沾了鲜血。

"快说说，这是怎么回事？"牛虻继续问他话，态度很亲切，"不会是摔的吧？嗯？那有人打你了？我看像！是谁打了你？"

"我叔叔。"

"啊，是嘛！什么时候打的？"

"今天早上，他喝醉了，我……我……"

"你碍了他的事，对不对？小家伙，喝醉的人你不要妨碍他，他们会不高兴的。太太，这小家伙怪可怜的，我们该怎么办？孩子，快到亮光里来，让我看看你的肩膀。你用胳膊搂住我的脖子，我不会伤害你的。好，这就对了！"

他抱起孩子穿过街道，把他安放在宽大的石栏上，然后掏出小刀，敏捷地割开划破的衣袖，让孩子的头贴在自己胸口，琼玛在一旁扶住那只受伤的胳膊。这孩子的肩膀擦得又青又肿，胳膊上还有一道很深的伤口。

"小家伙，你这么小，受这么重的伤，真够你受的了，"牛虻说着用手帕裹住伤口，以免衣服摩擦，"他用什么打你的？"

"铲子。我问他要一个索尔多①，想到拐角那家店里买点米粥，他就用铲子劈我。"

_____

　① 索尔多（soldo）：意大利铜币，二十个等于一个里拉。

牛虻不寒而栗。"呀!"他柔声说,"那多疼啊,是不是啊,小家伙?"

"他用铲子劈我,我就跑,我就跑……因为他打着我了。"

"你跑出来就一直在外面走,连饭也没吃?"

孩子没有回答,只是一个劲儿地抽泣。牛虻把他从石栏上抱起来。

"好了,好了!马上就没事了。不知道哪里能叫辆马车,恐怕都停在戏院门口了,今天晚上有好戏演出。太太,真对不起,把你也牵连了。不过……"

"我很乐意跟你一起,你也许需要人搭把手。这么远你能抱得动吗?他可不轻吧?"

"啊,谢谢。我能行。"

他们来到戏院门口,发现只有几辆马车等在那里,还都是别人雇好的。演出结束了,观众也走了大半。墙上的海报醒目地印着绮达的名字,她在这里跳芭蕾。牛虻请琼玛稍等片刻,自己绕到演员出入的门口,向侍者打听消息。

"莱尼小姐走了没有?"

"没走,先生,"侍者见这样一个衣冠楚楚的绅士怀里竟抱着一个破破烂烂的流浪叫花子,不免有些发愣,"莱尼小姐一会儿就出来,她的马车在等她。噢,她来了。"

绮达靠在一个年轻的骑兵军官臂膀上,从楼梯上下来。她身穿晚礼服,火红色的天鹅绒披风罩在外边,鸵鸟羽毛织就的大扇子垂在腰间,显得妩媚动人。她在门口突然停住,把手从军官身上抽走,一脸诧异地朝牛虻走过来。

"费利斯,"她压着嗓子惊呼,"你抱了个什么呀?"

"我在街上捡了个孩子，他受了伤，又饿得慌。我想尽快把他带回家，可是到处雇不到车子，所以想借用一下你的马车。"

"费利斯！你不是真要带这个讨厌的小叫花子到你屋里去吧！叫警察送他到收容所，或者随便什么合适的地方得了。城里那么多叫花子，你不能都……"

"他受伤了，"牛虻重复道，"即使送收容所，也只能等到明天。现在必须照看一下他，让他吃点东西。"

绮达做了个鬼脸表示厌恶。"你把他的头贴在衬衫上！怎么能这样？多脏！"

牛虻抬起头，突然虎起了脸。

"他饿了，"他气势汹汹地说，"你知道什么叫饿肚子吗？"

"列瓦雷士先生，"琼玛走上前，插话说，"我的寓所就在附近，把孩子送到我那儿去吧。如果找不到车，就让他在我屋里过夜好了。"

他立刻转过身来。"你不嫌麻烦？"

"当然不会。晚安，莱尼小姐！"

那位吉卜赛女郎生硬地鞠了一躬，气呼呼地耸耸肩，又搂着那军官的胳膊，撩起裙裾掠过他们身旁，登上那辆引起争执的马车。

走到车阶上，她停下说："列瓦雷士先生，如果你要车，我一会儿叫车夫再回来接你和那个孩子。"

"很好，我把地址告诉他。"牛虻来到人行道上，把地址交给车夫，然后抱着孩子回到琼玛身边。

卡蒂正在家中等候主人，听说事情的经过后，赶忙去取热水和其他要用的东西。牛虻把孩子安顿在椅子上，跪在他身边，替他脱下破烂的衣服，清洗伤口，为他包扎，动作熟练又温柔。接着，他替孩子洗好澡，正要拿暖和的毯子裹起来时，琼玛端着托盘走了进来。

"你的病人准备好吃饭了吗？"她冲这个陌生的小家伙笑笑，"这是我为他现做的。"

牛虻站起身，把那些脏衣服卷在一起说："抱歉把你的房间弄得不像样子。这些脏东西干脆送进炉子烧掉，明天我给他买一身新衣服。太太，家里有白兰地吗？我想他应该喝点儿。要是你允许，我要洗洗手。"

孩子吃过饭，立刻就躺在牛虻怀里睡着了，乱糟糟的脑袋就贴在他雪白的衬衫上。琼玛一直在帮卡蒂收拾房间，这才在桌旁坐下。

"列瓦雷士先生，你一定得吃点东西再回家。夜这么深了，你还什么都没有吃呢。"

"如果你方便，我倒想喝杯英式茶。真对不起，把你累得这么晚。"

"啊，这没什么。把孩子放到沙发上，这么抱下去要累坏的。等等，垫子上先铺条毯子吧。这孩子你打算怎么办？"

"明天吗？得先了解一下，除了那个酒鬼畜生，他还有没有别的亲戚。要是没有，也就只好像莱尼小姐说的那样，把他送到收容所去。虽说在他脖子上系块大石头扔到河里去，或许是最仁慈的办法，可是那样做我于心不安。瞧他睡得多香！你这个小家伙，真是命苦啊！连迷途的小猫都不如，小猫还能保护自己呢！"

卡蒂端着茶托盘走进来，这时孩子已睁开眼，神情恍惚地坐了起来。他一认出牛虻，就扭身从沙发上爬下来，拖着毛毯来到牛虻身边，依偎在他怀里。他已经把牛虻看成天然的保护人了。孩子恢复了精神，开始问东问西，他指着牛虻拿饼的左手问："那是什么？"

"是饼呀，还能是什么！你想吃吗？我看你已经吃得很饱了，明天再吃吧，小东西。"

"不是饼，是那个！"孩子说着伸出手，摸摸牛虻那几根断指，又摸摸他手腕上那块偌大的伤疤。牛虻放下了手中的饼。

"啊，那个！跟你肩上的东西一样，被人打的，那个人比我力气大。"

"那不是疼得要命？"

"啊，我不知道，不见得比其他事情更疼。你还是睡觉吧。深更半夜的，别问这问那了。"

马车到的时候，孩子又睡着了。牛虻没有叫醒他，只是把他轻轻抱起，出了房门往楼梯走。

"你今天当了我的服务天使，"牛虻停在门口对琼玛说，"但是，今后我们照样还可以痛痛快快吵个够。"

"我可不想跟人家争吵。"

"你不想，我想啊。生活要是没了争吵，那该多难熬。激烈的争吵是必不可少的，这可比看杂耍更有意义！"

说完他自个儿轻声笑着，抱起睡着的孩子下了楼。

❧ 第六章

牛虻恢复得很快。在他病后第二周的一天下午，里卡多过来，见他身穿土耳其睡衣躺在沙发上，正跟玛梯尼和盖利聊天，还说要下楼活动一下身子。里卡多听了哈哈大笑，问他第一趟出门是不是就翻山越岭、长途跋涉到菲索尔去。

"不如拜访一下格拉西尼夫妇，权当解闷儿。"他继续挖苦说，"那位太太一见你就高兴，尤其现在，你脸色惨白又有妙趣，她见了就更喜出望外了。"

牛虻紧握双手，像是在演悲剧。

"多么欣慰啊！这样的待遇我想都不敢想！她一定把我当成意大利的烈士，对我大谈爱国主义。我也只好装成烈士，对她说，我在地牢里被剁成一块一块的，然后又给胡乱拼凑起来。她一定会好奇，切碎了又拼凑的身子是什么感觉。里卡多，你以为她不会相信？我敢用我那把印度匕首打赌，赌你家装在瓶里那条绦虫，她会把我信口胡编的天字一号谎言一句不落全吞下去。打这样的赌算便宜你了，还不快快接受！"

"谢谢。可是我不像你那么喜欢杀人武器。"

"是吗，那绦虫和匕首一样，随时都能取人性命，可样子哪有匕首好看呢。"

"我亲爱的朋友，巧就巧在，我偏想要绦虫，而不是匕首。玛梯尼，我得走了。这个顽劣的病人现在由你负责吧？"

"只负责到三点钟。我还要跟盖利到圣米尼亚托去一趟。波拉太太来照应他，之后我再来接替。"

"波拉太太！"牛虻惊慌地重复了一声，"为什么呀，玛梯尼，不能让她来！我怎么能为自己的病麻烦一位女士。再说，她来了坐哪儿？这样的地方她怎么愿意进来！"

"你什么时候这么讲规矩呀？"里卡多笑呵呵地问，"我的大好人啊，波拉太太算得上是我们的护士长。她从年轻的时候就开始看护病人，据我所知，她在护理方面比任何行善的护士都要高明，怎么可能不愿意进你的房间！我看你是在说格拉西尼家那个女人吧！玛梯尼，要是波拉太太来了，我就不必开什么药物使用说明了。哎呀，两点半了，我得赶紧走。"

"趁她还没来，列瓦雷士，把药吃下去吧。"盖利说着拿起药杯往沙发这边走。

"什么药，去它的！"牛虻病后初愈，正在意乱心烦的阶段，免不了要给一心一意照顾他的人添点麻烦，"我的病都好了，为、为什么还要吃、吃、吃这些讨厌的东西？"

"就是为了你的病不再发作。待会儿波拉太太来了，你若再痛得不像样子，总不至于要她来给你服鸦片吧？"

"先生你心、心肠好啊，疼痛要是发作还照样发作。又不是牙痛，用一些乱七八糟的药就能吓跑。这些药治不了疼，就好比玩具水枪救不了着火的房子。不管怎么样吧，我还是照你的吩咐吃下去。"

他左手拿起药杯，盖利看见那些可怕的疤痕，又想起先前的话题。

"顺便问一下，你怎么被打成这个样子？打仗受的伤吗？"

"不是告诉过你，是在秘密地牢里嘛……"

"是说过，可那是编给格拉西尼太太听的呀。老实说，是不是在跟巴西人打仗的时候受的伤？"

"是啊，在那儿受了几处伤，后来到野蛮地带打猎，又受了几处，还有这样那样的地方。"

"啊，不错，那是在你参加科学探险队的时候。把衬衫扣起来吧，我把扣子全钉好了。你在那一带的经历似乎很惊心动魄。"

"当然，在那样的荒蛮之地，难免遇到风险，"牛虻说得很轻巧，"而且别指望每一次都能痛痛快快。"

"不过，我仍然不理解，除非身处劣境，陷入兽群，否则你身上怎么会有那么多伤疤，比如左胳膊上那一连串。"

"啊，那是在捕猎美洲狮的时候受的伤。我开了枪……"

这时传来一阵敲门声。

"玛梯尼，房间可还整齐？那好，请你开一下门。太太，你真是太好了。我还不能起来，请多包涵。"

"当然不用起来，我又不是到这儿来做客。西塞尔，我以为你们着急要走，所以来早了。"

"还可以待一刻钟。披风我给你放到隔壁房间去，篮子要不要也拿走？"

"小心点，里面装着新鲜鸡蛋。卡蒂今天早上到奥列佛多山那边买来的。列瓦雷士先生，我知道你喜欢花，所以给你带了些圣诞玫瑰。"

她坐到桌前把花修剪一番，然后插进花瓶里。

"对了，列瓦雷士，"盖利说，"美洲狮的故事才说了个开头，接着讲吧。"

"啊，可不是！太太，刚才盖利问我在南美的经历，正说到左臂的伤。那是在秘鲁的时候，我们过河去打美洲狮。我正要开枪，没想到火药湿了打不出子弹，只好重新装弹，可是那头狮子不会坐以待毙，于是我就有了这些伤。"

"那次经历一定刻骨铭心。"

"噢，也不算太坏。要快乐就得有痛苦。不过，这些经历总的来说是丰富多彩的。比如捕大蛇……"

他滔滔不绝，把阿根廷的战争、巴西的探险、打猎中的野味佳肴、碰到土人和野兽的冒险场面，一件件说得天花乱坠。盖利就像听神话故事的孩子那样入了迷，不时地插问一些问题。他具有那不勒斯人的秉性，容易受人影响，凡是激动人心的故事他都喜欢。琼玛从篮子里拿出编织物，默默不语，头也不抬地边听边干活儿。玛梯尼却皱着眉头听不下去了。牛虻的故事在他看来实在是故弄玄虚，夸张又做作。前一个礼拜，牛虻以顽强的毅力忍受疾病的痛苦，他心里不由得感到敬佩，可是，他从根本上就不喜欢牛虻，不喜欢他的所作所为和言谈举止。

"这样的生活一定丰富多彩！"盖利带着天真的妒忌感慨地说，"可是你怎么舍得离开巴西，别的国家相比之下岂不是单调乏味！"

"我感到最愉快的地方还是秘鲁和厄瓜多尔，"牛虻回答说，"那真是一块绝妙的土地。尽管天气很热，特别是厄瓜多尔沿海地区，热得叫人受不了，但是那里的风景美得令人难以想象。"

盖利说："我认为，在那些未开化的国度里，人们拥有绝对的生活自由，这比任何美丽的风景都更令我向往。那里的人能感受到做人的尊严，这在摩肩接踵的都市里是无法体会的。"

牛虻表示赞同。"的确如此，那是……"

琼玛放下手中的活，抬头看见牛虻涨红了脸，话没说完就打住了。房间里出现短暂的沉默。

"不是又发作了吧？"盖利不安地问。

"没什么大不了。我本来还骂、骂、骂那止、止痛药，多亏你让我吃下去了。玛梯尼，你们要走了吗？"

"是的。盖利，快走，否则来不及了。"

琼玛随他俩一道出了门，不一会儿端着一碗牛奶冲鸡蛋回到屋里。

"请喝下去。"她说得温和又不容拒绝，然后坐下继续做编织。牛虻乖乖照做。

半个小时过去了，谁也没有开口说话。后来牛虻轻轻叫了一声："波拉太太！"

她抬起头，只见牛虻正扯着沙发垫毯的穗子，两只眼睛始终低垂着。

"刚才我说的那些，你根本就不相信。"

"对，我毫不怀疑你在说谎。"她平静地答道。

"你说得很对。我一直在胡扯。"

"你是说战争的事吗？"

"每一件事。那次战争我根本就没有参加，至于探险队，当然我也有几次冒险的经历，大部分都是真实的，可这与我受伤没有任何关系。既然你发现了我的一处谎言，索性我就把真相全盘托出吧。"

"你这么胡编乱造，难道不觉得浪费精力吗？"琼玛问，"我看这实在不值得。"

　　"如果是你要怎么办呢？你们英国有句俗语：'不去问问题，就听不到谎话。'我也不觉得编谎话捉弄别人是一件愉快的事。可是人家要问我残疾的原委，怎么也得给个答复。既然说了，倒不如把故事编得动听一些。你瞧盖利听得多么津津有味。"

　　"你是宁可让盖利高兴而不肯讲真话？"

　　"讲真话？"牛虻抬起头，手里已经扯下一撮穗子，"要我对他们讲真话？我宁可先割掉舌头！"说到这里，他突然变得窘迫又羞怯，"我从来没有对人讲过真话，但是，如果你愿意听，我就告诉你。"

　　琼玛默默放下手中的活儿。这个坚强、神秘、并不讨人喜欢的男人，突然要把自己的秘密毕恭毕敬地向一个女人倾诉，这个女人显然他并不了解也不喜欢。这里面总有些苦衷。

　　长时间的沉默后，她抬起头，只见他左胳膊撑在身旁的桌上，那只有残疾的手遮住眼睛，手指神经质地紧张颤抖着，连手腕上的疤痕也在抽动。琼玛走到他跟前，轻轻唤他的名字。他大为震惊地抬起头。

　　"我忘、忘了，"他带着歉意支支吾吾地说，"正要对、对你讲……"

　　"讲你瘸腿的原因，那个意外，或是别的情况。不过，你要是觉得心烦……"

　　"意外？噢，是一顿毒打！绝不是什么意外，是根拨火的铁棍。"

　　她茫然不解地看着他。牛虻举起抖得厉害的手把头发向后拢，笑着看看她。

"你坐下来好吗？请把椅子挪近一些。很抱歉，我不能为你搬动了。说实、实在的，现在想想，要是里卡多来给我治那次伤，一定会认为那是个极、极其宝贵的病例。他对骨折病例有着外科医生职业上的爱好。我记得当时身上每一块骨头都被打碎了，能碎的都碎了，只剩一个脖子。"

"还有勇气，"琼玛小声地插了话，"不过，你大概把勇气也视为不可打碎的一类。"

他摇摇头说："不，我的勇气和身上其余部位一样，也是后来勉强修补起来的。当时，我的勇气也被打得支离破碎，像茶壶的碎渣一样，是全身碎得最惨的部分。啊，对了，刚才说到拨火棍。

"那是——我想想，大概十三年前，发生在利马。我提到过，秘鲁是个逍遥自在的美丽国度，可是对于像我那样落难的人来说，情况就很糟糕。此前，我先后到过阿根廷和智利，大部分时间都是颠沛流离，挨饿受冻。后来我当了临时工，从智利港口瓦尔帕莱索搭一条牲口船到了利马。由于在利马找不到工作，只好去卡亚俄港口的码头一带碰碰运气。凡是那样的货运码头，当然不乏以航海为生的人聚集的下流场所。过了一些日子，我到一家赌场当仆人，干烧饭之类的杂活，给玩弹子游戏的人记分，替水手和他们的女人端茶送水。这些事我虽然干得很不情愿，但还是乐于去干，至少可以有碗饭吃，可以看到人的面孔，听到人的声音。或许你觉得这没有任何意义，可是我刚害了一场黄热病，孤零零地待在一所破烂不堪的棚屋里，整天提心吊胆。还是说说赌场吧。有天晚上，一个喝醉酒的东印度水手在赌场发酒疯，由于上岸时把钱输个精光，心情坏得很。老板叫我把他赶走。我要是还想待下去保住饭碗，就必须遵命。可是我、我那时还不到二十一岁，生了病之后虚弱得像只猫，那醉汉一个可以打我两个。而且，他手里还拿着那根拨火棍。"

牛虻停下偷偷看了琼玛一眼，接着说："他显然是想要了我的命，但下手太过草率，没有把我彻底捣碎，让我留下一口气活了下来。"

"可是在场的其他人呢，不出面干涉吗？他们人多势众，还怕一个水手？"

他抬头看看，突然大笑起来。

"其他人？那些赌徒和赌场的人吗？哎呀，你不明白！在场的都明白我是赌场的仆人，也就是他们的一份财产啊！他们当然可以围在一旁看热闹。这种事在他们那儿算得上一个令人捧腹的笑话。是啊，如果你碰巧不是被人取笑的对象，在一旁观望倒的确是一种娱乐。"

琼玛不寒而栗。

"后来怎么样？"

"详细情况记不清了。一个人经历那样的惨景，一般来说，随后几天的事是记不住的。我只记得，他们见我还没死，就请了附近船上的一位外科医生。他勉强给我缝合了伤口。里卡多觉得伤口缝得很不像样，也可能是出于一种职业上的嫉妒。说来也怪，等我醒过来发现，当地一位老妇人出于基督徒的善心收留了我。她常常缩着身子坐在草屋拐角处，嘴里叼着黑烟斗，痰就吐在地上，一个人小声哼哼。不过，她是个好心肠的人，告诉我可以安安静静地死去，谁也不会打搅我。可是我体内的反抗精神占了上风，决定活下去。回到活命这条路真是困难重重，有时费了九牛二虎之力，却也不尽如人意。总之，那位老妇人表现出惊人的耐心，把我留在她屋里。待了多少日子来着？躺了将近四个月，时不时像疯子一样说胡话，火气大得吓人。要知道那种疼痛有多厉害，我从小娇生惯养，脾气本来也不好。"

"后来呢？"

"啊，后来……我想办法爬起来，偷偷溜走了。别以为我会不好意思接受一个穷妇人的施舍，不是那回事，我早就不在乎这种事了。实在是待在那种地方受不了了。刚才你还说我有勇气，那是没看到我当时的样子！每天疼痛最剧烈的是傍晚，接近黄昏的时候。我总在下午一个人躺着，眼睁睁望着太阳慢慢西沉。啊，那情景你不会理解的！直到现在，我看到太阳落山心里还不是滋味！"

长时间的沉默。

"然后呢，我就往内地走，想找一份工作，随便哪里都行。要是再在利马待下去，我非给逼疯不可。一直走到库斯科，在那里……我也搞不懂，怎么跟你说起这些陈年旧事，就啰啰唆唆个没完，都是些索然无味的东西。"

她抬起头看着他，目光深沉而又恳切。"请你千万别这么说。"

他紧紧咬着嘴唇，又扯下一根垫毯穗子。

过了一会儿他问："还要往下说？"

"如果……如果你愿意就请说下去。我是怕你回忆往事心里难过。"

"难道你以为，我不说就忘了吗？憋在心里反而更加难受。不要以为使我耿耿于怀的是那件事本身，真正叫我忘不了的是我曾有过失控的事实。"

"我……不太明白。"

"我的意思是，我也曾勇气耗尽，甚至发现自己是个懦夫。"

"一个人的忍耐程度总有极限。"

"的确。可是到过那种极限的人才明白，再来一次就很难做到了。"

"能不能告诉我，"琼玛犹豫着问，"你二十岁就只身一人流浪在外，是怎么回事？"

"很简单。我出生在一个古老国家的富裕家庭里，后来就跑了。"

"为什么？"

他再次哈哈大笑，声音急促又刺耳。

"为什么？我想是因为太年轻，自命不凡吧。我从小过着奢侈娇惯的生活，以为世界是由粉色棉絮和糖衣杏仁做成的。后来，在一个晴朗的日子里，我发现自己最信赖的人竟然欺骗了我。怎么啦，瞧你吓了一跳！怎么回事？"

"没什么，请你往下讲。"

"我发现自己中了圈套，轻信了一个谎言。当然，这样的事也是司空见惯的。可是我那时候年轻又自负，以为说谎的人必定会被打入地狱。就这样我离家出走逃到南美，身无分文，对西班牙语一窍不通，除了一双白净的手和花钱如流水的习惯，挣饭吃的本事一点也没有。我陷入了能混就混、不能混就死的境地，结果也很自然：我坠入了货真价实的地狱，从此再也不会去想冒牌地狱的模样了。这个地狱一陷进去就深不见底，整整熬了五年，直到杜普雷探险队把我救了出来。"

"啊，五年！太可怕了！难道就没有什么朋友帮你？"

"朋友！我……"他忽然冲她凶巴巴地嚷道，"我这辈子一个朋友也没有！"

他立刻意识到自己太冲动了，有些惭愧地接着说："我说的这些，你不要过于当真。可能也说过头了，其实头一年半并没有那么糟，我年轻力壮，日子过得还不错。可是，被那个水手打伤以后，就找不着工作了。一根拨火棍，只要运用得巧，威力可真是神了。谁也不肯雇一个瘸子。"

"你干过哪些工作？"

"有什么就干什么。有段时间，我在糖料种植园里打零工，替那些黑奴跑腿打杂。说来也稀奇，那些奴隶总有法子给自己找个手下，而且最喜欢欺负干苦力的白人。那些监工总是撵我走，因为我跛得厉害，动作不利索，也扛不动重物。那时候我还常患炎症，或者别的稀奇古怪的病。

"过了一段时间，我到了银矿工地，想在那里找份工作。结果还是一场空。矿主认为雇用我这样的人简直是笑话，那些矿工又拼命打我。"

"这是为什么？"

"啊，我想这是人类欺弱的秉性。那帮卑鄙的混血儿，见我只有一只手能够还击，叫我吃尽了苦头。最后我只好往别处流浪，漫无目的地奔走，指望有奇迹出现。"

"流浪？就凭那条瘸腿！"

他突然停下来喘了喘气，令人心生怜悯。

"我……我那时候饿着肚子。"

琼玛稍稍转过头，一只手托着下巴。牛虻沉默了片刻又接着说，声音却越来越小。

"我走啊走啊，到后来差不多快疯了，仍然没有碰到好运气。后来，我到了厄瓜多尔，情况变得越来越糟。有时候，我给人干点修修补补的活儿，我的补锅水平还不错，或者当个听差跑腿的，或者给人家打扫猪圈，或者……啊，我也说不清干了些什么。最后，有一天……"

这时候，桌上那只细弱的棕色的手忽然紧紧攥成一个拳头。琼玛有些担心地抬头看他。牛虻侧面对着她，太阳穴上的青筋急速而不规则地跳动，像一把铁锤在敲击一般。琼玛欠身向前，一只温柔的手搭在他的胳膊上。

"后面的不用讲了。这些事情说起来也太可怕了。"

他疑惑地看看那只手，摇摇头，态度坚决地说了下去。

"后来有一天，我碰到一班走江湖玩杂耍的，就是那天晚上我们看的那种，只不过更庸俗下流，里面当然也有斗牛的节目。那帮人在路旁搭起帐篷准备过夜，我到那里去乞讨，因为天气太热，又饿得半死不活，就这样晕倒在帐篷门口。那段时间，我就像束胸太紧的女学生一样，常常突然昏倒。他们把我带到帐篷里，给我喝白兰地，还吃了点东西。后来……第二天早上，他们要我……"

他又停住不说了。

"他们需要一个驼背或者有生理缺陷的人，好让小孩子朝他扔橘子和香蕉皮……引那些黑人发笑……就像那天晚上你见到的那个驼背小丑，我就这么干了两年。我知道你对黑人怀有人道主义的博爱精神，可等你任凭他们处置时，就知道他们是些什么人了！

"就这样，我学着玩那一套把戏。我的畸形还不够那种程度，但他们充分利用我这只膀子和这只脚，用人工的办法把我扮成一个驼背。看热闹的人倒也并不挑剔，只要能看到活生生的东西遭受磨难，他们就很高兴了。那套五颜六色的愚人衣服也同样奇形怪状，在取悦看客方面起到很大作用。

"唯一的麻烦就是我常常生病，不能表演。但有时班主发了火，也不管我病不病，坚持要求我出场。这时候看客是最高兴的。我还记得，有一次演到中途我晕倒了，醒过来的时候，观众已经围拢在我身边又哄又叫，大喊大嚷，还用果皮扔……"

"别说了！我听不下去了！看在上帝的分上，你快别说了！"

琼玛双手捂住耳朵站了起来。牛虻停下来，看见她眼里闪动着晶莹的泪花。

"该死，我真是个白痴！"他低声说。

琼玛走到窗前，向外观望了一会儿。等她转过身时，只见牛虻又靠在桌子上，一只手捂着眼睛，显然把她忘到了一边。她一言不发地坐到他身边，过了好一会儿，才缓缓地说："我想问个问题。"

"什么？"他一动未动。

"你为什么没有抹脖子自杀？"

他惊讶又严肃地抬头说："没想到，连你也这么问。那我的工作怎么办？我自杀了，谁来替我干？"

"你的工作……啊，我明白了！刚才你还说自己是懦夫，可是经历这样的处境仍然能够矢志不渝，你绝对是我见过最勇敢的斗士了。"

他再次捂住眼睛，然后满怀热情地紧紧握住她的手。周围似乎笼罩着永无止境的静寂。

突然，楼下花园里传来一阵清脆的女高音，唱着一首拙劣的法国小调。

> 来吧，皮埃罗！跳舞吧，皮埃罗！
> 跳吧，跳吧，可怜的让诺！
> 跳舞和快乐万岁！
> 让我们尽享青春！
> 如果我流泪叹息，
> 如果我顾影自怜，
> 先生，这只是玩笑一个！
> 哈！哈哈哈！
> 先生，你不必当真！

牛虻一听到歌声就松开了手，身子直往后缩，压抑地哼了一声。琼玛紧紧抓住他的臂膀，就像紧紧逮住病人好让外科医生开刀一样。歌声中断时，花园里传来阵阵笑声和喝彩声。牛虻像受折磨的野兽一样，抬起头望着琼玛。

"是绮达，"他慢腾腾地说，"和她的军官朋友。那天晚上里卡多来之前，她要进我的房间。她要是真的碰着我，我是非疯不可的！"

琼玛温和地为她辩白："她并不知道，这样会伤害你。"

花园里又传来一阵哄然大笑。琼玛起身把窗户打开，只见绮达站在花园小径上，头上缠着一条金色花边围巾，一副卖弄风情的样子。三个年轻的骑兵军官你争我夺，要抢她手中高举的紫罗兰。

"莱尼小姐!"琼玛叫了一声。

绮达的脸立刻像乌云一般沉了下来。"什么事,太太?"她说着转过身,挑衅地抬起眼。

"列瓦雷士先生身体很不舒服,能否麻烦你们几位朋友声音小一点?"

这位吉卜赛女郎把紫罗兰猛地一扔,用法语叫了一声:"滚开!"弄得几个军官目瞪口呆。绮达转身恶狠狠地对他们说:"先生们,我讨厌你们!"

她慢腾腾地走出了花园。琼玛关了窗户。

"他们走了。"她回到牛虻身边说。

"谢谢。麻烦你了,我、我很抱歉。"

"麻烦倒没有。"

牛虻立刻听出她话中有话。

"'但是?'"他说,"太太,你的话还没说完。那句话后面还有'但是',你没有说出来。"

"你既然能了解别人想什么,就不该对别人心里的话感到生气。说起来也不关我的事,可是我无法理解……"

"无法理解我对莱尼小姐的厌恶,是不是?那只有在……"

"不,我是指,你一方面厌恶她,另一方面又与她同居。你这样做,在我看来,是对她作为一个女人的侮辱,也是……"

"一个女人?"他突然发出一阵大笑,听起来很刺耳,"你把那样的人也叫作女人?太太,'这只是玩笑一个'!"

琼玛说:"这不公平!你对任何人都无权这样说她,尤其是对另外一个女人!"

他转过身，瞪大眼睛望着窗外渐渐西沉的太阳。琼玛放下帘子，关好百叶窗，不让他看到落日。然后，她走到另一扇窗前的桌旁坐下，重新拾起编织活。

"要点灯吗？"她过了一会儿问。

牛虻摇了摇头。

屋子里渐渐暗得看不清了，琼玛把编织物卷好收进篮子里，双臂交叠坐在那儿，默默观察牛虻纹丝不动的形象。傍晚暗淡的光线淡化了他那严峻、嘲讽又自负的神情，也深化了他嘴角凄苦的皱纹。琼玛忽然产生一些奇妙的联想，清晰地记起她父亲为纪念亚瑟而竖立的一个石刻十字架以及上面的铭文："你的波涛和巨浪已将我淹没。"

一个小时在持续的沉默中过去了。琼玛悄悄站起身，走出去拿灯，回来的时候停了一会儿，以为牛虻睡着了。灯光刚照到他脸上，他就转过了身。

"我给你煮了杯咖啡。"琼玛把灯放下说。

"先放一放吧。请你靠近我一点好吗？"

他紧紧握住她的双手。

"我一直在想，你刚才说得很对。"他说，"我确实把生活过成了一团令人讨厌的乱麻。不过，你要知道，一个男人不会天天遇到他能、能爱上的女人。我、我的处境艰难，害怕……"

"害怕？"

"害怕黑暗。有时候，我不敢一个人过夜，身边一定要有个活的东西，实实在在的东西。外在的黑暗实在是……不，不！不是那种黑暗，那不过是个不值钱的玩具地狱。我害怕的是内心深处的黑暗，那里没有哭泣，也没有咬牙的颤抖，只有沉默……

沉默……"

他瞪大眼睛直发愣。琼玛屏住气静静地站在那里，听他接着说下去。

"你一定觉得不可思议吧？不理解这些，正是你的福气。我想说的是，如果要一个人独自生活，我十之八九会疯的。如果可以，请不要把我想得太坏，毕竟我不是你想象中那头邪恶的野兽。"

"我不会对你做什么评价，"琼玛说，"因为我没吃过你那种苦头。但是，我也曾陷入艰难的困境，只是情况有所不同。我认为……我能肯定，你要是因为害怕而做了残忍不公或问心有愧的事，迟早会后悔的。如果你只是对这件事无能为力，我设身处地在想，若换作是我，可能早就一错到底，含恨而死了。"

他仍然紧紧握着她的手。

"请告诉我，"他温柔地问，"你这一生是否做过极其残忍的事？"

她没有回答，却低下了头，两大滴泪珠扑扑地落到他手上。

"快说呀！"他急切地小声催促，手握得更紧了，"快告诉我！我已经把自己所有悲惨的往事都告诉你了。"

"是的，有一次……很久以前，而且是对待我最最心爱的一个人。"

握住她的那双手剧烈地颤抖起来，但是仍然没有松开。

她接着说："他是我们的一位同志。我轻信了旁人的诽谤，那显然是警方惯用的伎俩。我当他是叛徒，扇了他一记耳光。他竟离家出走，溺水自尽了。两天以后，我明白了真相，他是清白无辜的。在你的记忆里，可能不会有像我这样痛苦的往事。如果能挽回一切，我宁可砍断自己的右手。"

他眼中闪过一丝危险的光芒，往日她从未见过这种眼神。他突然悄悄低下头，吻了她的手。

琼玛大惊失色，连忙抽回手。"别这样！"她可怜巴巴地叫起来，"以后请别这样！你这样让我很伤心！"

"你以为，你没有伤害被你杀死的那个人的心吗？"

"我……杀死的那人……啊，西塞尔回来了！我……我得走了！"

玛梯尼进来的时候，牛虻一个人躺在那儿，旁边放着一杯没有动过的咖啡，嘴里正有气无力地轻声咒骂自己，仿佛怎么骂也不能解恨。

🌿 第七章

几天以后，牛虻脸色依然苍白，腿比以前瘸得更加厉害。他来到公共图书馆的阅览室，借阅蒙泰尼里的布道论集。在一旁看书的里卡多抬头看了看。他很欣赏牛虻，就是不喜欢他的脾气，那种难以理解的私愤。

"又要对那个倒霉的大主教猛烈开炮了吗？"他有点反感地问。

"我亲爱的朋友，你为什么总、总以为别、别人居心不良呢？这和基督徒精神是完、完全相违背的。我在为一家新办的报纸准备一篇现代神学方面的文稿。"

"什么新办的报纸？"里卡多紧皱眉头。眼下新的出版法即将出台，反对派正在筹备一份激进的报纸来轰动全城，这件事大概已是公开的秘密，但在形式上仍然属于保密。

"当然是指《骗局新闻》，或者叫作《教会新闻》。"

"嘘——嘘！列瓦雷士，我们打扰别人看书了。"

"那就算了，你要是把外科当成课题，就钻研你的外科吧。我、我还是搞搞神、神学，你就别多事了。你搞你的碎骨头，我不干涉，尽管我懂得比你多、多得多。"

他坐下来，专心致志地研究布道论集。这时候，一位图书管理员走到他面前。

"列瓦雷士先生！我想，你在杜普雷探险队待过，对亚马孙河支流有过研究吧？我们遇到一个难题，或许你能帮忙。一位太太想借阅那次探险队的记录，可是这些书我们还在装订。"

"她想了解什么情况？"

"她只想了解探险队出发的时间，在哪一年经过了厄瓜多尔。"

"探险队一八三七年秋天从巴黎动身，一八三八年四月经过厄瓜多尔首都基多。我们在巴西待了三年，然后到了里约热内卢，于一八四一年夏天回到了巴黎。那位太太是否还想知道每一个具体的探险日期？"

"不用了，这些就可以了，感谢你。我已经记了下来。贝波，请把这张纸条递给波拉太太。列瓦雷士先生，非常感谢你。给你添麻烦了，真抱歉。"

牛虻皱着眉头往椅背上一靠，感到莫名其妙。她要了解这些日期干什么？他们经过厄瓜多尔的时候……

琼玛拿着那张纸条回到家里。一八三八年四月……亚瑟死于一八三三年五月。相隔五年……

她在房间里来回踱着步。一连几晚她都没睡好觉，眼眶周围都有了黑眼圈。

五年，"从小奢侈娇惯"，"最信赖的人竟然欺骗了他"，欺骗了他……他发现了……

琼玛停下脚步，双手抱头。啊，这简直让人发疯！这不可能，太荒唐了……

想想看，他们当时在码头打捞了多少遍！

五年……他遭到那个水手毒打时还"不到二十一岁",那么,他离家出走一定是十九岁。不是说"过了一年半"吗……他怎么会有蓝眼睛?他的手指怎么那样神经质地动弹不停?为什么对蒙泰尼里恨之入骨?五年……五年……

　　她要是确信他淹死了,或者能亲眼见到尸体就好了。如果是那样,总有一天她的旧伤疤就不会再痛,记忆中的恐惧也会消失。或许再过二十年,她还可以毫不畏缩地回首往事。

　　对往事的追悔已经毒害了她的全部青春年华。她日复一日、年复一年地同悔恨的恶魔搏斗,铭记自己的工作应该着眼于未来,不去回首已逝的幻象,也不聆听从前的往事。然而,溺死的尸体漂流大海的景象却始终盘踞在她脑海里,那无法压抑的惨叫声一直回荡在她心头,"我杀了亚瑟!亚瑟死了"!有时候,她感到这种精神负担太重,压得她招架不住了。

　　现在,她宁愿承受那种负担,即使压得她死去活来也心甘情愿。如果她害死了他,那种悲痛她已经习惯,而且忍耐了这么久,不至于被压倒。可是,如果是她把他赶走了,不是赶到水里溺死,而是赶到……琼玛想到这儿瘫坐下来,双手蒙住眼睛。他的死使她这一生蒙上了难以磨灭的阴影!但愿她没有给他带来比死亡还要悲惨的东西……

　　她毅然决然、毫不心软地一步步回顾他往日如地狱般的痛苦经历。那赤裸裸的灵魂无助地颤抖着,比死亡还要苦涩的嘲笑,孤独的恐惧,缓慢、绞心又无情的痛楚,这一切竟如此生动地浮现在眼前,仿佛亲眼看见、亲身感受一般。她好像和他一起坐在那间污秽的印第安人棚屋里,和他一起在银矿、咖啡田和可怕的杂要班里饱尝苦难……

啊，不，杂耍班的经历一定不要再去回想。光是想到这件事，或者去那种地方坐一坐，都足以使人发疯。

她打开写字台的小抽屉，那里有几件个人纪念品，她一直不忍心丢掉。她并不热衷于收藏这类令人伤感的物件，可是她的性格中也有脆弱的一面，尽管努力克制，终究还是让步妥协，保留了这几件东西，但很少拿出来看。

现在，她一件一件把这些纪念品取了出来：乔万尼写给她的第一封信，他临终时手里握着的那束花，死去孩子的一绺头发，父亲墓地上的一片枯叶。在抽屉最里面，放着一张亚瑟十岁时的画像，这是亚瑟仅存的一幅肖像。

她坐下来，把画像拿在手里，端详那好玩的娃娃头，脑海中渐渐浮现出亚瑟真实的面孔。那张脸上每一个细微处都那么清晰！灵敏的嘴角线条，真诚的大眼睛，还有天使般纯洁的表情，这一切都铭刻在她的记忆中，仿佛他是昨天才死去一样。看着看着，眼里涌起了泪花，模糊了她的视线，画像也看不清了。

咦，她怎么忽然生了这种念头！那光彩照人的灵魂早已逝去，怎么能想象它受制于生活的污秽和凄苦中呢，光是想到这一点，也是一种亵渎啊。众神一定对他有所钟爱，让他年纪轻轻就脱离了人世的苦难。哪怕化为乌有，也比像牛虻那样活着要好一千倍，尽管这个牛虻系着无可挑剔的领带，富有不可捉摸的智慧，长着刻毒的舌头，还有一位跳芭蕾的女郎！不对，不对，这纯粹是愚蠢可怕的胡思乱想，这种徒劳无益的想象只是自寻烦恼。亚瑟已经死了。

"我可以进去吗？"有人在门口轻声问。

她吓了一跳，连画像也从手中掉落下去。牛虻一瘸一拐地走进来，拾起画像交给了她。

"你把我吓坏了！"

"实、实在抱歉。是不是打扰你了？"

"没有。我正在翻一些旧东西。"

她犹豫了一会儿，把那幅肖像又递给了他。

"你看这幅肖像画得怎么样？"

牛虻接过去，她仔细观察他的表情，仿佛对方的反应就能决定她的命运似的。但是他一脸兴味索然，还带着挑剔的神情。

他说："这就叫我很为难了。画像已经褪色，而孩子的表情一向捉摸不定。不过，照我看，这个孩子长大后一定命途多舛，他最聪明的办法就是让自己根本不要长大。"

"为什么？"

"你看，他下唇的线条就、就表明了他的性格，把痛苦就当成痛苦，冤屈就当成冤屈，太过一丝不苟。这个世界容、容、容纳不了这样的人，只需要埋头工作而没有感情的人。"

"在你熟悉的人中，有没有和他长得像的？"

他又拿起画像仔细看了看。

"有啊，太奇怪了！当然有跟他长得像的，非常像。"

"像谁？"

"像大、大、大主教蒙泰尼、尼里。我倒想问问，这位品格高尚的主教大人有没有侄儿什么的？这幅肖像画的是谁？"

"是我朋友儿时画的，那天我曾对你讲过的那个朋友……"

"就是你杀死的那一位？"

她不由自主地打了个寒战。他把那可怕的"杀死"二字说得多轻松、多残酷！

"是的，如果他真的死了，那就是我杀了他。"

"如果？"

她目不转睛地盯着他。

"他是不是死了，我一直有点怀疑，"她说，"因为根本没有找到尸体。或许他也像你一样，离家出走，跑到南美去了。"

"别那么想。你若是带着这样的想法，会很痛苦的。我平、平生经、经历过许多激烈的搏斗，杀过的人不、不止一个。要是我把一个活、活生生的人送到南美都要感到内疚，那还怎么睡得安稳……"

"那么，你是否相信，"琼玛紧扣着双手打断他的话，朝他走近了一点，"假如他并没有溺死，而是经历了像你那样的遭遇，会不会永远都不回来，把往事一笔勾销？你说他是不是永远不能释怀？要知道，我为此也付出了代价啊。你看！"

她拢起额前一卷浓密的黑发，里面夹着一大片银丝。

一阵长久的沉默。

牛虻缓缓地说："我认为，逝去的就让他逝去吧。有些事情想要忘却是很难的。我要是你那位死去的朋友，还是死、死了的好。不要让幽灵变成丑恶的还魂野鬼在人世间游荡。"

琼玛把画像重新锁进了抽屉里。

她说："你这种理论太过冷酷无情。我们还是聊点别的吧。"

"我来这儿，是有点事想同你商量一下。关于我的一项计划，算是我个人的私事。"

她拖了一把椅子到桌旁坐下。

"你对草拟中的出版法有什么看法？"此刻他一点也没有平时结巴的迹象。

"我的看法？我认为没有什么价值，不过，有半片面包总比没有好。"

"毫无疑问。这么说，你准备加入那些好人儿一起筹备办报了？"

"确有此意。任何报纸的筹办都涉及大量的事务，比如印刷、发行……"

"你打算这样浪费自己的聪明才智到哪一天呢？"

"怎么会是'浪费'？"

"干这些工作就是浪费。要知道，大多数和你一起工作的人都比不上你的智慧，而你竟然让他们使唤着整天打杂。你在智力上远远超过了格拉西尼和盖利，就像老师和学生的差距，而你却像印刷厂的学徒，坐在那里替他们看校样。"

"首先，我并不是把时间都花在看校样上。其次，你似乎高估了我的智力。我绝没有你以为的那样才华横溢。"

"我也没说你有过人的才华，"牛虻心平气和地答道，"但我知道你思想健全，做事可靠，这是很重要的品质。在委员会死气沉沉的会议上，你总能明白地指出别人逻辑上的缺陷。"

"你这么讲就欠公正了。比方说，玛梯尼就很有逻辑的头脑，法布列齐和莱伽毫无疑问都很有能耐，格拉西尼在意大利统计学方面的知识，可能要超过任何一位官方人士。"

"这说明不了什么问题。关于他们的能力我们暂且不谈。但不可否认，你凭借这样的天赋可以担任更重要的工作，担负更多的责任。"

"我对目前的位置很满意。现在的工作可能没有多大价值，但是，我们都在干自己力所能及的事。"

"波拉太太，你用不着和我玩恭维和谦让的把戏。老实讲，你承不承认自己现在费神所做的工作，那些能力比你低的人也可以完成呢？"

"既然你硬逼我表态，那我……我只好说，在某种程度上可以。"

"那你为什么还要继续干下去？"

没有回答。

"为什么还要继续干？"

"因为——我也是无可奈何。"

"为什么？"

她抬起头，带着责备的目光看着他。"你太不客气了，这样逼我是不公平的。"

"逼不逼是一回事，反正你要对我说明原因。"

"你一定要问的话，那么……是因为我的生活已经被碾得支离破碎，要想着手做一项真正的事业，已经感到力不从心。我大概只能当个革命的老黄牛，在党内干些琐碎的杂事。至少我是在认真地做事，再说，这样的工作总得有人来干。"

"当然得有人去干，可是不能老由一个人干。"

"大概是我比较合适。"

他半眯着眼看着她，眼神叫人捉摸不透。不一会儿，她抬起头。

"我们又回到老话上去了，还是谈正经事吧。你再怎么说我能干也是白说，反正我现在说什么也做不了。不过，我或许可以帮你参谋参谋你的计划。究竟是什么事？"

"你上来就说什么也做不了，现在又要过问我的计划，帮我参谋。我的计划是要你帮忙，帮实际行动的忙，不仅仅是参谋。"

"先说说是什么事，然后我们再商量。"

"你先告诉我，威尼西亚那一带准备起义的事，你有没有听到一些风声？"

"自从大赦以来，听到的不是起义计划就是圣信会阴谋，恐怕我对两者都持怀疑态度。"

"我也不怎么相信。但是，那个省在认真准备一场反对奥地利人的起义，我说的可是千真万确的事。在教皇领地，特别是四大教省内，为数众多的年轻人准备越过边界到达威尼西亚省，志愿参加那里的起义。我在罗马涅大区的一些朋友对我说……"

"我想问一下，"琼玛打断了他的话，"你能肯定那些朋友可靠吗？"

"绝对可靠，我和他们私交很深，还在一起共过事。"

"这么说，他们是你那个'团体'的成员了？请原谅我的多疑，不过，从秘密团体传出来的消息，我一向持怀疑态度。我认为……"

"你听谁说我属于什么团体？"牛虻嗓音尖锐地打断她。

"没有谁，我猜测的。"

"啊！"他靠在椅子上，皱着眉头看了她一会儿，问道："你常常猜测别人的私事？"

"经常。我比较善于观察，喜欢把观察到的事联系起来看。我这么讲是想要你知道，如果有什么事想瞒着我，可得当心了。"

"我不介意你知道，只要不再传开就行了。我想，这件事应该还没有……"

琼玛惊讶地抬起头，有些被冒犯地说："当然没有，这还用问吗？"

"我当然知道你不会对外人说。但会不会对党内的人……"

"党内工作讲究事实根据，不是依照我个人的猜测和想当然。不用说，我从来没有向党内任何人谈过这种事。"

"谢谢。那你有没有猜测过，我属于哪一种团体呢？"

"但愿——我就直话直说，你可不要见怪，毕竟这个话题是你开的头。但愿你不是'短刀会'的。"

"为什么这样想？"

"因为你可以干更好的工作。"

"我们都可以干比以往更好的工作。这话题又说回来了。不过，我并不属于'短刀会'，而是'红带会'。这个团体比较扎实，对待工作也比较认真。"

"你是指行刺工作？"

"不限于此，还有其他。刀有刀的用处，但必须配备一套良好的组织宣传工作。这正是我不喜欢'短刀会'的原因。那些人错误地以为，一把短刀就能闯天下。短刀能解决不少问题，但不能解决所有问题。"

"你当真以为短刀可以解决什么问题？"

他诧异地看看她。

"当然，"她接着说，"短刀是可以消除由狡猾的间谍和可恶的官吏制造的一些实际困难，但只是暂时的，而且除掉这个人之后，是否会招致更大的麻烦就不好说了。就好像《圣经》里说的那样，有人驱除了屋里的鬼，把房子打扫装饰一新，没想到被驱除的鬼回来了，还带了另外七个鬼。每一次暗杀都使警方变得更加凶残，使人们更加习惯于暴力和野蛮。社会的秩序到后来反而比先前更糟。”

“那你以为，革命到来的时候会发生什么情况？到那个时候，难道老百姓还没有习惯于暴力？战争毕竟是战争。”

“你说的也对，但公开的革命又是另外一回事。在人们的生活中，是会有那样短暂的革命时期，这也是我们为了取得进步不得不付出的代价。可怕的事毫无疑问会发生，每一次革命都不可避免。但这些都是个别事件，是非常时期的非常现象。现在，这种不分青红皂白的行刺已经成为一种习惯，实在是一件可怕的事。人们将其视为家常便饭，对生命的尊重不断被淡化。我在罗马涅大区待的时间不多，但是就我所见不多的实例来看，那里的老百姓已经或正在习惯于参与暴力行动。”

“尽管如此，这种实际行动也好过逆来顺受、俯首帖耳的习性。”

“我并不这么看。暴力实际是一种奴性盲从的恶习，而且十分残忍。当然，如果你把革命者的工作仅仅作为一种手段，以此来要求政府做出一些让步，那么，秘密团体或行刺行为在你看来一定是最有效的武器，因为这种武器最能使政府感到害怕。但如果你和我一样，认为向政府施加暴力并不是目的，而是达到目的的一种手段，并且认识到，我们亟须改善的是人与人之间的关系，那么你一定会寻求其他的方式。让无知的百姓习惯于屠杀的场面并不能提高他们对生命价值的认识。”

“那他们赋予宗教的价值呢？”

“我不明白这是什么意思。”

他付之一笑。

“我认为，我们对悲剧的根源在哪里存在不同的看法。你把它归咎于对生命价值的不够重视。"

"更确切地说，是对人性的神圣缺乏理解。"

"随你怎么说。在我看来，引起混乱和错误的根源在于一种被称为宗教的精神疾病。"

"你是否指某个具体的宗教？"

"哦，那倒没有。那只不过是个外在的表现形式而已。病症本身就是所谓宗教的心理状态。那是一种病态，指望树立一个偶像，然后对它顶礼膜拜。至于这个偶像是耶稣，是佛陀，还是黑人部落崇拜的圣树，都是一回事。当然，你不会同意这种看法。你也许是无神论者、不可知论者或随便什么论者，但是我在离你五码之内就能感受到你散发的宗教气息。不过，现在讨论这些没有意义。你要是以为我仅仅把行刺当作清除劣官的手段，那就大错特错了。要消除教会的威信，要使老百姓认清教会的代理人跟其他害人虫没什么两样，行刺是尤其重要的手段，而且，我认为是最有效的手段。"

"一旦达到这个目的，一旦唤起人们心中沉睡的野性，并以此攻击教会，那么……"

"那么我也就没有虚度这一生了。"

"你那天讲的工作就是这些吗？"

"对，正是这些。"

她感到一阵战栗，把身子转向另一边。

"你对我有些失望吧？"他微笑着抬起头。

"不，并不是那样。我觉得……我……对你有点害怕了。"

过了一会儿，她又转过身来，以平时商谈工作的口气说："这么讨论下去没有用处，因为我们的观点相差太大。我相信的是宣传、宣传、再宣传，一旦做好宣传工作，也就可以公开起义了。"

"那我们还是回过头来讨论我那份计划吧。它与宣传有关系，与起义更有关系。"

"哦？"

"刚才提到，为数众多的志愿军正从罗马涅大区出发，加入威尼西亚的起义队伍。起义什么时候爆发，目前还不知道，可能要到秋天或冬天。但是，亚平宁山区的志愿军一定要武装起来，做好起义的准备，一旦接到召唤就可以奔赴平原。我已经接受了任务，要把武器弹药偷运到教皇领地，支援他们……"

"等一下。你怎么和那帮人搞到一起？伦巴第和威尼西亚一带的革命党人都拥护新教皇。他们和教会的进步运动手拉着手，要进行自由改革。既然你和教会势不两立，怎么跟他们混在一起呢？"

牛虻耸了耸肩说："只要肯干工作，他们喜欢和抱布娃娃的人一起玩耍，跟我有什么关系？他们当然想把新教皇作为招牌。只要起义正常筹备，我又何必管那些事呢？只要能打狗，用什么棍子就不计较了。管他什么口号，只要能把人发动起来对抗奥地利人就行。"

"你想要我干什么？"

"主要是帮我把军火运过去。"

"我怎么能干得了？"

"你再合适不过了。我想在英国购买一批军火，如何运到那里却困难重重。要想通过教皇领地的任何港口，都是不可能的事。因此，军火一定要先运到塔斯加尼，然后再运往亚平宁山区。"

"这样一来，就要穿越两道而不是一道边境线了。"

"是的，可是舍此别无他法。军火数量庞大，不可能从没有贸易业务的海港偷运过去。而且，奇维塔韦基亚港口的全部船只不过就是三艘划艇和一条渔船。军火一旦运过塔斯加尼，我就能设法越过教皇领地的边境线。我的人熟悉山里的每一条道路，还有很多隐藏的地点。军火一定要从海路运往里窝那，这也是我最感到棘手的问题，因为我和那里的走私贩子没有来往，我相信你有办法。"

"让我考虑五分钟。"

她向前欠着身子，手托着下巴，胳膊肘撑在膝上。沉默片刻后，她抬起了头。

"这方面，我也许能派上一点用场。"她说，"不过，在进一步讨论之前，我想问你一个问题。你能不能向我保证，这项任务绝不涉及任何行刺暗杀行动？"

"当然。我不可能要求你参与一项你不赞成的工作。"

"你什么时候要确切的答复？"

"时间紧迫，不能拖太久。不过，我可以给你几天考虑的时间。"

"礼拜六晚上有空吗？"

"我想想——今天礼拜四。行。"

"那好，到时候你过来。这件事我要仔细考虑一下，再给你最后答复。"

到了礼拜天，琼玛向马志尼党佛罗伦萨支部委员会递交了一份声明。她要担任一项带有政治性质的特殊任务，为期数月，因此，不能继续她目前所担负的党内工作。

委员会接到这项声明，多少有些意外，但是没有任何反对意见。这些年，琼玛的判断在党内是受到信赖的。委员会一致认为，如果波拉太太要采取某种意外的行动，肯定有充分的理由。

她对玛梯尼坦言，要去帮助牛虻完成一项"边境工作"。她与牛虻约定，有权向自己的老朋友玛梯尼直言不讳，避免他们之间产生误解，或者因怀疑或捉摸不透而引起痛苦。她认为有必要这么做，以证明对玛梯尼的信任。可是，他听完这些却未置可否，而且不知什么原因，这个消息似乎使他陷入深深的痛苦中。

他们俩坐在她寓所的阳台上，眺望近处的红色屋顶，以及远处的菲索尔。沉默许久后，玛梯尼站起身，来回踱着步，双手插在口袋里，自个儿吹起口哨。他心情烦躁的时候总是要吹口哨。

"西塞尔，你对这桩事很不放心吧。"她终于开了口，"很抱歉让你这么不高兴，可是，我只能做出我认为正确的决定。"

他心情忧郁地回答说："与事情本身无关，究竟是什么事我还根本不知道。你既然答应了，就说明这件事可能是正确的。我不放心的是他这个人。"

"我想你对他是有误解。我也曾误解过他，后来对他渐渐有所了解。他远不是完美无缺，但实在比你想象的要好很多。"

"很有可能。"他还在来回踱步，沉默不语。然后突然停在她身旁。

"琼玛，别干了！现在还来得及。千万别让这样的人拖下水，否则你会后悔的。"

"西塞尔，"她轻声说道，"你只是嘴上说说，心里并不这么想。谁也不能拖我下水。我是经过慎重考虑，完全出自个人意愿才做出了决定的。我知道，你对列瓦雷士有个人厌恶，可是我们现在是谈政治，不是谈个人。"

"太太，别干了！那家伙很危险，诡秘残酷又厚颜无耻。而且……他已经爱上了你！"

琼玛心中一惊。

"西塞尔，你怎么会有这种稀奇古怪的想法？"

"他爱上了你。"玛梯尼重复道，"太太，离这样的人远一点吧！"

"亲爱的西塞尔，我已经没法摆脱他了，我一时也解释不清。我们已经捆在一起了，这不是由我们自己的意愿或行动所决定的。"

"既然你们捆在了一起，我也无话可说了。"玛梯尼回答得有气无力。

他借口有事就走了，在泥泞的街道上徘徊了几个小时。这天晚上，整个世界都漆黑一团。这个狡猾的家伙插了进来，把他最珍爱的宝贝……偷走了。

✣ 第八章

临近二月中旬时，牛虻去了里窝那。琼玛向他介绍了一位年轻的英国人，是一位思想开明的船运代理商，当年她和丈夫在英国认识的。他曾给佛罗伦萨的激进派帮过几次小忙。例如在他们意外急需时借了点钱，还把自己的营业地址用于党内通信等。不过，这一切都是通过琼玛以个人朋友的身份联系的，因此，按照党内惯例，琼玛可以自由利用这种关系，从事她认为有益的事。至于能否受益就另当别论了。向一位同情革命的朋友借用地址接收西西里岛的来信，或者在他会计室的保险箱里存放党内文件，这是一回事；可是要他帮忙偷运一大批军火用于起义，就是另外一回事了。究竟他同意与否，琼玛没有把握。

她对牛虻说："只能去试试看，虽然我觉得希望不大。你要是拿着这份介绍信去向他借五百斯库多①，他肯定二话不说就给你。他为人极其慷慨大方，会在你危急时把自己的护照给你用，或者把逃难的人私藏在他的地窖里。可是，你要是向他提起军火之类的事，恐怕他会对你横眉竖眼，以为我们是在发神经。"

"尽管如此，说不定他会给我一些暗示，或者介绍一两个水

---

① 斯库多（Scudo）：十九世纪以前在意大利流通的硬币。

手帮帮忙。"牛虻答道，"不论怎么样，反正去一趟试试也值得。"

二月底的一天，牛虻来到她的书房，穿得也没有平时那么整洁了。她从他的表情立刻就看出来，有好消息。

"啊，你终于回来了！我还担心，你会不会出了什么事呢！"

"我觉得写信不安全，但是又不能早点赶回来。"

"你刚到吗？"

"是的，一下公共马车就直接过来了。我是来告诉你，问题全部解决了。"

"贝莱真的肯帮忙？"

"他不仅肯帮忙，而且答应承担全部任务，包装、运输等等，统统包了下来。枪支藏在商贩的货物里，直接从英国运来。他的合伙人，也是他的好友威廉姆斯已经答应，负责在南安普敦起运，贝莱将设法混过里窝那的海关。威廉姆斯刚刚启程前往南安普敦，我一直把他送到热那亚，所以才回来得这么晚。"

"途中谈到细节了吗？"

"是的。除了我偶尔晕船谈不动，其余时间我们一直在谈细节问题。"

"你晕船？"她迅速问了一句，想起有一次父亲带她和亚瑟在海上旅行时，亚瑟晕船吃了不少苦头。

"我虽然在海上混了很长时间，可是每次乘船都晕得很厉害。他们在热那亚装货的时候，我和他终于聊到了细节。威廉姆斯这个人你认识吧？他真是个大好人，通情达理，值得信赖，贝莱也是如此。他俩对这件事一定会守口如瓶。"

"不过，贝莱同意干这样的事，一定冒了不少风险。"

"我也跟他提过。可他反而不高兴，说'这与你何干？'这话真像从他嘴里说出来的。我要是在廷巴克图①碰到贝莱，一定要跑到他跟前叫一声，'英国朋友，早上好'。"

"我想不出来你是怎么说服他们的，还有威廉姆斯，我做梦也想不到他会同意。"

"的确，一开始他坚决反对，倒不是怕危险，而是因为这种事'不像做生意'。但是，我很快就把他争取过来了。好吧，现在我们来讨论一下细节。"

牛虻回到寓所时，太阳已经下山了。暮色苍茫，挂在花园墙头的日本棣棠花显得十分暗淡。他摘下几朵花枝带进屋里。打开书房门时，忽见绮达从拐角的椅子上站起身，向他跑了过来。

"啊，费利斯，我以为你永远不回家了呢！"

牛虻气上心头，正要严厉责问她为什么待在书房里，但想到分别已经三个礼拜，终究还是伸出手，冷淡地打了个招呼。

"晚上好，绮达，你还好吗？"

她仰起脸等他亲吻。可是，他好像没看见似的从她身旁经过，拿起一只花瓶，把花插了进去。一时间，房门突然大开，小柯利犬冲了进来，围着他又蹦又跳，高兴地汪汪叫个不停。他放下手中的花，弯下腰爱抚地拍拍它。

"喂，沙顿，你好吗，老朋友？是啊，真的是我呀。拉拉手，好狗狗！"

绮达露出难堪又愠怒的表情。

"我们去吃饭吧？"她冷冷地说，"你来信说晚上回，我就在我那儿订了晚饭。"

---

① 廷巴克图（Timbuctoo）：西非城市，撒哈拉沙漠南边的贸易中心。

他赶忙转过身。

"我非、非、非常抱歉。你不、不该等我的呀！我稍微收拾一下，马上就来。你大、大概愿意帮忙，把这些花放到水里养起来吧。"

牛虻来到绮达的餐厅时，她正站在镜子前，把楒梓花别到胸前。她显然打定主意要摆出一副心情愉快的样子，拿起一束鲜红的花蕾向他迎了过来。

"这些花是送给你的，我帮你别到衣服上吧。"

整顿晚饭，他尽力显得亲切友好，一直娓娓而谈，她则报以灿烂的微笑。看见他回来，她表现得这么高兴，反而使他感到难堪。牛虻一直认为，她没了自己照样可以过日子，与那些气味相投的朋友一起度过快乐的时光。他从来没有想过，她会挂念自己。她这么激动，说明他不在时，她的生活一定百无聊赖。

"我们到阳台上喝喝咖啡吧，"她说，"今天晚上天气很暖和。"

"好啊。把你的吉他也带上吧，或许你要唱唱歌呢。"

她高兴得脸上泛起了红光。他对音乐有些挑剔，很少要她唱歌。

阳台上沿墙壁一圈有张宽大的木凳。牛虻坐在拐角上，那儿可以尽情观看山景；绮达坐在矮墙上，脚踏着木凳，身子靠着屋顶的柱子。她倒不关心什么景色，一心只想看着牛虻。

"给我一支烟，"她说，"自从你走了以后，我连一支烟也没有抽过。"

"好主意！我也正想抽、抽烟尽个兴。"

她身子略略前倾，满怀真情地注视着他。

"你真的开心吗？"

牛虻眉毛一扬。

"是啊，为什么不高兴？我已经美美地吃了晚饭，此刻又在欣赏欧洲最、最美丽的风景，马上就要一边喝咖啡，一边欣赏匈牙利的民歌。我的良心安宁，肠胃也很正常，还有什么不满足的呢？"

"我知道，你还少了一样东西。"

"什么？"

"这个！"她把一个小纸盒扔到他手里。

"炒、炒杏仁！怎么不、不在我抽烟之前告诉我！"他有点责怪地叫起来。

"这有什么，瞧你这娃娃相！就是抽了烟也是好吃的啊。咖啡来了。"

牛虻一边抿着咖啡，一边吃炒杏仁，吃得津津有味，好像猫儿舔奶油一样尽享其乐。

"喝过里窝那的咖、咖啡，再喝这么好、好的，真是享受啊！"他说着又抿了一口。

"你既然回来，就别走了，就为喝这样的咖啡也要留下来啊。"

"待不久的，明天就得走。"

她脸上笑容顿失。

"明天！干什么？去哪里？"

"啊，有公事，到两三处地、地方。"

牛虻和琼玛已经决定，关于军火运过边境一事，他必须亲自出马，到亚平宁山区和私贩们做好安排。从教皇领地的边境偷运军火，对他来说是十分危险的事，可是，要想起义成功，他不得不这么做。

"开口公事，闭口也是公事！"绮达轻声叹了口气，又大声问道，"要去很久吗？"

"不会的。大、大概只要半个月，或者三个礼拜就行了。"

"恐怕又是那一类公事吧？"她突然问。

"哪一类？"

"你总是把脖子吊在那一类公事上，就是没完没了的政治。"

"确实与政、政治有关。"

绮达把香烟扔了。

"别糊弄我了，"她说，"你肯定要去冒这样或那样的风险。"

"我这就直、直接到地、地狱去，"他说得没精打采，"你那里是、是不是有什么朋友，要我把常春藤带去？不过，你也犯、犯不着把它全扯下来。"

她刚才已经从柱子上猛扯下一把常春藤，这时又气鼓鼓地扔到地上。

"你要去做危险的事，"她说，"可就是不肯说实话！你以为，我就这么无足轻重，只配受人愚弄和嘲笑吗？总有一天你会被绞死，可是从来连一句道别的话都不说。一天到晚政治、政治，我都听腻了！"

"我也不、不想谈政治了。"牛虻说着懒洋洋地打了个呵欠，"我们说点别的，要么，你就唱首歌吧。"

"那好，把吉他递给我。唱什么？"

"就唱那支失马的民歌吧，很适合你的嗓音。"

她唱起了那支古老的匈牙利民歌，大意是说一个人丢了一匹马，接着失去了家，后来连爱人也丢掉了。他想起"在摩哈赤战役①上失去的会更多"，以此来安慰自己。这是牛虻特别喜欢的歌曲之一，旋律激烈而悲怆，歌词渲染苦涩的斯多葛精神②，使他怦然心动，任何缠绵的乐曲都没有使他产生这样的感觉。

绮达唱得美妙动听，音调清晰而富有力量，充满对生活的强烈渴望。要她唱意大利或斯拉夫民歌就很逊色，唱德国民歌就更糟糕了。可是她唱匈牙利民歌真是得心应手。

牛虻听得瞪大了眼睛，嘴唇微张，入了迷。他从来没有听她唱得如此动听，唱到最后一句时，她的声音突然颤抖起来。

"啊，算不了什么！在战场上失去的会更多……"

她突然止住歌声，抽抽噎噎地哭起来，脸藏到了常春藤叶子里。

"绮达！"牛虻站起来，接过她手中的吉他，"你怎么啦？"

她浑身哆嗦，只是抽泣，两只手蒙住了脸。他拍拍她的臂膀。

"告诉我是怎么回事。"他亲切地安慰她。

"别管我！"她哭着往后闪躲，"你别管我！"

他一声不响地坐回去，等她的哭声渐渐平息。忽然，她搂住他的脖子，跪在他跟前。

---

① 摩哈赤战役（Battle of Mohacz）：一五二六年，十余万土耳其军大败三万匈牙利军，标志着匈牙利君主国的真正灭亡。

② 斯多葛精神（Stoicism）：在古希腊和罗马时期兴盛起来的一派思想，主张人生必须淡泊。

"费利斯……别走！不要离开我！"

"这个我们以后再谈。"他说着轻轻撩开她的双臂，"你先说说，是什么让你这样难过？你是害怕什么吗？"

她摇了摇头。

"是不是我做了什么事伤害了你？"

"没有。"她拿一只手捂住了他的脖子。

"那是什么原因？"

"你会被杀掉的，"她终于小声开了口，"前些天，我听那几个常来这儿的人说，你要出事了。可是我一问你，你就对我一笑了之！"

牛虻感到很惊诧，但不一会儿就说："我亲爱的孩子，你把事情想得过于严重了。我是有可能哪一天被害死，对一个革命者来说这样的事也是自然的。但要说我马、马上就要遭人杀害，却是毫无道理的。和别人比起来，我冒这点风险算不了什么。"

"别人？别人与我有什么关系！你要是爱我，就不能这么一走了之，让我觉都睡不安稳，担心你是不是遭到逮捕；要么就是睡着了，做梦也梦见你死了。你对我的关心程度，还不如对你那条狗呢！"

牛虻站了起来，缓缓地走到阳台另一头。眼下这种情况出乎他的意料，弄得他不知如何回答是好。是啊，琼玛的劝告是正确的。他的生活已经陷入一种纠缠不清、难以摆脱的境地。

"坐下来吧，我们心平气和地谈谈。"他过了一会儿又走回来，"我想我们之间是有误会。我若知道你是认真和我谈，自然不会一笑了之。你要对我说实话，为什么如此伤心。这样说明白了，有什么误会我们也能消除。"

"没什么误会要消除。看得出来，你心里根本就没有我。"

"我亲爱的孩子，我们彼此最好以诚相待。在我们之间的关系上，我一直都尽量诚恳处之。我从来就没有欺骗过你……"

"啊，你诚恳，你不骗人！你甚至从来都不装装样子，只把我当个妓女，像旧货店买来的花衣裳，在你之前被许多男人穿过……"

"别说了，绮达！对于任何有生命的东西我从来就不是那样看待的！"

"你从来就没有爱过我。"她阴沉着脸坚持己见。

"你说的也对，我是从来没爱过你。可是你回想一下，我可曾对你有过半点坏心？"

"谁说我以为你有坏心？我……"

"等一下。我想声明，我并不相信世俗的道德准则。在我看来，男女之间的关系仅仅在于个人好恶……"

"还有钱。"她冷笑一声打断了他。牛虻的脸抽了一下，犹豫了片刻。

"当然，这是那种关系中丑恶的一面。但是，你要相信，如果我知道你不喜欢我，或者不愿发生那样的关系，我断然不会提出要求，也不会利用你的处境引诱你。我这辈子从来没有对任何女人做过那种事，也从来没有对一个女人隐瞒我的感情。你要相信我说的都是实话……"

他顿了顿，见她没有反应，便继续说："如果一个男人活在世上感到孤单，觉得需要——需要一个女人待在身边，如果他能找到一个自己喜欢的女人，而那个女人也愿意给他这种乐趣，且无需更紧密的结合，那么他就有权怀着感激和友善接受这一切。

只要双方以诚相待，没有侮辱或欺骗，我看这种关系没有任何害处。至于你在遇到我之前与别的男人有什么关系，我没有想过。我只想到，我们的相处让双方都感到愉快，对谁都没有伤害，而且，一旦这种关系变得令人厌倦，双方都可以自由地摆脱这种关系。如果我的看法不对，或者你有了别的想法，那么……"

他又停住不说了。

"那么怎样？"她头也没抬地轻声问。

"那么，我就委屈了你，我感到很抱歉。可是，我不是有意的。"

"说什么'不是有意'，说什么'想法'……费利斯，难道你是铁石心肠？难道你从来没有爱过一个女人，难道你看不出来我爱你吗？"

牛虻突然浑身一阵战栗。他已经太久没有听到别人对他说"我爱你"这样的话。绮达立即纵起身，张开双臂紧紧搂住他。

"费利斯，和我一起走吧！离开这个可怕的地方，离开这帮人和他们那一套政治！跟他们搞在一起能有什么名堂？走吧，我们在一起会很幸福。我们到南美去吧，那儿是你过惯了的地方。"

提起南美，由联想引发的肉体恐惧使他为之一惊，但他很快恢复了自控。他把她的手从脖子上掰开，紧握在自己手里。

"绮达！你要试着明白我说这话的含义。我并不爱你，即使爱你，也不会跟你一道走。意大利有我的工作，还有我的同志们……"

"还有另外一个人，你爱这个人胜过爱我吧？"她气冲冲地大声叫嚷，"啊，我恨不得杀了你！你关心的不是什么同志，而是……我知道那个人是谁！"

"嘘!"他轻声说,"你太激动,开始胡思乱想了。"

"你以为我说的是波拉太太吗?我不会那么轻易受骗上当!你同她在一起只谈政治,你对她就跟对我一样,谈不上什么关心。你关心的是那个主教!"

牛虻像是中了子弹一样,大为震惊。

"主教?"他机械地重复了一遍。

"就是秋天来这儿布道的蒙泰尼里主教。那天,他的马车经过的时候,你以为我没看见你的表情吗?当时你脸色惨白,白得就像我口袋里的手帕!怎么,一提起他的名字,你就像树叶一样瑟瑟发抖?"

他站了起来。

"你不明白你在说些什么,"他说得很慢很轻,"我……恨那个主教,和他有不共戴天之仇。"

"不管是不是仇,反正你爱他胜过爱世上其他任何人。你敢不敢当着我的面,说这不是真的?"

他转过身望向花园里。她在一旁悄悄观察,对自己刚才的举动也感到有点后怕。他一声不响,那种沉默令人生畏。最后她偷偷走到他跟前,像个受惊的孩子,胆怯地拉了拉他的衣袖。他转过脸说:"是真的。"

第三部

❧ 第一章

牛虻和琼玛在随后的五个礼拜一直处于紧张而兴奋的工作状态，因而无暇考虑个人的琐事。军火虽然已经安全运到教皇领地，可是他们还有一项更加艰巨和危险的任务：将隐藏在山洞和深谷中的军火秘密运送至各地中心区域，再从那里分送到各个村庄。整个地区暗探密布。多米尼基诺受牛虻托付，负责军火运输。他派一名使者来到佛罗伦萨，紧急要求增加人员或放宽时间。牛虻本来坚持，运输工作必须在六月中旬结束。可是，一方面军火笨重、道路条件恶劣，使得运输困难重重；另一方面，为了逃避侦查，运输接连受阻，一再耽搁。多米尼基诺有些绝望，他在信上写道："我现在进退两难。一方面害怕被侦破，不敢操之过急；可是要按时完成任务，我又不能放慢进程。因此，要么立刻采取有效的援助，要么就通知威尼西亚人，我们要到七月第一周才能完成准备工作。"

牛虻把这封信带到琼玛那里。琼玛坐在地板上一边皱着眉头看信，一边逆着方向抚摸猫身上的毛。

她说："这就糟了，不能让威尼西亚人干等三个礼拜呀。"

"当然不行，那就太荒唐了。多米尼基诺怕、怕是也懂、懂得这个道理。我们必须遵照威尼西亚人的计划行事，而不是要他们服从我们。”

“我看，多米尼基诺并没有什么过错，他显然已尽了最大努力。他无法完成办不到的事。”

“多米尼基诺本身并没有过错，问题在于他不该身兼二职。我们至少还要再派一个有责任心的人去保护储藏地，再派另一个人负责运输工作。他说得很对，应该给他以有力的支援。”

“可是，我们拿什么去支援？佛罗伦萨已经派不出人了。”

“那我必、必须亲自去。”

琼玛向椅子上一靠，皱着眉头看着他说：“不，那不行，太冒险。”

“如果找、找不到其他解决办法，也只好这样了。”

“我们一定得另想办法。你现在绝不能再去那里了。”

牛虻紧绷着嘴唇，执意坚持。

“我不、不明白，为什么我不能去。”

“你冷静下来想一想，就知道为什么了。你从那儿回来才五周，香客那桩事警方是在场的。他们正在那一带到处搜查，想要找出线索。当然啰，我知道你有伪装的才能，可是，你装成狄雅谷也好，或者哪个乡下人也好，那儿已经有很多人见过你了。再说，你的瘸腿和脸上的伤疤是没法掩饰的呀。”

“这世上的瘸子太、太多了。”

“这倒不错，可是你瘸着腿，脸上有伤疤，左臂还有伤，再加上蓝眼睛和黑皮肤，这样的人在罗马涅大区可并不多见。”

“不碍事，我可以用颠茄剂让眼睛变变样子。”

“但其他地方你改变不了。不行，你不能去。你有这么多泄露身份的特征，现在跑过去，等于是睁着眼睛走进陷阱，明摆着会被逮住。"

"可是，总得有、有人去帮帮多米尼基诺呀。"

"目前正是紧要关头，你若是被逮住对他毫无帮助。而且，你一旦被捕，就意味着整个计划失败。"

可是，牛虻很难听从别人的劝告。他们反反复复讨论了几回，仍然毫无结果。琼玛渐渐意识到，牛虻虽然没有大声叫嚷，个性却执拗到无以复加。若不是此事事关重大，她可能为了息事宁人，早已做出让步。但是，从良心上说，她不能那么做。她认为他去那里得到的实际好处并不值得冒此风险。因此，她忍不住猜想，他之所以急于要去，究竟是出于政治上的迫切需要，还是一种病态的欲望，想要从冒险中求得刺激。他已经养成了冒险的习惯。在她看来，冒这种不必要的险似乎是他任性的表现。对此，她必须沉着而坚定地加以反对。可无论怎么劝说，他就是一意孤行，她只好使出最后一招。

"我们还是实话实说，直言不讳吧。"她说，"你去那儿的决心这么大，并不是为了帮多米尼基诺克服困难，而是出于你个人的情感冲动，为了……"

"不是你说的那样！"牛虻愤然打断了她，"我对那个人根本无所谓，就是一辈子再也见不到他也不在乎。"

他突然停住不说了，因为从她的表情上看出来，她已经猜到了自己的心事。他们的目光一接触就都避了开去，谁也没有道出那个彼此心中有数的名字。

"我并不是要、要去救多米尼基诺，"他终于结结巴巴地开了口，脸有一半埋到了小猫的毛里，"而是我、我认为，他要是得不到支援，整个计划就有失败的危险。"

琼玛没有理睬他那软弱无力的遁词，仿佛并没有被打断，继续说了下去。

"你是因为一时的情感冲动，想要冒险，所以坚持去那里。正如你生病时要服鸦片一样，每当你感到烦恼的时候，就想要冒险。"

他反驳说："我并不想要服鸦片，那是别人硬要我吃的。"

"我认为，你有点对自己的斯多葛精神引以为豪。主动寻求肉体上的解脱定然会损害你的自尊心。你通过冒险寻求精神上的刺激，与其说是为别的，不如说是为了满足你的自尊心。然而，精神与肉体的痛苦，两者之间毕竟没有多少差别。"

他把猫的脑袋拉到跟前，看着它圆溜溜的绿眼睛说："是吗，帕希特？你的太太对我讲了那么多不客气的话，是真的吗？是不是我有罪，我犯了大罪？你这聪明的小畜生，从来就没有服过鸦片，对不对？你的祖先本是埃及的神，谁也不敢踩、踩它们的尾巴。不过，如果我撩起你的爪子放到火烛上烧，不知你那超脱镇定的态度又会变成什么样？你会不会向我要鸦片呢？会吗？或者可能……去死？不行，小猫咪，我们没有权利只图自己方便就一死了之。我们可以赌咒骂几声，如果那么做能有点安慰的话，但是绝不能把爪子从火烛上拿开。"

"嘘！"她把小猫从他膝盖上抱走，放到了小凳上，"这种事我们以后再讨论。现在要想办法帮多米尼基诺摆脱困境。卡蒂，什么事？来客人了吗？我现在没空。"

"太太，赖特小姐派专人送来这个。"

那是一个包装严密的包裹，里面有一封信。收信人是赖特小姐，但没有拆开，信封上盖的是教皇区域的邮戳。琼玛的几个老同学仍然住在佛罗伦萨，为了通信安全，凡属重要信函，琼玛都借用他们的地址。

她把信匆匆看了一遍，信中讲的是亚平宁山区一个寄宿学校夏季班的事，但在角落处有两个小点。她指着那儿说："这是密凯莱做的暗号，用化学墨水写的。试剂在写字台第三个抽屉里。对，就是它。"

牛虻把信摊开铺在桌上，用蘸了试剂的小刷子把信纸涂刷了一遍。报告的真实内容用一行鲜艳的蓝字显现出来。牛虻看完往椅子上一靠，忽然爆发出一阵大笑。

"什么事啊？"琼玛急忙问。他把信纸递过去，上面写着：

多米尼基诺已经被捕。速来。

她坐在那儿，一筹莫展地拿着信，对着牛虻发愣。

"怎、怎么样？"他终于拖着长音开口了，声音很轻，带些讽刺的意味，"现在我过去，你总不至于再反对吧？"

"是啊，我看你是该去了，"她叹了口气说，"不过，我也去。"

他有点诧异地望着她。"你也去？可是……"

"我当然要去。佛罗伦萨这边一个人不留当然不好，这我知道。不过，现在除了多添人手，其他也顾不上了。"

"要找人手，那边多得很哪。"

"但并不是你完全信得过的。刚才你还说，负责工作的必须有两个可靠的人。既然多米尼基诺一个人负责不了，那你一个人显然也无法胜任。像你这样时刻可能遭到不测的人，干起工作来困难重重，因此比别人更迫切需要帮手。由你和多米尼基诺两人干的工作，现在必须由我和你共同承担。"

他皱着眉头，思考了片刻。

"对，你说得很对，"他说，"我们启程越早越好，但是不能一道同行。如果我今晚动身，你不妨就乘明天下午的马车走。"

"到什么地方？"

"这得商量商量。我看，我们最、最好直接到法恩扎。我深夜动身，骑马到圣罗伦索的郊区，在那儿化好装，然后直接往前走。"

"也只好这样了，"她皱着眉头，显得忧心忡忡，"不过，这么走很危险。你这样匆忙离开，还得指望那儿的走私贩子帮你化装。你至少要花三天时间绕道走，混淆足迹，然后才能越过边界。"

他笑嘻嘻地回答说："你犯不着担心。我是有可能被捕，但不会在边境线上。一旦到了山区，我就像在这儿一样安全。亚平宁山区没有一个走私贩子会出卖我。问题是，你怎么越过边境，我倒没有把握。"

"啊，简单得很！我带上露易莎·赖特的护照，就说去那边度假。罗马涅大区谁也认不得我。可是，没有哪个暗探不认得你。"

"所、所幸的是，每个走私贩子也都认得我。"

她掏出怀表。

"两点半。要是夜里动身，我们还有下午和晚上的时间做些准备。"

"那我最好现在就回家，把准备工作都安排好。还得弄一匹好马。骑马到圣罗伦索要安全些。"

"可是租马很不安全。万一主人……"

"我不需要租马。有个熟人会借马给我，他是可以信赖的，以前给我帮过忙。两个礼拜后，我会找个牧民把马送还给他。好吧，五点或五点半，我再来一趟。我离开以后，希、希望你找到玛梯尼，把一切向他解释清楚。"

"玛梯尼！"琼玛回头，很惊讶地看着他。

"对。我们必须把实情告诉他，除非你能想到别的人选。"

"我不大明白，你这是什么意思。"

"我们在这儿一定要有个可信赖的人，以防出现特殊困难。这儿的一批人里，我最信任玛梯尼。里卡多当然也会帮忙，什么事儿都肯干，但是相比之下，玛梯尼更沉着镇定些。再说，你比我更了解他，这事由你决定吧。"

"玛梯尼值得信任，各方面都很能干，这一点我丝毫不怀疑。而且，凡要他帮忙的事，他大概也会照办不误。可是……"

他立刻领会了她的意思。

"琼玛，如果有个同志迫切需要帮助，你也可能帮得上忙，而他因为担心伤害你，或者怕你心里难过，就不向你提出帮忙的事，你知道以后会作何感想？你能说他这么做是真正的善意吗？"

琼玛想了想说："那好，我马上叫卡蒂去请他过来。我就到露易莎那里去借护照。她答应过随时可以借给我。钱怎么办？要不要我去银行取些钱？"

"不用了。别在这上面耗时间了。我可以从我账上拨一些，先维持一下再说。我的钱不够花了再用你的。就这样，五点半我再来，那时我肯定能见到你吧？"

"啊，没问题。五点半我早就回家了。"

约定的时间过去半小时后，牛虻回来了。他看到琼玛和玛梯尼都坐在阳台上，显然刚才的谈话很不愉快，双方的表情都是余怒未消。玛梯尼一反常态，沉默不语，郁郁寡欢。

"准备工作都做好了吗？"琼玛抬头问。

"做好了，还给你带了些钱路上用。马也备好了，就在罗索桥的栅栏处，我夜里一点钟赶过去。"

"不会太晚吗？你应该趁人家早上还没起床就进入圣罗伦索呀。"

"没有问题，那匹马跑得很快。我不希望动身的时候被人注意到。我不能回家了，家门口有个暗探一直在监视。他以为我还待在家里呢。"

"你怎么从他眼皮子底下跑出来的？"

"我从厨房的窗户跳了出来，经过后院，翻过了邻居的果园墙，这才来晚了。我不得不躲开暗探，还嘱咐马的主人不要熄灯，彻夜坐在书房里。那个暗探看到窗户有灯光，还有人影，一定很放心，认为我在家里写东西，晚上没有出门呢。"

"那你就一直待在这里，等时间到了再到桥的栅栏那儿去？"

"是这样。今天晚上，我不想让大街上的人再看到我。你抽烟吗，玛梯尼？我知道，波拉太太对抽烟是不介意的。"

"我也不能在这儿管你们抽烟，还得下楼去帮卡蒂准备晚餐。"

琼玛说完下了楼。玛梯尼站起来，反剪着双手来回踱步。牛虻坐在那儿抽烟，一声不响地看着外面的蒙蒙细雨。

"列瓦雷士！"玛梯尼开口说话了，他站在牛虻面前，眼睛望着地面，"你把她拖进去，究竟想干什么？"

牛虻拿下衔在口中的雪茄，吐出一缕长烟。

"她是自愿的，没有任何人强迫她。"

"是啊，是啊，这我知道。不过，你得告诉我……"

他停住不说了。

"凡我能说的，全都告诉你。"

"那好，关于山区里那些事的详细情况，我还不大清楚。你要她干的事是不是非常危险？"

"你要我对你说实话吗？"

"当然。"

"那么，是有危险。"

玛梯尼转过身，继续踱步，不一会儿又停下来。

"还有个问题。如果你不想回答，当然就不用说。但是，如果你回答，务必如实告诉我。你是不是爱她？"

牛虻有意弹一弹烟灰，没有作声，又继续吸烟。

"这是不是意味着……你不想回答？"

"不是。只是我觉得，我有权问一下，你为什么要问这样的问题？"

"为什么？天哪，朋友，难道你看不出来，我为什么要问？"

牛虻放下烟头，目不转睛地盯着玛梯尼，终于缓慢又温和地回答说："哦，爱她，我是爱她。但你不用担心我要去向她求爱，也不要以为我对爱情有什么烦恼。我只是打算……"

他说得含糊又古怪，声音越说越小，几乎听不见了。玛梯尼又向他靠近一步。

"只是打算……"

"去死。"

牛虻目光冰冷而呆滞，仿佛已经死了一样。接着，他又说话了，那声音显得毫无生气，极其呆板。

"你不必过早让她担心。"他说，"不过，我是没有一点希望了。任何人都有危险，这点她和我一样都很明白。但是，那些走私贩子会尽力保护她免遭不测。他们都是够交情的朋友，只不过性格粗鲁一点。至于我，现在脖子已经套上了绞索，一旦过了边境，我就把绞索勒紧。"

"列瓦雷士，这是什么意思？情况当然很危险，尤其是对于你。对此我很理解。但是，你常常从边境往返，而且每次都很成功。"

"你说得对。可是，这一次会失败。"

"为什么？你怎么知道？"

牛虻苦涩地笑着。

"你记不记得有个德国传说？一个人看到了跟自己一模一样的幽灵，于是就死了。记得吗？那个幽灵深更半夜出现在一个荒凉孤寂的地方，它悲痛欲绝，使劲搓自己的手。我上次在山区也见到了和自己一模一样的幽灵。因此，我若再过边境，也就一去不复返了。"

玛梯尼走到他跟前，一只手搭在他坐的椅背上。

"列瓦雷士，你听我说。我不懂你这一套精灵鬼怪的东西，不过，有一点我很清楚：如果你怀着这样的心情，那么以目前的情况你确实不适宜到那边去。你既然抱着必会被捕的信念，那就必将遭到逮捕。你一定是身体不舒服，或者别的方面出了毛病，所以才胡思乱想。我替你去行不行？那边要做的实际工作，我都可以担当。你可以向你那些朋友传个信，解释一下……"

"这不是要你替我去死吗？办法倒是很聪明。"

"啊，我才不会死！他们都认得你，却不认识我。况且，即使我死……"

他没有说下去。牛虻抬起头，目光充满疑惑地慢慢转向他。玛梯尼的手从椅背上垂了下去。

他以最实事求是的口气接着说："她对我的思念不至于像对你那么深切。再说，列瓦雷士，这是公事，我们应当从实用角度看待这个问题，即最大多数人的最大利益。经济学家不是说有一种'终极价值'嘛，你的终极价值高于我。我虽然不太喜欢你，但这点自知之明还是有的。你比我强大。我不能肯定你就一定比我好，但你确实有更多的长处。因此，你的死造成的损失更大。"

他那神情就像在谈论交易所里股票的价格一样。牛虻抬头看看，觉得不寒而栗。

"请你让我等待，等待我的坟墓自动启开，把我吞埋。'假如我必须死，我将迎接黑暗，一如那是我的新娘……' [1]"

"瞧啊，玛梯尼，你我都在胡扯淡。"

"胡扯淡的是你。"玛梯尼粗声反驳道。

"我是，但你也是。看在老天的分上，咱们别像唐·卡洛斯和波莎侯爵 [2] 那样，大谈什么罗曼蒂克的自我牺牲了。现在已经

---

[1] 引自莎士比亚戏剧《一报还一报》（Measure for Measure）第三幕第一场："If I must die, I will encounter darkness as a bride."

[2] 唐·卡洛斯（Don Carlos）和波莎侯爵（Marguis Posa）是德国剧作家席勒的历史剧《唐·卡洛斯》中的人物。西班牙王子卡洛斯因未婚妻被国王夺取而与国王产生矛盾，好友波莎侯爵为救他而牺牲，卡洛斯最终还是落入国王和宗教法庭手中。

十九世纪了。如果死是我的分，我就应该接受。"

"照你这么说，如果活是我的分，我就应该活？列瓦雷士，你是幸运的。"

牛虻回答得直截了当。"是啊，我一直很幸运。"

他们默默地抽了会儿烟，这才开始讨论工作上的详细情况。琼玛上楼来叫他们吃饭，两人从表情和态度上都丝毫没有流露出刚才有过一番不同寻常的谈话。吃过饭以后，他们又坐下来讨论工作计划，并且做了一些必要的安排，一直忙到十一点钟。玛梯尼站起身来，拿了帽子。

"列瓦雷士，我要回家去取我那件骑马用的斗篷。你穿上会比现在这套轻装更不容易被人认出来。我还要做些侦察，等到周围确实没有暗探盯梢，我们才好启程。"

"你要和我一起到桥边栅栏那儿吗？"

"对。假如有人跟踪你，四只眼睛盯着总比两只眼睛保险。我十二点再来。注意，我没来，你千万别走。琼玛，你们上的钥匙最好给我带上，免得来时按门铃把人吵醒。"

琼玛看着他把钥匙拿走，心里清楚，他是以此为借口，好让她和牛虻能单独待一会儿。

"我明天再和你谈。"她说，"等明早收拾完行李，我们还有时间谈话。"

"啊，是这样，谈话时间有的是。列瓦雷士，我还有两三个问题要问你。待会儿我们去栅栏的途中再说吧。琼玛，你最好打发卡蒂睡觉去。你们俩谈话也尽可能小声些。好了，十二点再见。"

他稍稍点头微笑，就走了。出去时把门砰的一声关上，好让左邻右舍知道，波拉太太家的客人已经走了。

琼玛到厨房和卡蒂道了晚安，然后端着托盘回来了，里面放着清咖啡。

"要不要躺一会儿？今天夜里你再也没有时间睡觉了。"

"啊，不用了，亲爱的！到了圣罗伦索，趁他们给我化装的时候还可以睡一会儿。"

"那就喝点咖啡吧。等一等，我拿些饼干来。"

她跪在食橱旁，他突然弯腰凑到她肩膀上。

"里面藏了些什么呀？巧克力奶酪，还有英国太妃糖！简直阔得像皇亲国戚！"

她见他那么热情洋溢，淡然一笑。

"你爱吃糖吗？我经常给西塞尔留着糖。他像小孩一样，什么糖都吃。"

"真、真的？那好吧，明天你得给他多准备一些。这些就让我带着吧。不，太妃糖就放、放口袋里，也算是对我一生所失欢乐的一种安慰。我实、实在希望，在我上绞刑架的那天，他们能给我一些太妃糖就好了。"

"啊，说什么也得找个纸盒子装起来，不然口袋里黏得一塌糊涂！要不要把巧克力也装进去？"

"不用了。巧克力现在就吃，和你一起吃。"

"可是，我不喜欢吃巧克力。你快过来坐坐吧，像个通情达理的正常人那样。说不定我们当中有一个会死掉，以后像这样安闲自在地聊天，很可能没有机会了，而且……"

"她不、不、不爱吃巧克力！"他喃喃自语，"那我一个人吃个痛快吧。有点像行刑前的晚餐，是不是？今天晚上，你可要满足我的一切怪念头。首先，我要你在这把安乐椅上坐下，我呢，正如你刚才建议的那样，在这里舒舒服服地躺一会儿。"

他说着躺到地毯上，靠在她的脚前，用胳膊肘撑住椅子，仰望她的脸。

"你脸色多惨白啊！这是因为你把生活看得太可悲，还不吃巧克力……"

"请你严肃点儿，哪怕五分钟也好！毕竟是生死攸关的大事呀！"

"亲爱的，我连两分钟的严肃也办不到。无论是生是死都不值得严肃。"

他已经握住她的双手，并用指尖轻轻抚摸。

"密涅瓦①，不要这么严肃。再这样下去，不到一分钟你就会把我逼哭的，然后你又会感到难过。我万分希望你能对我再展开笑脸，你的笑容能使人感到意想不到的快乐。亲爱的，不要责怪我了！我们一块儿吃点饼干吧，就像两个孩子，别为吃多吃少而争吵，因为我们都死在明天。"

她从盘子里取出一块甜饼干，一丝不苟地分成两半，连上面的糖饰也分得极其均匀。

"这是一种圣餐，如同教堂里那些虚伪的道德先生吃的一样。'拿住，吃吧，这是我的肉体。'我们必、必须从同、同一只杯子里饮酒，你知道吧，对，这就对了。为了纪念……"

她放下了杯子。

"别这样！"她几乎哽咽着说。牛虻抬起头，再次握住她的

---

①密涅瓦（Minerva）：罗马神话中的智慧女神。

双手。

"嘘，那就不作声吧！我们安静片刻。如果我们俩有一个死了，另一个会记住此时的情景。这个世界喧嚣不息，咆哮不停，我们要把它忘掉；我们要手拉手一起逃走，逃到死亡的神秘宫廷，躺在罂粟花丛中。嘘！我们在那里会无比安宁。"

他把头靠在她的膝上，遮住了脸。她一声不响地俯下身子，把手放在他的脑袋上。时间就这么悄悄地流逝。他们谁也不说话，谁也不动弹。

"亲爱的，快十二点了。"她终于开口说。他也抬起了头。

"我们只有几分钟的时间了。玛梯尼一会儿就到。也许，我们再也不能相见。难道你就没有什么话要对我说吗？"

他缓缓站起身，走到房间的另一边。

"我有一件事要说，"他的声音小得几乎听不见，"一件事……要对你说……"

他停下来，靠着窗户坐下，双手遮住了脸。

"你等了这么久才肯发点慈悲啊。"她轻柔地说。

"我这一生很少见人对我发慈悲。一开始……我原以为……你不会在乎……"

"现在你不这么以为了。"

她等他说下去，走到房间那头，站到他身边。

"到了最后时刻，还是把实情告诉我吧。"她低声说，"想想看，如果你死了，而我还活着，我得忍受这一辈子，永远不知道真相，永远不能肯定……"

他紧紧握住她的双手。

"如果我被杀死……你知道，我去南美的时候……啊，玛梯尼！”

他大为惊诧地松开手，急忙把房门打开。玛梯尼正在脚垫上擦靴子。

“跟平常一样准时，一分、分钟也不差！玛梯尼，你真是个活、活生生的时钟。这就是骑马用的斗篷吗？”

“是的，还有几件其他的东西。外面下着倾盆大雨，我尽力避免它们淋湿了。这一趟恐怕是够你受的了。”

“啊，没关系。街上没有暗探吧？”

“没有。全都回家睡大觉了。天气这么恶劣，他们不回家才怪呢。琼玛，那是咖啡吗？外面很凉，他要喝点热的才好出门，否则会受凉的。”

“是很浓的清咖。我再去煮点牛奶。”

她来到厨房，拼命咬着牙捏紧拳头，强忍着没哭出来。她拿着牛奶回到房间，只见牛虻已经披上了那件斗篷，正在系玛梯尼带给他的皮制绑腿。他站着喝完咖啡，拿起了宽边的骑马帽。

“玛梯尼，我们该动身了。为了以防万一，我们先兜个圈子再到栅栏那儿去。太太，暂时告别了。礼拜五那天，如果没有特殊情况，我们将在佛利镇上再会。等一下，这、这是地址。”

他从笔记本上撕下一页，用铅笔写了几个字。

“我已经有地址了。”她平静又木讷地说。

“有、有了？这个也拿着吧。玛梯尼，走吧。嘘——嘘！开门别出响声！”

他们小心翼翼地下了楼。等他们上了街道后，她关门走进房间，把他塞给她的纸条机械地打开。地址下面写了一行字：“到了那边，我把一切都告诉你。”

第二章

这一天，正是布里西盖拉城赶集的日子。这个地区大小村庄的乡民早已赶到，带来了猪、家禽和奶类产品，还有许多野性未脱的山牛。集市上人来人往，川流不息。他们嬉笑打趣，讨价还价地买卖无花果、廉价糕点以及葵花子等货物。几个棕色皮肤的孩子不顾赤日炎炎，光脚在人行道上玩耍，他们的母亲带着一篮一篮的黄油和鸡蛋，在树荫下叫卖。

蒙泰尼里主教走出来，向人们道声早安。他立刻被一群大呼小叫的孩子围住。他们拿出山坡上采来的大束无花果枝叶、猩红色罂粟以及清香的白水仙，争相奉献给他。主教喜欢野花，乡民们完全表示谅解，认为这是与大智大慧的人十分相称的小小怪癖。如果是声望不如他的其他人，在家里摆些野花野草，就会受到人们的讥笑。可是，"有福的主教"有些无伤大雅的怪癖倒也无妨。

"是你呀，玛瑞西亚，"主教停下来，拍拍一个孩子的头说，"一阵子没见，你又长高了。你奶奶的风湿病最近可好些呀？"

"大人，奶奶最近好多了。可是妈妈身子不大好。"

"真是遗憾。对你妈妈说，哪天请她到这儿来，看齐奥塔尼医生能不能为她治疗治疗。我替她找住的地方。换换环境可能对她身体有好处。吕奇呀，你看样子好多了，你的眼睛怎么样了？"

他边走边和山民们闲聊。孩子们的姓名、年龄、他们的困难以及他们父母的困难，他总是了解得清清楚楚。圣诞节的时候，他总要走走，表一番同情之心，关心生病的牛是不是康复了，或者问问孩子上一次赶集时被车轮碾碎的布娃娃怎么样了。

主教回宫后，集市的买卖就开始了。这时候，一个身穿蓝色短衫的跛子闲逛到一个店铺，要买柠檬水喝。他乱蓬蓬的黑发披到了眼睛上，左额有一道很深的刀疤，说一口糟糕的意大利语。

"你不是这一带的吧？"卖货的女人一边倒柠檬水，一边打量他。

"对，从科西嘉来的。"

"来找工作吗？"

"是的。马上就到收干草的季节了，一位先生在拉文纳附近有座农场，那天他到了巴斯蒂亚港，对我说这里的活儿多得很。"

"希望你能找到活儿，一定可以的。不过，我们这一带收成不好。"

"老妈妈，我们科西嘉才糟糕呢。不知道我们这些穷人还要落难到什么地步。"

"就你一人来吗？"

"不，我还有个伴，就是那边穿红衣服的。喂，保罗！"

密凯莱听到有人叫他，就晃了过来，两手插在口袋里。为了不让人认出来，他戴了一顶红色的假发，即便不戴，他的打扮还是很像一个科西嘉人。至于牛虻的装扮更是形神毕肖了。

他们俩闲逛着穿过集市。密凯莱从牙缝里吹着口哨；牛虻肩上扛着一捆东西，拖沓着脚跟着走，这样一来瘸腿就不那么明显了。他们在等一个人，要向他传达重要指示。

"拐角那里骑马的是麦康尼。"密凯莱突然耳语道。牛虻仍然扛着那捆东西，拖着脚跟朝骑马的人那儿走。

"先生，要不要收干草的帮工？"牛虻边说边摸摸那顶破帽子，又摸摸马笼头。这是早已约定的接头暗号。那个骑马的人打扮得倒很像个乡下绅士家的管家，这时下了马，把缰绳搭到马脖子上。

"伙计，你能干些什么活？"

牛虻摸摸帽子。

"先生，我会割草，还可以修篱笆。"他一口气接着往下说，"今天夜里一点，在那个圆洞口。一定要弄到两匹好马、一辆货车。我在洞里等你……先生，我还会种地，还会……"

"行了，我只要个割草的帮工。你以前出来干过活没有？"

"先生，干过一次。注意，接头的时候一定要全副武装，因为可能会碰到骑巡队。不要走林间小道，别的路安全些。途中要是碰到暗探，少啰唆，尽管开枪……先生，能替你干活我非常高兴。"

"好吧，那就这样。不过，我要的割草工必须很内行。没有，今天我身上一分钱也没带。"

一个衣衫褴褛的乞丐向他们蹒跚走来，悲哀地叫着："一个命苦的瞎子，可怜可怜吧，看在圣母马利亚的分上……赶紧离开这儿，骑巡队就要来了……最最神圣的天后，贞洁的圣女……列瓦雷士，他们要逮捕你，两分钟内就到……众多的圣人要向你们回报的……你们赶快跑，角角落落都有暗探，想偷跑不被发现是不可能的。"

麦康尼偷偷把缰绳塞到牛虻手里。

"快跑！跑到桥边就把马放掉，躲到山谷里去。我们都荷枪实弹，能抵挡十分钟。"

"不行，不能让你们遭到逮捕。你们聚到一起，跟在我后面依次开火。我们的马群就在那边，拴在宫殿门口的台阶附近，大家就向那边移动。把短刀准备好，边打边退。见到我摔帽子就砍断马索，各人就近跳上马逃跑。这样我们都能逃进树林里。"

他们的谈话声音特别小，来往行人即使靠得再近也不会以为在谈什么险情，还以为是在谈论割草的事。麦康尼牵着缰绳，拉起自己那匹母马，朝拴着的马群那儿走；牛虻拖着脚走在他身旁；乞丐跟在他们后面，伸出手苦苦乞讨。密凯莱吹着口哨赶上来，乞丐随即向他做了警告，他就把消息悄悄传给在树下吃生葱的另外三个乡下人。他们立即站起身，跟着密凯莱。就这样，一行七人没有引起任何人的注意，来到了宫殿的台阶附近。每个人的手都按着身藏的手枪。被拴的马群也就在附近。

"只要我不动，你们都不要暴露身份。"牛虻说得柔和而清晰，"他们不大会认出我们。我一开火，你们就轮流动手。开枪时，不要射人，要射马，打断马腿，他们就追不上我们了。你们三个人开枪，三个人装子弹。不论是谁跑到我们的人和马之间，就朝他开枪。我骑那匹杂色马。看到我一摔帽子，大家就各自上马。无论发生什么都不要停下来。"

密凯莱叫了一声："他们来了。"牛虻急转过身，装出天真又笨拙的样子。集市上的人也停止了叫卖。

全副武装的骑巡队有十五个士兵，正缓慢地骑马穿过集市。由于人群拥挤，他们很难通过。要不是广场四周暗探密布，他们七个本可以趁大家注意士兵的时候偷偷溜掉。这时候，密凯莱向牛虻凑近了一点。

"现在可以跑吗？"

"不行。四周全是暗探，其中有一个已经认出了我。他刚刚派人向队长报告我的位置。我们现在逃脱的唯一机会就是开枪打断他们的马腿。"

"认出你的暗探是哪一个？"

"我第一枪就打他。你们都准备好了吗？他们已经打开一条走向我们的通道，就要冲过来了。"

"看在陛下的分上，都让开！"上尉队长大声吆喝。

老百姓们受到惊吓已经后退，不知道出了什么事。士兵们朝宫殿台阶旁的那一小群人急速冲去。牛虻从怀里拔出手枪，并不向冲上来的士兵开火，而是打那个向马匹靠近的暗探。那家伙锁骨被打断，一个趔趄栽倒下去。这一声枪响之后，接着就是一连串六声枪响。七个地下党人沉着镇定，向拴住的马群移动。

骑兵中有一匹马绊了一跤，一溜烟地跑开了，另一匹惨嘶一声倒在地上。

集市上的人群惊恐万状，尖声乱叫。这时，那个指挥官踩着马鞍站立起来，高举指挥刀，威风凛凛地大声叫喊："弟兄们，这边冲！"

说完就在马鞍上晃了几下，身体往下一沉。原来牛虻又开了一枪，击中了他的要害。制服上一道血流淌下来，他仍在拼命挣扎，死死抓住马鬃，咬牙切齿地叫嚷："那个瘸子魔鬼，活捉不了就开枪崩掉他！他就是列瓦雷士！"

"快，再递支枪给我！"牛虻对伙伴们喊道，"快走！"

他把帽子一扔，这一动作来得正是时候，因为那些愤怒的士兵正挥着亮闪闪的马刀向他逼近。

"所有人都放下武器！"

蒙泰尼里主教突然置身于作战双方之间，一个士兵吓坏了，赶忙大叫："主教大人！我的天啊，危险！"

蒙泰尼里反而又向前跨了一步，正对着牛虻的枪口。

这时候，已经有五个地下党人跨上了马，沿着崎岖的街道跑起来。麦康尼纵身跳上自己的母马，正要撒腿跑，回头看了看自己的头头是否需要援助。只见那匹杂色马就在跟前，眼看七个人全都即将脱险。没想到那个穿红法衣的人迈步上前，牛虻一时神思恍惚，垂下了拿枪的手。这一眨眼的工夫决定了一切。士兵们立即将他围住，疯狂地把他冲倒，其中一个用刀背打落了他手里的枪。麦康尼见此情景，赶紧狠踢几下马肚子。骑兵队从他后面追来，马蹄声雷鸣般压上山坡。如果待在那儿与牛虻一同被捕，不但无济于事，反而会把事情弄得更糟。他一边飞速快跑，一边在马鞍上转过身来，对最近的追兵打出最后一枪。就在这时，他看到牛虻满脸是血，遭到了马蹄、士兵和暗探的践踏。追捕者粗野的咒骂声、胜利的叫喊声以及愤怒的号叫声此起彼伏。

这里发生的一切，蒙泰尼里并没有完全注意到，他已经离开台阶，尽力安抚那些受惊的群众。不一会儿，他俯身去看一个受伤的暗探，人群一阵惊动又使他抬起了头，看见士兵正用绳子拖着俘虏经过广场。俘虏的双手已被缚住，痛苦和疲乏使他脸色青黑，连呼吸也极其困难。可是，他仍然回头望着主教，惨白的嘴唇挂着微笑，有气无力地说："主教大人，恭、恭贺你呀。"

玛梯尼在五天之后赶到了佛利镇。他收到琼玛从邮局寄来的一包印刷品，这是他们的暗号，表明情况紧急，需要他前去。他想起那天在琼玛寓所的谈话，立刻就猜到了事情的真相。但是，一路上他还是不断地自我劝慰，要说牛虻出了什么事实在没道理，而且，这个人神经敏感，富于幻想，把他那孩子气的迷信看得过重也未免荒唐。他越是劝慰自己忘掉这个念头，这念头越是牢牢盘踞在他心里。

他一进琼玛的房间就问："我猜，自然是出事了，列瓦雷士被捕了？"

"上个礼拜四，他在布里西盖拉城里被逮捕。当时他做了顽强的自卫，还打伤了骑巡队的队长和一个暗探。"

"武装抵抗，这可糟了！"

"反正都一样。他早已是重大嫌犯，多开一枪对他的处境没有多大影响。"

"你觉得，他们会如何处置他？"

她的脸色变得比以往更加苍白。

"我认为，千万不能等到发现他们的意图之后再动手。"

"你认为我们可以组织营救吗？"

"必须营救。"

他转过身，双手背在身后，开始吹口哨。琼玛也不打扰，让他去思考。她一动不动地坐在那儿，头靠着椅背，茫然地凝视远方，凄惨而专注。每当她露出那种表情时，就好像丢勒的铜版雕刻《悲哀》上的人物。

"你和他碰头了吗？"玛梯尼踱了一会儿步，稍作停顿。

"没有。本来他要在第二天早上和我在这儿会面。"

"对了，我想起一件事。他此刻关在哪儿？"

"就在那座堡垒里，看守十分严密，据说还戴着镣铐。"

他做了个姿势，显得并不在乎。

"啊，没关系。一把锋利的锉子什么镣铐都能对付。只要他没有受伤……"

"他好像受了点轻伤，不过伤势究竟如何，我们还不知道。我看，你最好等密凯莱亲自告诉你。牛虻被捕的时候，他在现场。"

"他怎么没有被捕？就只顾自己逃命，让列瓦雷士身陷险境？"

"不是他的错。他也像别人一样做了顽强的抵抗，不折不扣地恪守列瓦雷士给他的指示。在这个问题上，其他人都是这么做的。要说有人忘了指示，或者在关键时刻出了差错，那只有一个人，就是列瓦雷士自己。这些事不是一下子就能说清楚的。你等一等，我把密凯莱叫到这儿来。"

琼玛出了房间，不一会儿就带着密凯莱返回，同行的还有一个壮实的山民。

她说："这位是麦康尼，你听说过的。他也是个走私贩子，刚到这儿，或许能向我们提供更多的情况。密凯莱，这就是西塞尔·玛梯尼，我常向你提起的。当时现场的情况，你能跟我们详细说说吗？"

密凯莱简要叙述了和骑巡队交战的情况。

"出现那样的情况，我无法理解，"他最后说，"当时如果料到他会被捕，我们谁也不会丢下他。可是，他下达的指示非常周密。帽子扔掉以后，我们万万没想到他会待在那儿让士兵包围住。他就在杂色马旁边，我亲眼见他砍断了拴马索，我还把装上子弹的手枪递给了他，然后才跳上马。我琢磨，只有一种可能，那就是他腿瘸，上马的时候失了足。但是，尽管如此，他还是可以开枪还击的呀。"

"不，不是那样的，"麦康尼插话说，"他当时并没有想到上马。我的母马听到枪声受了惊，所以我是最后离开现场的。我还回头去看他是否脱了险。要不是因为那个主教，他完全可以脱身。"

"啊！"琼玛轻轻叫了一声。玛梯尼也颇为惊讶，重复道："主教？"

"是的，就是他挺身上前，挡住了牛虻的枪口。真可恶！列瓦雷士大概受了惊，因为他随后就放下了持枪的那只手，把另一只手这么举了起来。"说着，他把左手背横放在眼前，"士兵们见状，当然都扑到了他跟前。"

密凯莱说："我不明白，列瓦雷士在关键时刻不可能那样乱了方寸。"

"他放下手枪，大概是担心伤害一个手无寸铁的平民吧。"玛梯尼指出。密凯莱不以为然地耸了耸肩。

"既然手无寸铁，就不该把鼻子伸到战场上。战争就是战争。如果列瓦雷士真的把子弹射向主教大人，而不是乖乖地像个兔子束手就擒，世上岂不多了一个诚实的人，要少也不过少个教士而已。"

他说着转过身，愤怒地紧咬着胡须，气得眼泪都快夺眶而出了。

"算了吧，"玛梯尼说，"事情既然到了这个地步，再费时间去探究发生的原委也没有用。现在我们该考虑的是如何设法营救他。这要冒点风险，但我想大家都愿意去干吧？"

这种多余的问题，密凯莱甚至不屑于回答。他只是哼笑了一声，说道："要是我的亲兄弟说一个不字，我非把他崩了不可。"

"那好。现在头一件事就是，你们有没有弄到堡垒的平面图？"

琼玛打开抽屉，拿出了几张纸。

"平面图我都准备好了。这张是堡垒的底层，这张是塔楼的顶层和下层，这张是垒墙。这些都是通往山谷的线路，这儿是山间小道和隐蔽点，还有地下通道。"

"知道他关在哪一座塔楼吗？"

"东面那座，关在一间圆屋里，窗户上装有铁栏杆。图上已标出了记号。"

"你从哪儿得到这些情报的？"

"来自一个卫兵，绰号叫'蟋蟀'，是我们这边一个叫季诺的人的表兄弟。"

"你倒准备得很迅速啊。"

"时间太紧迫了。出事以后，季诺立即赶到了布里西盖拉城。其中几幅图我们本来就有。你从笔迹上可以看出来，山里的隐蔽点还是列瓦雷士本人标出的。"

"看守的卫兵是些什么人？"

"目前我们还没打听清楚。蟋蟀刚刚调到那里，对其他卫兵的情况一无所知。"

"我们一定要问问季诺，蟋蟀是个什么样的人。政府方面有没有什么消息？审讯列瓦雷士是在布里西盖拉呢，还是要带到拉文纳去？"

"眼下还不清楚。当然，拉文纳是这个教省的省府，从法律上讲，重大案子必须经过那里的预审法庭。但是，四大教省里，法律都显得无足轻重，这要取决于是谁掌权，以及掌权者个人的意图。"

"押到拉文纳审讯的可能性不大。"密凯莱说。

"为什么？"

"我完全可以肯定。布里西盖拉的军事统领菲拉里上校，正是列瓦雷士打伤的那个骑巡队队长的叔叔。那家伙像头野兽，报复心极重，凡有咬到仇人的机会他决不肯放过。"

"依你看，他们要把列瓦雷士关在这儿？"

"我看他们要绞死他。"

玛梯尼迅速扫了琼玛一眼，只见她脸色苍白，但是并没有因为听到上述观点而有其他变化，显然早已想到这种可能。

她平静地说："没有正式的手续，他很难那么干。不过，他有可能以各种借口举行军事法庭审判，然后以城里治安需要为自己辩解。"

"主教持什么态度？这种事难道他会听之任之吗？"

"军事上的事他无权过问。"

"是无权过问，但他有很大的影响力。假如没有他的同意，统领怎么敢这样做？"

"要得到他的同意绝对不可能。"麦康尼指出，"蒙泰尼里对于军事审判及类似的任何做法，一向持反对态度。只要他们继续把他关在布里西盖拉，就不会发生什么严重的情况，因为主教总要帮囚犯说话。我倒担心他们会把他带到拉文纳，一到那边他就完了。"

密凯莱说："一定要阻止他们把他带过去，我们可以在途中设法营救。至于把他从堡垒里营救出来，那是另一回事。"

"我认为，"琼玛说，"我们不能坐等他们把他带往拉文纳时中途营救，应该在布里西盖拉城里想办法。时间紧迫。西塞尔，我们最好一起仔细研究一下堡垒的平面图，看看能不能想出办法。我已经想到一个主意，只是有个困难不能解决。"

密凯莱站起来说："麦康尼，我们走吧，让他们在这儿考虑他们的办法。今天下午我还要赶到冯亚诺去，你陪我一道吧。文森佐昨天就该把弹药运来的，可是到现在还不见人影。"

他俩走后，玛梯尼来到琼玛身旁，默默伸出手来。她也伸出手，让他握了一会儿。

"西塞尔，你一直是个好朋友，总在患难时刻及时相助。"琼玛最后说，"现在我们研究一下营救计划吧。"

◈ 第三章

　　蒙泰尼里虽然气愤，但并没有忘记许下的诺言。他就牛虻戴镣铐一事提出了严正的抗议。那个倒霉的统领已经到了山穷水尽的地步，只好垂头丧气地把镣铐全部打开。他对副官发牢骚说："天知道主教大人下一次又要抗议什么！犯人只不过戴一副简单的镣铐，他就说残酷，马上连窗户上的铁栅栏也要责备一番，或者要叫我们拿牡蛎和松露来款待列瓦雷士。我年轻的时候，犯人就是犯人，对待犯人就该有对犯人的样子。谁也不会想到造反派会比小偷好。可是现在，造反倒成了时髦。主教大人好像有意对全国的匪徒做一番鼓励呢。"

　　"我不明白，这种事他究竟有什么权力横加干涉，"副官发表了意见，"他又不是教省特使，对民政和军事并无权过问。按照法律……"

　　"法律有什么用？你瞧，圣父已把牢门打开，放出一大批自由派跟我们作对，还指望谁尊重法律呢！简直是胡闹！那位主教大人自然要显显威风了。前任教皇在位时，他还默默无闻，现在突然得了宠成了要人，可以随心所欲。我怎么敢违抗他？说不定还是梵蒂冈那边秘密授权给他的呢。现在一切都是黑白颠倒，今天不知明天会出什么事。往日世道清明的时候，人们知道什么该做什么不该做，可如今……"

统领沮丧地摇摇头。红衣主教竟然操心牢房的琐碎细则，还对政治犯大谈什么"权利"，这个世界越来越复杂了，他无法理解。

牛虻本人则神情激动，在一种歇斯底里的状态下回到了牢房。他和蒙泰尼里会面，实在是强忍着性子，那种忍耐几乎把他逼到崩溃的边缘。最后他极其粗野地谈到杂耍，那完全是一种绝望的呐喊，只希望尽快结束这一切。要是再拖延五分钟，他的眼泪就兜不住了。

当天下午，他又被带去审讯。对任何问题，他无不报以阵阵抽搐似的狂笑。统领已经忍无可忍，对他厉声怒骂，他反而笑得更带劲了。那倒霉的统领气得咬牙切齿，扬言要用非常的惩罚来恐吓这个执迷不悟的囚犯。可是到头来，他也不过和昔日的詹姆斯·博尔顿一样，得出这样的结论：此人已经冥顽不灵，失去理智，再和他争辩只是白费口舌，徒伤元气。

牛虻再次被关进牢房。他躺在毛毡上，心情绝望而气恼，每当一阵疯癫后总是这样。他就这么一直躺到黄昏，动也不动，也不思考什么。早上发泄了一阵情绪，此刻陷入一种不可名状的半麻木状态，心中的悲伤仿佛一个机械实体，重重地压在一块忘记自己还有灵魂的木头东西上。这一切如何结束已无关紧要，对于任何有知觉的生物来说，重要的是解除那难忍的痛苦。至于那种解除是通过外界条件的改变还是自我感觉的扼杀，都无关紧要。他可能成功逃脱，也可能被杀死，无论哪一种结局，都再也见不到神父了。这使他的精神感到空虚和烦恼。

一个看守送晚饭来了。牛虻抬起沉重的眼皮，无所谓地看看他。

"几点了？"

"六点。先生，你的晚饭。"

他厌恶地看了一眼那半冷不热的馊臭食物，立即把头掉转过去。他不仅情绪低落，而且身子也不大舒服。

看守赶忙说："不吃东西要生病的。无论如何面包要吃一点，吃了对你有好处。"

这人说话的语调很奇怪，态度又极诚恳，把盘子里湿漉漉的面包拿起来又放下。牛虻立刻恢复了革命者的机智，明白面包里面可能有什么奥妙。

"你放这儿吧，待会儿我慢慢啃。"他漫不经心地说。牢房的门是敞开的，他知道军士就在楼梯道上，牢里的谈话他一字不落都能听清。

牢门重新锁上后，牛虻确认牢门的监视孔上确实没有人在看，这才拿起那块面包，小心地一层一层剥开。正如他期待的那样，里面夹的是一把小锉刀，外面包着一张纸，上面写着几行字。他把纸条小心地铺开，拿到有光亮的地方。纸很薄，字写得密密麻麻，很难辨认。

　　铁门已经打开，今晚没有月亮。尽快锉断铁栅，两三点之间从甬道逃出。我们已做好充分准备，机不可失。

他一个劲儿把纸捻碎。一切就绪，那么，他唯一的任务就是把窗户铁栅锉断。所幸镣铐已经拿掉，锉镣铐的麻烦也省了。窗户上有几根铁杆？二,四,每根要锉两处,一共八处。啊,趁夜里的工夫,抓紧的话是可以办到的。琼玛和玛梯尼要准备伪装用具,办好护照,还要找到隐藏地点,这一切全都弄好了,怎么如此迅速？他们定是像拉货车的一样拼命往前赶。而且采用的还是她制订的计划。他不禁哑然失笑,觉得自己很蠢。办法只要管用,还管是不是她制订的！不过,他还是由衷地感到高兴,因为当初走私贩子们建议用绳梯逃跑,还是她想到利用地下通道。这一计划实施起来更为复杂,难度也大,但另一个计划可能危及东墙外值勤哨兵的生命,他在两者中毫不犹豫地选择了琼玛的主意。

　　按照越狱计划,从院子通向堡垒下面的地道有一扇铁门,那位绰号"蟋蟀"的卫兵朋友必须尽快把铁门偷偷打开,钥匙再放回卫兵房的挂钉上。牛虻一看到这个信号,就要锉断窗户上的铁栏杆,还要把衣服撕碎拧成绳子,凭绳索向下落到院子东面那堵宽墙上。下到宽墙后,若哨兵背对自己,则用手和膝向前爬行;若哨兵转过身来,就要平伏在墙头上。东南墙角有一座坍塌了一半的塔楼,很大程度是靠那上面浓密的常春藤支撑着。楼上大块的石砖崩塌下来,堆积在墙边。他可以凭借常春藤和石堆从塔楼爬下来,然后轻轻推开铁门,顺着甬道进入与其相通的地道。早在几个世纪前,在堡垒和附近小山上的一座塔楼之间就有一条秘密通道,如今已经废弃,好几处被掉落的岩石阻塞。走私贩子们在山坡上开了个十分隐秘的洞穴和这条地道相通。除了他们以外,谁也不知道有这么个秘密洞穴,更没有人想到堡垒的墙角下就常常藏有违禁货物,一藏就是几个礼拜。海关官员却去搜查那些山民,自然是白费力气,弄得山民们一个个怒不可言。通过这个洞穴爬出去，牛虻就到了山上，在暗中来到一个偏僻处，那里有玛梯尼和一名走私贩子在等他。这个计划最大的困难在于，夜间巡查开始后，并不是每晚都有机会打开铁门，另外，如果在晴朗的夜晚从窗户爬下来，也有被哨兵发现的危险。眼下有了这么个大好机会，说什么也不能错过。

牛虻坐下来，开始吃面包。平时在牢里一吃东西就恶心，这次至少没有这种感觉了。怎么也得吃点东西，这样才能有力气。

他最好再躺下来睡一会儿。十点以前都不能锉铁杆。今天夜里够他辛苦的。

原来神父也一直想让他逃跑啊！神父到底还是神父。但是他无论如何也不能接受！就算要跑，也应该通过他自己和同志们的努力来实现，绝不指望什么教士的恩赐。

天气好热啊！闷得人气也透不过来，一定是要打雷了。他在毛毡上烦躁地翻来覆去，一会儿把扎了绷带的右手垫在脑后当枕头，一会儿又抽出来。手火烧火燎地疼！所有旧伤也都开始隐隐作痛，半天不见好转。这是怎么回事？啊，别胡思乱想！只是雷雨天气的影响罢了。还是睡觉吧，休息一下，待会儿好着手锉铁杆。

八处铁杆，每一处都又粗又结实！还剩几处没有锉？肯定不多了。他干了该有好几个小时吧，一定是锉太久了，所以胳膊才这么疼，真是疼得钻心剜骨啊！可是肋骨也那么疼，很难说是与锉活儿有关。还有那条瘸腿疼得针刺火烤一般，也是锉铁杆引起的吗？

他猛地醒过来。不对，他并没有睡着，而是睁着眼睛做梦，梦见自己在锉铁杆。其实，这一切正有待他去做呢。窗户上的铁杆原封不动杵在那儿，还是那么粗壮结实。远方的钟楼敲了十下，他必须开始干活了。

他从监视孔看看，确保没有人在监视他，这才从怀里掏出锉刀来。

不，不会出什么问题……不会的！全都是幻觉。肋骨疼痛，那是消化不良或受了风寒，或者类似这样的原因。牢里的食物和空气都让人无法忍受，一下子住三个礼拜，有点疼痛不足为奇。至于全身的疼痛和颤抖，一方面是由于神经紧张，另一方面是因为缺乏锻炼。对，一定是这样，毫无疑问，缺乏锻炼。怎么早没有想到这一点呢，真是荒唐！

不过，他还是坐一会儿为好，等疼痛过去再接着干。要不了一两分钟就会好的。

坐着不动反而更加难受。坐下来就要受疼痛的煎熬，吓得他脸色铁青。不行，还得站起来干活，摆脱疼痛的纠缠。疼还是不疼，取决于他的意志。他要从意志上摆脱疼痛，尽力遏制它。

他又站起来，开始大声自言自语，说得也很清楚。

"我没有病，我没有时间生病。还有那些铁杆要锉断，我不能生病。"

接着，他开始干活。

十点一刻……十点半……十点三刻……他锉呀，锉呀，铁器的每一次刺耳摩擦，就像是有人在锉他的身体和脑袋。他轻声笑笑，自言自语道："不知道哪一个先锉断，是我还是铁杆？"他咬紧牙关，继续锉。

十一点半了。手已经僵直发肿，连工具都拿不稳，可是他仍然不停地锉。不，他不敢停！一旦停手，就再也没有勇气重新干起来。

哨兵在牢门外走来走去，卡宾枪的枪托还擦到了门。牛虻停下来环视四周，锉刀还在他手里高举着。被发现了吗？

一个小圆球从监视孔里弹了进来，掉落在地上。他放下锉刀，俯身去捡那东西，原来是个纸团。

他的身子不断下沉，下沉，像是掉进永不见底的深渊，黑色的波涛在里面翻滚着向他冲来……轰鸣震耳欲聋……

啊，没什么！他不过是弯腰拾个纸团，头有点晕罢了。许多人弯腰都会头晕。他没什么毛病……没有。

他拾起纸团，拿到有亮光的地方，从容不迫地打开看。

今晚无论如何务必逃出。蟋蟀明天调防至别处。成败在此一举。

跟处理之前那张字条一样，他把这张也捻碎了。接着，他又拿起锉刀，继续干活。他一声不响，埋头苦干，拼命地锉。

一点了。他已经连续锉了三个小时，八处铁杆断了六处。还有两处，就可以爬……

他开始回想前几次发病的可怕情景。最近一次是新年的时候，一连五晚，想想就叫人浑身战栗。但那次发作来得并不突然。每次发病都不像现在这样突如其来。

他放下锉刀，感到无比绝望，茫然间竟伸出双手，做起了祷告。自从成为无神论者以来，这是他第一次做祷告，向任何东西祷告……向虚无……向万物祷告。

"千万别在今夜！啊，要病就让我明天病吧！明天我什么折磨都愿意忍受……千万不要在今夜！"

他两手按住太阳穴站了一会儿，接着又拿起锉刀，继续他的工作。

一点半了。他开始锉最后一根。衣袖咬成了碎片，嘴唇血迹斑斑，眼前一片红雾，额头上大滴的汗珠不住流淌，他仍然一个劲地锉，锉，锉……

太阳升起来了，蒙泰尼里这才睡着。昨天夜里他烦躁不安，辗转难眠。刚刚安静地睡了一会儿就开始做梦。

一开始，他的梦模糊而混沌，各种破碎的形象和幻想纷至沓来，飘忽不定，毫不连贯。但是所有的片断都充满挣扎和痛苦的感受，隐含着一种难以言喻的恐怖。接着就梦到自己失眠。他经常做这样可怕的旧梦，这种恐惧已经持续多年，甚至梦中的场景也都是从前经历过的。

他梦见自己在一片巨大的空旷地带四处徘徊，想找个安静的地方躺下来睡一会儿。可是，到处都是川流不息的人群，聊天，嬉笑，喊叫，祷告，摇铃，还有的把金属乐器敲得咚咚直响，五花八门，应有尽有。有时候，他得以远离尘嚣躺下来，一会儿躺在草地上，一会儿躺在木凳上，一会儿又躺在石板上。他闭上眼睛，用双手遮住阻挡亮光，自言自语道："现在我要睡觉了。"可是，马上就有许多人拥过来，声嘶力竭地大喊大叫，还直呼他的名字恳求他："醒来吧，快快醒来吧，我们需要你啊！"

接着，他又回到宏大的宫殿，里面有许多富丽堂皇的房间，内设床铺、沙发和低矮柔软的躺椅。夜已深，他对自己说："就这儿，我总算找到一个可以安静睡觉的地方了。"可是，他刚挑了一间黑洞洞的房间躺下，就有人提着灯走进来，灯光无情地刺着他的眼睛。只听那人说："快起来，有人找你。"

他跌跌撞撞地爬起来，像一头受伤将死的野兽一样，踉踉跄跄继续游荡。他听到时钟敲了一下，知道已是下半夜。良宵苦短啊。两点，三点，四点，五点……到了六点，全城都会醒过来，那时就再也不得安宁了。

他走进另一个房间，想在床上躺下睡一会儿，突然有人从枕头上跳起来大叫："这是我的床！"

他非常绝望地走开了。

时钟敲了一下又一下，他还在继续游荡，从一个房间到另一个房间，从一条走廊到另一条走廊，从一座房子到另一座房子。那可怕的曙光越来越近，时钟都在敲五点了。黑夜已经结束，而他却还没有休息。噢，不幸啊！又是一天，又一天来临了！

他来到一条漫长的地下走廊，这条低矮的拱形通道似乎没有尽头。里面点着各种灯烛，闪亮而耀眼，格栅顶上传来歌舞声、嬉笑声和轻快的乐声。正是在那上面，在他的头顶上，有一个活人居住的世界，他们肯定在搞什么节日活动。啊，要找个隐蔽的地方睡一觉，只要一小块地方，即使是坟墓也行啊！他正说着，竟跌到一个敞开的坟墓上。墓穴洞开，散发着死亡和腐烂的恶臭。啊，管他呢，只要可以睡觉就行！

"这是我的坟墓！"是葛拉迪斯在说话。她仰起头，越过腐烂的尸衣对他怒目而视。他立刻跪了下来，向她伸出双臂。

"葛拉迪斯！葛拉迪斯！你就稍微可怜可怜我，让我爬到那个窄缝里睡一会儿吧。我不向你求爱，不碰你也不跟你说话，只想在你身旁躺下睡一会儿！啊，亲爱的，我好久不曾合眼，再多熬一天也受不了。光亮照进了我的灵魂，喧嚣搅乱了我的思绪。

葛拉迪斯，让我进去睡吧！"

他正要把尸衣拿过来盖住眼睛，葛拉迪斯却缩回身子，尖声叫道："这样亵渎圣灵，亏你还是个教士！"

他向前游荡，游荡，出了地道来到海滨，来到光秃秃的岩石上，强烈的光线直射下来，海水发出低沉而无尽的哀鸣，永不安宁。

他说："啊！大海倒更有同情之心，它也累得精疲力竭，不能入睡。"

就在这时，亚瑟从大海深处浮了上来，大喊一声："这是我的海！"

"主教大人！主教大人！"

仆人边敲门边呼喊。蒙泰尼里从睡梦中惊醒过来。他机械地下了床，把门打开。仆人见他神情激动，一副担惊受怕的样子。

"主教大人……您不舒服吗？"

他擦了擦额头。

"没有，我刚睡着，你把我惊醒了。"

"真对不起。今天一大早我好像听到您走动，就以为……"

"时间不早了吧？"

"已经九点了。统领已经来访，说有要事，知道主教大人有早起的习惯……"

"他在楼下？我马上就去。"

他穿好衣服就下了楼。

统领一见主教就说："我这么来拜访主教大人，恐怕有点冒昧。"

"但愿没什么严重的事吧？"

"情况非常严重。列瓦雷士企图越狱，差点儿就让他跑掉了。"

"啊，既然没跑掉，也就没什么妨碍了。怎么回事？"

"我们在院子的铁门那儿发现了他。昨天夜里三点，巡逻人员查看院子，有个哨兵被绊了一跤。他们用灯一照，就看到列瓦雷士横躺在那条甬道上，已经不省人事。他们立刻拉响警报，叫醒了我。我跑去检查牢房，发现窗户的铁杆全被锉断了。还有一根用撕碎的衬衫拧成的绳子，系在一根铁杆上。他是从那绳子上坠下来，沿着墙头爬走的。通向地道的门竟然没有锁，看来卫兵已被买通了。"

"那他怎么会躺在那儿呢？是不是从墙上跌下来摔伤了？"

"主教大人，我一开始也这么以为。可是，监狱的医生找不到任何摔伤的痕迹。昨天值勤的士兵报告说，他昨晚送晚饭的时候，就看到列瓦雷士好像病得厉害，东西也不吃。我看这一定是胡说。一个生重病的人，万万不可能锉断那么多铁杆，还从墙顶上爬走。这不合常理。"

"他自己怎么解释的？"

"主教大人，他还没有醒过来。"

"还没醒？"

"有时候迷迷糊糊像是醒了，呻吟几声又没了知觉。"

"真奇怪。医生有什么看法？"

"他也说不出所以然，没有心脏病发作的迹象，也找不到任何昏迷的原因。但无论如何，一定是他逃跑的时候突然发生了什么。照我看，这是仁慈的上帝直接干预，将他击倒的。"

蒙泰尼里微微皱起眉头。

"你打算怎么处置他？"

"这几天就要尽快解决此事。这对我也是极好的教训。出这样的事，就是因为取下了镣铐……完全是出于对主教大人的尊重……"

"我希望，"蒙泰尼里打断了他的话，"在他生病的时候，你不至于给他重新戴上吧。一个人处在你所描述的那种状态，很难再有逃跑的企图。"

"他就是不想跑我也要格外当心了。"统领一面告辞一面喃喃自语，"主教大人要是婆婆妈妈的，就随他去好了，可不关我的事。列瓦雷士已紧紧戴上了镣铐，管他生不生病，都不能解下。"

"怎么会这样？一切准备就绪，人都到了铁门口，关键时刻竟然晕倒了！简直像个玩笑，开这样恶毒的玩笑！"

玛梯尼解释说："我看，唯一的可能是旧病复发。他一定在顽强抵抗病痛，竭尽全力苦撑了很长时间，走进院子时连一点力气也没有了，晕了过去。"

麦康尼一个劲地敲烟斗里的灰。

"不管怎么说，反正是完了。现在我们对他已无能为力，可怜的人啊。"

"可怜啊！"玛梯尼轻声重复着。他开始觉得，假如没有牛虻，这个世界将变得多么空虚和凄凉。

"她怎么想的？"麦康尼说着就朝房间另一头看去，只见琼玛独自坐在那里，两只手无力地搭在膝上，眼睛茫然地望着前方。

"我没问。听到这个消息后，她就一直没有开口说过话。还是别打扰她吧。"

她好像没有感觉到他俩也在。不过，他们交谈的声音还是压得很低，仿佛在看着一具死尸。经过一阵忧郁的沉默，麦康尼站了起来，把烟斗收拾好。

他说："今晚我再来。"但是，玛梯尼做了个手势，示意他不要走。

"先别走，我还要和你商量，"他声音压得更低，几乎是耳语，"你真觉得没指望了吗？"

"眼下看不出任何指望。越狱已经不可能了。即使他恢复了体力，我们也无能为力，那些哨兵全都受到怀疑，统统撤换了。你也知道，蟋蟀不可能再找到那样的机会了。"

"你说，"玛梯尼突然问，"等牛虻身体好了，有没有可能把哨兵引开，采取点行动什么的？"

"把哨兵引开？什么意思？"

"是这样的，我突然想到一个主意，迎圣体节①那天，趁游行队伍经过堡垒的时候，我就拦住统领的路，迎面向他开枪。这样一来，卫兵全都一窝蜂冲过来逮我。你们或许可以在混乱中救出列瓦雷士。这还算不上什么计划，只是我一时的念头。"

麦康尼一脸严肃地答道："这个办法能否实施，我表示怀疑。就算真要实施，还需要好好考虑一番。不过——"他突然停下来看着玛梯尼，"如果这个计划真有可能实现，你愿意去干吗？"

玛梯尼平时比较保守，可现在已不同于平时。他正视着这个走私贩子的脸。

"你问我愿意去干吗？"玛梯尼重复道，"看看她吧！"

---

① 迎圣体节（Corpus Domini Day）：天主教中纪念耶稣殉难的节日，列队行进是节日纪念活动最突出的特色。

没必要再做任何解释，那一句话把要说的全说了。麦康尼转身，望向房间的那一头。

他俩谈了这么久，琼玛连动也没动过。她的神情既没有怀疑，也没有畏惧，甚至没有悲哀，什么也没有，只剩一片死亡的阴影。麦康尼见她这副模样，不觉已泪水汪汪。

"密凯莱，快一点！"他一把推开阳台的门，朝外面看看，"你们俩快结束了吧？咱们要干的事儿还多着呢！"

密凯莱和季诺一前一后从阳台走进屋里。

"我已经准备好了，"密凯莱说，"只是想问问波拉太太……"

他正要往琼玛那儿走，玛梯尼伸手便抓住了他的胳膊。

"别打扰她，让她一个人待一会儿吧。"

"由她去吧！"麦康尼说，"现在安慰她一点用处也没有。上帝知道，这件事叫我们大家都够受的，可是她就更糟糕了，真是可怜的人啊！"

第四章

　　病情来势凶猛，牛虻整整一个礼拜不见好转。统领由于害怕和困惑变得更加残暴，不仅给他戴上脚镣手铐，还坚持用皮带把他紧紧捆在毛毡上，牛虻只要动一动，皮带就往肉里嵌。他以顽强的斯多葛精神苦苦支撑，到了第六天，他的傲气终于保不住了，万般无奈下，他只好向监狱医生乞求一剂鸦片。医生倒非常愿意给他，可是统领一听便对"这种愚蠢的行为"严加制止。

　　"你怎么知道他要那东西干什么？"统领质问道，"他这阵子可能一直在装病，想用鸦片来毒害卫兵，或者干类似这样的鬼事。列瓦雷士诡计多端，什么事情都干得出来。"

　　医生忍不住笑起来，回答道："给他那么一点剂量，绝不可能毒害卫兵。至于是不是装病，大可不必担心。他可能快要死了。"

　　"不管怎么样，反正不准把鸦片给他。一个犯人要想得到好一点的待遇，就应该循规蹈矩。现在这些严厉惩罚，完全是他罪有应得。就当是个教训，叫他别玩锉断窗户铁栏杆那套把戏。"

　　医生直言："不过，法律并不允许动用酷刑。现在我们近乎使用酷刑了。"

　　"法律也没有说给犯人服鸦片。"统领大声斥责。

"上校，这事当然由您决定。但是我希望，无论如何也要把皮带松开。给犯人加重那样的痛苦毫无必要。再说，现在也犯不着担心他会逃跑。就是把所有束缚都解掉，他也根本站不住。"

"我好心的先生啊，医生和其他人一样也会犯错误。我既然已经把他捆得严严实实，就这样下去不改动了。"

"那起码也要松松皮带。捆得那么紧，根本动弹不了，这完全是一种野蛮行径。"

"就这样，没得商量。先生，我谢谢你，别把野蛮放在嘴上说个不停。我要是做一件事，就有这样做的理由。"

就这样，牛虻度过了第七个夜晚，痛苦丝毫没有减轻。看守牢房的值班士兵听到犯人彻夜痛苦呻吟，不禁心寒胆战，不停画着十字。牛虻也终于忍受不住了。

早晨六点，看守在下班前悄悄开锁，进了牢房。他知道这样做严重违反了狱规，但是，若不说些安慰话就走，实在也不忍心。

只见牛虻一动不动躺在那儿，两眼紧闭，嘴巴微张。看守默默地站了一会儿，然后弯腰问道："先生，我能不能帮你做点什么？再过一分钟我就要下班了。"

牛虻睁开眼睛，呻吟着。"别管我！别管我……"

没等士兵溜回岗位，牛虻就睡着了。

十天以后，统领再次来到主教宫殿，不巧主教到皮埃维多塔伏去看望病人了，要到下午才能回来。黄昏时分，统领刚坐下准备吃晚饭，仆人就进来报告："主教大人要跟您说话。"

统领赶忙照照镜子，检查一下制服是否穿戴整齐，然后以极其庄严的神气走进了会客室。蒙泰尼里正坐在那里，轻轻拍打着座椅扶手，两眼眺望窗外，眉宇间的皱纹显出焦急的神情。

"听说你今天来找过我，"统领的客套话还没说完，蒙泰尼里就略显专横地打断了他，他同乡民谈话从来不用这种口气，"大概你要谈的也正是我要找你谈的事吧。"

"主教大人，是关于列瓦雷士的事。"

"如我所料。这件事我已经考虑了好几天。不过，在此之前，我想听听你有什么新情况要告诉我。"

统领尴尬地捋捋胡须。

"其实，我来拜访您，是想听听大人有什么吩咐。如果您仍然反对我的建议，我非常诚恳地乐于听从您的意见，因为说实在的，究竟怎么处理我心里也没谱。"

"遇到了什么新的困难吗？"

"下礼拜四就是六月三日，迎圣体节。这件事怎么也得在节日前解决。"

"礼拜四是迎圣体节，不错。为什么要在那一天前解决？有什么特别之处？"

"主教大人，我可能要违背您的意思了，非常抱歉。可要是在此之前不除掉列瓦雷士，城里的治安我就难以保障。大人您知道，节日那天山里的粗野乡民都汇聚到这里，他们很有可能要攻开牢门把他劫走。我会严加防范，不让他们得逞。如果真出现那种情况，我只好用火枪子弹把他们扫出大门。不过，节日当天总会出现这样或那样的麻烦，罗马涅大的百姓凶悍暴烈，一旦他们动刀……"

"我认为，只要稍加注意，还不至于发展到动刀的地步。这一带的老百姓只要你合理对待，是很容易相处的。当然，你若采取威吓、强迫的手段对待他们，那么每一个罗马涅大人都很难对付。你有什么根据，说他们企图再来一次劫狱？"

"我手下的密探昨日和今晨两次向我报告说，整个地区谣言四起，那帮人显然要采取什么不轨行动。不过，详细情况还不清楚，否则防范起来倒也容易。就我个人而言，那天的事确实吓到我了，因此我宁可凡事稳妥些。像列瓦雷士这样一只狡猾的狐狸存在一天，我们怎么提防都不过分。"

"上次我听说列瓦雷士病得很严重，连说话和行动都很困难。照你这么说，他的身体已经康复了？"

"主教大人，他似乎好多了。如果他不是一直在装病，那的确是病得不轻。"

"你有什么理由怀疑他装病？"

"医生倒是相信他的确有病，只是那种病真有点玄乎。不管怎么说，他已经渐渐恢复，而且变得更加桀骜不驯。"

"他又干了什么？"

"所幸他想干什么也干不了。"统领想起那捆缚的皮带，得意地笑了起来，"不过，他的行为叫人捉摸不透。昨天上午我到牢房去审问他几个问题，他的身子还不能前来受审。我看在他病好之前，还是不要冒风险让别人见他，否则马上就会传出许多荒唐的谣言。"

"这么说你去审过他？"

"是的，主教大人。我还以为他会变得通情达理一些。"

蒙泰尼里谨慎地对他打量一番，像是在打量一只陌生又讨厌的动物。还好统领没有看见，他正低头整理自己的腰刀带，若无其事地接着往下说："我并没有对他动用什么特别的刑罚，但必须严加看管。军事监狱更是如此。我本来以为，如果对他宽容一点，说不定效果会好些，就向他提出，只要他态度理智，我就可以减轻管束。主教大人，您可想到他怎么回答我？他躺在那儿，就像笼子里的狼一样盯着我看，很小声地对我说：'上校，我爬不起来，不能掐断你的脖子，可是我的牙齿还很锋利，你的喉头最好离我远一点。'那副野蛮样子，简直就是一只野猫。"

"他说出那样的话，我并不感到意外，"蒙泰尼里答得很从容，"不过，你真的以为，列瓦雷士待在监狱里，会对本地区的治安产生严重危害吗？"

"主教大人，这是千真万确的。"

"你认为，为了避免流血事件，绝对有必要在迎圣体节前除掉他吗？"

"我只能把我的观点重申一遍：到礼拜四他如果还在，节日现场非出现一场战斗不可，而且是十分激烈的战斗。"

"那么你认为，如果他不在这儿，危险就不存在了？"

"如果他不在，很可能就平安无事，充其量有点吵闹，扔扔石头而已。如果大人有办法除掉他，我保证本地区平安无事，否则大祸难免。我确信，一场新的劫狱计划已经就绪，行动就在礼拜四当天。到那天早上，如果他们发现列瓦雷士根本就不在监狱里，劫狱企图也就自行落空，要想战斗也没有机会。但是，一旦他们在人群中拔出刀子，我们才被迫镇压，那么不到天黑，这块地方就会烧成焦土。"

"既然这样，为什么不把他押送到拉文纳？"

"主教大人，这真是天晓得，要真能押送到那儿我可千恩万谢了。可万一他们半路营救，我怎么阻挡得了？我的兵力还不足以抵抗他们的武装进攻。哪个山民没有几把短刀和土枪啊!"

"所以你还是坚持军事审判,要征得我的同意,是吗?"

"主教大人,请您原谅。我只求您在制止暴动和流血事件上助我一臂之力。我打心眼里觉得,像法列第上校那样的军事法庭,采取的惩罚有时的确过于残忍,非但不能制伏群众,反而让他们更加愤怒!但是对这桩案子,我认为进行军事审判是明智的,而且从长远看也是仁慈的。这样可以防止一场暴动,而暴动本身就是一场可怕的灾难,很有可能使圣父已经废除的军事法庭再次恢复。"

统领说完这段庄严的陈词,等待主教的答复。他等了很久,以至于主教答复时,他几乎吓了一跳。

"菲拉里上校,你信上帝吗?"

"主教大人!"上校倒吸一口气,吓得瞠目结舌。

"你信上帝吗?"蒙泰尼里又问了一声,并且站起来,锐利的目光紧紧注视着他。上校也赶忙站起来。

"主教大人,我是基督徒。我忏悔时,上帝从来也不拒绝我。"

蒙泰尼里举起挂在胸前的十字架。

"这是救世主的十字架,他是为你而殉难的。你要对他发誓,刚才说的全是实话。"

上校呆立在那里,两眼茫然地对着十字架。他不知道究竟是自己还是主教发了疯。

蒙泰尼里接着说:"刚才你请求我,要我同意让一个人去死。你若有胆量,就先亲吻这个十字架,然后再告诉我,为了避免更大的流血,你相信,除此以外没有其他办法。要记住,如果你对我说谎，就等于使你不朽的灵魂置于危险的境地。"

统领迟疑片刻后，弯下腰，用嘴唇吻了一下十字架。

"我相信。"他说。

蒙泰尼里缓缓转过身，准备离开。

"明天我将给你明确答复。不过我得见见列瓦雷士，和他单独谈谈。"

"主教大人，请允许我说点个人看法……您这么做一定会后悔的。昨天，他曾向卫兵提出，要见主教大人。但是我未予理睬，因为……"

"未予理睬！一个犯人身处这样的境地，向你提出要求，而你竟不予理睬？"

"很抱歉惹您生气了，主教大人。我认为没必要拿这种无理要求去打扰您。依我对列瓦雷士的了解，他肯定只是想借此来侮辱大人。您如单独和他接近，请恕我直言，实在是非常轻率的举动。这个人太危险了，正因如此，我才想到要对他采取一些必要的身体束缚，一种温和的……"

"一个有病的犯人，手无寸铁，又被施加了身体束缚，这样的人你真以为有危险吗？"尽管蒙泰尼里语调温和，可是上校从他那含而不露的轻蔑中感到一阵刺痛，气得涨红了脸。

"主教大人认为怎么好就怎么办吧，"他态度极其生硬，"那人说的话亵渎神圣，不堪入耳，我只是希望您不要去受那份苦。"

"我倒要你以一个基督徒的身份想一想，去听听别人的亵渎话和对一个身陷绝境的同胞不闻不问，两者比较起来哪个更严重呢？"

统领笔挺挺地僵立在那儿，板起木雕一般严肃的面孔。他心里对蒙泰尼里的态度非常恼火，却用异乎寻常的谦恭表现出来。

"大人什么时候去看犯人？"

"立刻就去。"

"听大人的便。请稍等片刻，我这就派人把犯人准备停当。"

统领匆忙从座位上下来。他不想让蒙泰尼里看到那些皮带。

"谢谢，不用准备了。我直接去见他，现在就到堡垒去。晚安，上校。明天早上你会听到我的答复。"

第五章

　　牛虻听到牢门打开的响声，懒洋洋地转过脸去。他以为是统领进来审问，又要给他添麻烦。他听见几个士兵走上狭窄的楼梯，身上的卡宾枪磕碰到墙上，接着又听到有人毕恭毕敬地说："主教大人，这里很陡呢。"

　　牛虻浑身痉挛似的吃了一惊，立即缩着身子，屏住呼吸，忍受着皮带的刺痛。

　　蒙泰尼里走进牢房，陪同的有军士和三个士兵。

　　军士紧张兮兮地说："大人稍等片刻，手下已有人去搬椅子，马上就来。大人多多原谅……我们不知大人光临，否则早该做好准备。"

　　"不需要准备。军士，请让我们单独谈谈，你和你的部下一起在楼梯口等着。"

　　"好的，主教大人。椅子来了，要不要放到他身边去？"

　　牛虻躺在那儿，虽然闭着眼睛，却能感觉到蒙泰尼里在看着他。

　　"大人，我看他是睡着了。"军士刚开口，牛虻就睁开了眼。

　　"没睡。"他说。

　　士兵正要离开，却突然被蒙泰尼里叫住，只好往回走，看见

216

他正弯腰看那些皮带。

"这是谁干的？"

军士摸摸帽子说："主教大人，这是统领的特别命令。"

"列瓦雷士先生，我不知道竟会有这样的事。"蒙泰尼里极其痛心地说。

牛虻苦笑着说："主教大人，我早就说过，我从、从来不指望他们抚摸我的脑袋。"

"军士，皮带捆了多久？"

"大人，从他要越狱那天开始捆的。"

"这么说，两个多礼拜了？快拿刀来，立刻把这些带子割掉。"

"报告主教大人，医生也想拿掉，可是菲拉里上校不允许。"

"立刻拿刀来！"蒙泰尼里下了命令，声音虽然不大，但已经气得面色惨白。军士从口袋里掏出一把折叠刀，弯下身子去割皮带。可是他笨手笨脚，反而把皮带弄得更紧了。尽管牛虻竭力控制自己，却仍然直往后缩，死死地咬住嘴唇。蒙泰尼里赶紧走上前。

"你不会割，把刀给我。"

"啊呀……呀……呀！"皮带一割开，牛虻就伸展了臂膀，轻松愉快地发出一连串长叹。蒙泰尼里接着又把缚住脚踝的那根带子割开。

"军士，镣铐也取下。然后到这儿来，我有话跟你说。"

蒙泰尼里站在窗口看着军士，等他把镣铐处理完。

主教说："现在你把这儿的情况——说给我听。"

军士并非不乐意，很快就把自己知道的全部情况，包括牛虻的病情、惩戒措施、医生的无效干预等等，一股脑儿端了出来。

"主教大人，我认为，"他补充说，"上校把他一直捆下去，是想借此逼他做口供。"

"做口供？"

"是的，主教大人。前天我听上校提出，可以把皮带去掉，条件是他……"军士对牛虻扫了一眼，"肯回答某个问题。"

蒙泰尼里紧握的拳头落在窗台上，士兵们面面相觑，主教一向和蔼可亲，还从没见他动过怒。至于牛虻，他把在场的人都忘了，把什么都忘了，只是感到身体自由而舒坦。本来一直被绑住的手脚，现在可以自由自在地伸展、转动和弯曲，真是说不出的痛快。

"军士，你可以走了，"主教说，"你不用担心自己违反了纪律。回答我的问题，也是你的义务。请不要让人来打扰我们。谈完话我会自己出去。"

士兵们走出去关上牢门以后，蒙泰尼里靠着窗台看了一会儿落日，好让牛虻喘口气。

随后，他离开窗台，坐到毛毡旁边，说道："听说你想和我单独谈谈。如果你感到身体还行，想说什么尽管说，我很乐意倾听。"

他说得很冷淡，高傲的姿态略显生硬，和他平时相比显得很不自然。牛虻的皮带没割开之前，他把他当作一个受尽虐待和折磨的普通人，可是现在，他又想起上次见面时自己受到的极大侮辱。牛虻枕着一只胳膊懒洋洋地躺着，抬起眼看了看。他具备一种假装悠然自得的才能，脸被阴影笼罩时，谁也说不清他经历了多么深重的灾难。可一旦抬起头，明净的夜色衬托出一副苍白憔悴的面孔，清晰地表明了他近日所受的痛苦。蒙泰尼里见此，怒气也烟消云散了。

"你恐怕病得很严重吧。真是抱歉，我对此一无所知，否则早就出面阻止了。"

"战争中一切都是公平的，"牛虻耸耸肩，冷冷地说，"主教大人是以基督徒的观点看问题，从理论上反对皮带捆绑，不过，要指望上校也明白这个道理，就很难说是公正的。要叫上校自己受这种皮肉之苦，他当然不肯，就是我也、也不情愿。这是个、个人境遇问题。现在，我处在最卑微的境地，还能要求人家怎、怎么样呢？主教大人一片好心来这儿看我，这么做可能也是出于基督徒的立场。看望犯人……啊，对！我倒忘了。'对他们中最卑、卑微的小人物行下功德'，这算不上是对小人物的恭维，但这个卑微小人当然感激不尽。"

"列瓦雷士先生，"主教打断了他的话，"我是因为你才到这儿来的，不是为自己的缘故。如果你并非如你所说，是个'最卑微的小人物'，经过上次一番谈话，我决不会再来。可是，你拥有囚犯加病人的双重权利，我不能不来。现在我既然来了，你有什么要对我说？难道只是要对一个老人侮辱一番，寻寻开心吗？"

牛虻没有回答，侧过身躺着，一只手遮住了自己的眼睛。

"对不起，要麻、麻烦你，"他终于沙哑地说，"可不可以喝点水？"

窗子旁边有一壶水，蒙泰尼里取了过来。他用胳膊搂住牛虻扶他起来，突然感到牛虻那潮湿冰冷的手像老虎钳一样紧紧握住他的手腕。

"把你的手递给我……快……就一会儿，"牛虻轻声说，"啊，这对你有什么要紧呢？不过一分钟。"

他倒了下去，脸埋进蒙泰尼里的胳膊里，全身上下都在哆嗦。

过了一会儿，蒙泰尼里说："喝点儿水吧。"牛虻默默照做，喝过以后，又闭起眼睛躺在毛毡上。刚才蒙泰尼里碰到了他的面颊，他自己也说不清是什么感觉，只知道这是他一生中感受到的最可怕的事。

蒙泰尼里把椅子往毛毡那里挪了挪，坐了下来。牛虻像死尸一样躺在那里一动不动，苍白的脸拉得老长。长时间的沉默之后，他睁开眼，用鬼怪般可怕的目光盯着主教。

"多谢了。真、真抱歉。我想……你刚才问了什么话吧？"

"你还不适宜谈话。如果你想对我说些什么，我明天争取再来一趟。"

"主教大人，请别走……其实我并没有什么。这几天，我、我心里有点烦，病嘛，一半是装的，要是你问上校，他也会这么说。"

"我宁可自己得出结论。"蒙泰尼里心平气和地回答。

"上校也、也有自己的结论。而且，他有时做的结论还相当明智。你若从表面是看、看不出来的，可他有时候真有独、独到见解。比如说，上个礼拜五，大概是礼拜五吧，我死到临头，有点糊涂了，反正当时我记得问他要一剂鸦片。他跑来对我说，只要我告诉他是谁开了铁门，他就把鸦片给我，还说：'如果你真病了，肯定会供出来，如果不招供，我就以此认为你在装病。'这真是闻所未闻的滑、滑稽事，滑、滑天下之大稽……"

他突然发出一阵狂乱刺耳的笑声，接着以犀利的目光盯着默不作声的主教，话越说越急，口吃也越加厉害，几乎难以听清。

"难道你不、不觉得可、可笑？当、当然不觉得，你们信、信教的人，根、根本就不懂得幽、幽默，悲、悲观地看待一切。比、比如，那天晚上，你在教、教堂里是多么庄严！还有，我扮、扮的那个香客是多么可、可怜啊！甚、甚至今天晚上你到这、这儿来，我想你也看不、不出是可笑的吧。"

蒙泰尼里站了起来。

"我来是要听听你有什么话要讲。可是你这么激动，我看是说不下去了。最好请医生给你吃些安眠药，好好睡一觉，明天再谈。"

"睡、睡一觉？啊，主教大人，如果你同、同意上校的计划，一盎司的铅就是最、最好的安眠药，我也就能好好睡、睡一觉了。"

"我不明白。"蒙泰尼里很是惊讶。

牛虻又发出一阵大笑。

"主教大人，主教大人啊，诚、诚实可是基督徒的高尚品德。统领一直在逼、逼迫你同意召开军事审判，以为我不、不知道吗？主教大人，您最、最好还是同、同意吧。换作你的同僚，不管是谁都早就答、答应了。大家都是这样办的。你要是同意了，可就功、功德无量，有百、百利而无一害！说实在的，你为这桩事常常弄得彻夜不眠，这是何、何苦呢！"

"你先别笑，"蒙泰尼里打断了他的话，"请告诉我，这些你从哪儿听来的？是谁跟你说的？"

"上校难、难道就没、没对您说过，我是魔、魔鬼，不是人吗？没说过？对、对我他是常常挂在嘴上的。我也该有个魔鬼的样子，别、别人有什么心思，我能猜、猜到一二。现在我猜到，大人已视我为面目可、可憎的人，心里想的是要别、别人来处置我，免得你那颗敏感的良心惴惴不安。我的猜测非、非常公正吧？"

主教又坐回他的身边，板着面孔认真地说："你刚才所说的一切，无论是从哪儿听来的，完全是事实。菲拉里上校担心你那些朋友又要劫狱，因此希望抢先一步下手，就是用你所说的那种方式。你看，我对你非常坦诚地相告。"

"大人一向以坦、坦诚闻名。"牛虻挖苦道。

"当然，你也知道，"蒙泰尼里继续说，"从法律上讲，我无权过问世俗的事务，我是主教，不是教皇的特使。但是，我在这个教区有很大的影响，上校至少要取得我的默认，否则，我想他还没有那个胆量采取极端手段。我一直反对那个计划，而且是无条件地反对。他千方百计劝我不要再坚持，说是礼拜四那天，群众游行时有武装劫狱的危险。这将导致一场流血的斗争。你明白我的意思吗？"

牛虻出神地凝视着窗外，这时转过头来，有气无力地回答说："明白，我在听呢。"

"今天晚上你身体可能真的不行，很难坚持谈话了。明天早上我再来一趟，好不好？此事的确关系重大，我希望你能全神贯注。"

牛虻仍然用刚才的口气回答："我宁可现在就谈完。您说的话，我字字句句听得清。"

蒙泰尼里这才接着说："如果为了你一个人，真要冒着暴动和流血的危险，那么我反对上校的计划就要负极大的责任，而我认为上校所说的情况至少有一定的真实性；另一方面，我又觉得他对你有私仇，在判断上难免有失公正，或者他可能过分夸大了危险性。现在，我亲眼看到他对你采取这种可耻的野蛮行为，就更觉得他欠公正了。"

他看看地上的皮带和镣铐，继续往下说。

"我要是同意，就等于杀了你；要是不同意，就要冒杀害无辜生命的危险。这两种选择，无论哪一种的后果都很可怕。我对此反复思考，斟酌再三，终于下了决心。"

"当然是杀掉我，保、保护无辜百姓啰，这是一个基督徒可能做出的唯一选择。'若是右手冒犯你，就砍下来丢掉。'我虽然没有荣幸成为主教大人的右手，但是我冒犯了你。结、结论已不言自明。何必卖这么多关子，直截了当不好吗？"

牛虻态度冷漠，语中带刺，懒洋洋地说着，似乎对这个话题感到厌倦。

过了一会儿，他补充说："是不是呀，主教大人，你的决定是这样吗？"

"不是。"

牛虻动了动身子，双手搁在脑后，眼睛似睁非睁地看着蒙泰尼里。主教低头沉思，一只手轻轻拍击着椅子扶手。啊，这姿势多么似曾相识！

他终于抬起头，答道："我决定，要采取一种没有先例的办法。我听说你要见我时，就决定过来把一切都告诉你，然后把决定权放在你的手里。"

"我、我来决定？"

"列瓦雷士先生，我来看你，并没有把自己当成红衣主教、普通的主教或是什么审判官，而是与你进行平等的人和人之间的交流。至于上校担心的劫狱计划，无论你知不知道，我并不要求你告诉我，因为即便你知道，那也是你的秘密。秘密是不肯对别人说出来的，这个道理我懂。但是，我十分诚恳地要求你设身处地为我想一想。我已经老朽，在世的日子也不多了。当我走进坟墓时，不希望自己的双手沾染鲜血。"

"主教大人，难道你手上还没沾鲜血？"

蒙泰尼里脸色变得更加难看，但说话时仍然不动声色。

"在我一生中，无论哪里出现高压政策和残暴行为，我都不遗余力地表示反对，也从不赞成各种死刑。前任教皇在位时，我就因屡次抗议召开军事法庭审判而失去圣父的欢心。直到现在，我都坚持运用我的影响和权力致力于慈善工作。至少在这方面，请你相信我的真诚。现在，我进退两难。如果拒绝召开军事法庭审判，那么全城都可能遭遇暴动及其带来的一切后果；而我要挽救的这个人，他不仅亵渎我的宗教，甚至对我本人也进行过诽谤和侮辱——尽管这是微不足道的事，而且一旦得救，我相信他还要继续作恶。可这毕竟是救人一命啊。"

主教停顿片刻，又接着说："列瓦雷士先生，你这个人似乎处处作恶，图谋不善，而且我早就听说你胡搅蛮缠，粗暴逞凶。就是现在，从某种程度上我还是这么认为。但是，从你最近两个礼拜的行为来看，我又觉得你不仅无所畏惧，而且忠于朋友，就连卫兵也热爱和敬佩你。这样的人可就难得了。我在想，可能我对你有误解的地方，你一定具有某种内在的美德，这种美德比你外露的行为更为高尚。我现在郑重向你请求，凭着你心灵上善良的一面，凭着你的良心，请你告诉我，如果你处在我的位置，你该怎么办？"

沉默了许久，牛虻抬起头。

"我在做决定时，起码能做到独立自主，愿意承担行动的后果。基督徒处事懦弱，我可决不愿那样，低三下四乞求别人来解决自己的问题！"

牛虻突然剑拔弩张，猛烈的言辞和激愤的情绪与刚才懒散的态度形成鲜明的对比，仿佛一下子撕下了伪装。

他气势汹汹地接着说："我们无神论者懂得，如果一个人必须担负某项责任，就应竭力承担，在所不辞。如果在重负之下被压垮，那也是活该。可是，基督徒遇到问题，就要向上帝和圣人祈祷求助，如果祈祷无效，就转而向敌人乞求援助，总要找一个靠山，把自己的责任推卸掉。《圣经》也好，你的弥撒书也好，虚伪的神学书也好，哪一条教义要你非得到我这儿来讨教良方呢？天啊，你这个人也真是的！难道我现在的负担还不够重，要你再卸一点到我肩上来？还是去求你的耶稣吧，他要人们把最后一点都奉献给他，你最好也照办。你要杀害的不过是个无神论者，是属于敌人阵营的人①，当然算不上什么大罪！"

他停下来喘了口气，又口若悬河地说下去："啊，你居然也谈起了残酷！那头蠢驴就算审问我一年，也比不上你对我的残酷。因为他没有脑子，只能想到勒紧皮带，等到皮带勒得不能再

---

① 原文是 "boggles over shibboleth"：据《圣经·旧约·士师记》记载，基列人（Gilead）把守约旦河口，不让以法莲人（Ephraimites）逃走，就用 "shibboleth" 一词试验过河者。因为以法莲人咬音不准，所以，凡念 "shibboleth" 不准的便是敌人营垒里的人。

紧的时候，他也就黔驴技穷了。天下再蠢的人都知道这么做！可是你呢？'请在你自己的死刑判决书上签名吧，我实在是心肠太软下不了手。'噢，只有基督徒才想得出这种主意！多善良啊，多慈悲啊，看到皮带勒得紧一点吓得脸都变了色！刚才你进这牢房时，摆出天使一样大慈大悲的样子，对上校的'野蛮行为'表现得那么震惊，我对你的来意就已经猜到八九分了！干吗那样看着我？你呀，就同意吧，当然要同意，然后回去安心吃晚饭吧。这种事不值得大惊小怪。就对上校说，枪毙也好，绞死也好，怎么方便怎么来，如果他高兴，就是活活烤死也行，反正这事就算了结了！"

牛虻咬牙切齿，满腔的愤怒和绝望让他面目扭曲，难以辨认。他喘着粗气，浑身发抖，那双眼睛就像愤怒的猫眼一样，闪出逼人的绿色光芒。

蒙泰尼里站起身，一言不发地俯视着他。他不清楚牛虻这通慷慨陈词的用意，只知道这番话出自一种无比绝望的心境。这样一想，对牛虻过去的一切侮辱也就表示了宽恕。

"别这样！"他说，"我可不想以这种方式伤害你的感情，也无意要把负担卸到你早已沉重的肩头。我从来没有故意做过这种事，对任何人也没有……"

"撒谎！"牛虻闪着咄咄逼人的目光叫嚷道，"升任主教那一次呢？"

"升任主教？"

"怎么，你忘了？你也太健忘了！'如果你有什么想法，亚瑟，我就给他们去信说我不能去。'你那时就要把你自己的前程交给我来决定，而我当时才十九岁！如果说你不是用心险恶，那倒真有些可笑之处。"

"住嘴!"蒙泰尼里双手蒙住头,在绝望中大喊一声。接着又垂下手,慢慢挪到窗边,在窗台上坐下来,一只胳膊架着铁窗杆,头枕在胳膊上。牛虻躺在那里浑身战栗,眼睛紧盯住他。

过了一会儿,蒙泰尼里又站起身往回走,嘴唇像死灰一样惨白。

"实在抱歉,"他一副惨兮兮的样子,竭力保持一贯的镇静,"我得回家去了。我⋯⋯身子很不舒服。"

他仿佛得了疟疾一样浑身哆嗦。牛虻的火气全都烟消云散了。

"神父,难道你看不出来⋯⋯"

蒙泰尼里向后缩着身子,愣在那里。

"但愿不是这样!"他轻声自语道,"上帝啊,千万别是这样!我怕是疯了吧⋯⋯"

牛虻用一只胳膊支起身子,紧紧握住了蒙泰尼里那双颤抖的手。

"神父,我并没有淹死,难道你不明白这个事实吗?"

那双手忽然变得冰冷而僵直,万物也在静寂中死去。蒙泰尼里跪下来,把脸偎依在牛虻胸前。

当他抬起头时,红日已经西沉,西边的红霞正渐渐消失。他们忘记了时间,忘记了地点,甚至也忘记了彼此还是敌人。

"亚瑟,"蒙泰尼里轻声说,"你真是亚瑟吗?你死里逃生回到我身边了吗?"

"死里逃生⋯⋯"牛虻颤抖着重复了一句。他躺在那里,头枕在蒙泰尼里的胳膊上,仿佛一个生病的孩子躺在妈妈的怀抱里。

"你回来了……你终于回来了！"

牛虻不禁长叹一声。"是回来了，不过你还得打击我，或者杀死我。"

"啊，别说了，亲爱的！现在还谈这些干吗？你我就像两个孩子，在黑暗中失散，误认为对方是鬼怪。现在我们彼此重逢，从黑暗来到了光明的世界。我可怜的孩子，你变化多大啊，变化多大啊！好像经历了全世界所有的苦难……而你的生活一向是充满欢乐的呀！亚瑟，果真是你吗？我一次又一次做梦，梦见你回到了我的身边。可是醒来一看，周围仍是一片黑暗和虚无。我怎么知道这次不会再醒过来，发觉眼前的一切又是一场梦境呢？给我一些实实在在的感受吧，把你的遭遇全都告诉我吧。"

"其实很简单。我藏在一艘货船上，偷渡到了南美。"

"那里怎么样？"

"我在那里生活，如果那样活着也叫生活的话。噢，除了我以前听你讲哲学时看到的神学院以外，我还看到了别的东西！你说常常在梦中见到我，我也梦见过你……"

他浑身哆嗦，突然停了下来。

过了一会儿他又突然说下去，"有一阵子，我在厄瓜多尔一个矿场工作……"

"不是当一名矿工吧？"

"不，是矿工的下手，跟苦力们在一起打杂工。坑道口有个棚子，我们就睡在那里。有天晚上我生病了，就跟我最近发作的病一样。白天赤日炎炎，我抬着石头，当时一定是眩晕了，竟然看见你从门口走进来，手里擎着一个十字架，跟墙上挂的那个一样。你边走边做祷告，从我身旁擦过去，连头也没回。我冲你高呼求救，求你赐我一剂毒药，或者是一把刀，把所有这一切都了结了，否则我非发疯不可。可是你……啊！"

他用一只手擦了一下眼泪，蒙泰尼里仍然紧握住他另一只手。

"从你当时的表情看，我知道你听到了我的呼救，可是却根本不回头，继续边走边做祷告。等祷告做完，你吻了吻十字架，这才回过头轻声细语对我说：'亚瑟，我非常同情你，可是我不敢表露出来，上帝要发怒的。'我看了看上帝，只见那木雕的偶像在哈哈大笑呢。

"后来，我从梦中醒来，看到那棚子和得了麻风病的苦力，心里就清楚了你为什么那样做。你宁可向魔鬼一般的上帝邀宠，也不肯救我于地狱之中。这情景我一直记忆犹新，只是刚才你抚摸我的时候才暂时忘却，这是因为我在生病，而且我毕竟曾经爱过你。现在你我之间不可能有其他关系，只能是战争，战争，再战争。为什么要抓住我的手？只要你一直信奉你的耶稣，我们之间的敌对关系就永远不能消除，难道你还不明白吗？"

蒙泰尼里低下头，亲吻了那只残缺的手。

"亚瑟，我怎么能放弃信仰上帝呢？我正是依赖对上帝的信念，才熬过了这些可怕的岁月。现在也是上帝把你送到了我面前，我怎么会反而对上帝有半点三心二意？你不要忘了，我原以为是我把你给杀害了。"

"你现在仍然还得这么做。"

"亚瑟！"这是内心真正感到恐惧的人才能发出的呼叫。牛虻并不理会，只顾往下说。

"我们都诚实一点，不要优柔寡断。我和你站在壕沟的两边，现在想隔着壕沟握手言和，这是不可能的事。如果你主意已定，不能或不愿放弃那个东西，"他朝墙上的十字架扫了一眼，"就必须同意上校的……"

"同意！我的上帝啊……同意上校……亚瑟，我可是爱你的呀！"

牛虻的脸可怕地抽搐着。

"在我和那个东西之间，你到底更爱哪一个？"

蒙泰尼里缓缓站起身，不仅吓得魂飞魄散，连身子也仿佛在萎缩，就像一片霜打的叶子，变得虚弱、憔悴，终于要凋零了。眼前的情景又是一场梦，他已从梦中醒来，周围还是一片黑暗和虚无。

"亚瑟，你就可怜可怜我……"

"当你满口谎言，把我逼到南美的甘蔗地里当牛做马的时候，你可曾可怜过我？一提到这件事你就发抖，瞧瞧你们这些慈悲为怀的圣人啊！上帝最称心如意的就是这种人，懂得悔罪，保住自己的性命。要死，也只能死他的儿子。你口口声声说爱我，可是你这份爱让我付出了多么沉重的代价！我在污秽的妓院洗过盘子，给比畜生还要野蛮的农场主看牛放马，在走江湖的杂要班子里戴帽挂铃扮演小丑，在斗牛场上给斗牛士干尽杂活累活，为了讨别人欢心还伸长了脖子让人踢。我挨过饿，受人唾弃，遭人践踏。我向人家乞讨发霉的残羹剩饭，可是人家不给，他们要先给狗吃。现在，你拿些甜言蜜语，就以为能让我把往事一笔勾销，重新成为原来的亚瑟吗？啊，我数落这些有什么用？我为你的恩宠付出的代价，岂是言语能表达清楚的呢？现在呢——你爱我！

你究竟有多爱我？是不是爱得足以为了我放弃上帝呢？啊，那个万寿无疆的耶稣究竟帮了你多少忙，为你吃了多少苦，竟使你爱他胜过爱我呢？就因为他那双钉在十字架上的手，使你对他如此深爱吗？看看我的手！你看看这儿，这儿，还有这儿……"

牛虻把衬衣撕开，露出自己吓人的伤疤。

"神父，你的上帝是个骗子，他的伤是假的，他的痛苦全是做戏！只有我才配得到你的爱！神父，想一想我过的是什么日子，你就知道你使我遭受的折磨实在到了无以复加的地步！就是这样我还不肯去死！我熬过了这一切，忍受了这一切，因为我还要回来，与你那个上帝展开斗争。我一直抱着这样的目的，把它作为盾牌来保卫我的心灵，使我不至于疯掉，也不会再度寻死。可是，现在我回来了，却发现上帝仍然占据了本该属于我的位置！这个虚伪的殉难者，虽然真的在十字架上钉了六个小时，然后竟死而复生，神父，我被钉在十字架上却足有五年，也死而复生了。你打算如何对待我？你打算如何对待我啊？"

牛虻突然停住不说了。蒙泰尼里坐下来，像一尊石雕，也像被人扶起来的一具死尸。一开始，听到牛虻把自己的苦水瀑布般倾泻出来，他还有点心寒，像鞭子抽在身上，不由自主地一阵阵痉挛。此刻他恢复了平静。沉默许久后他抬起头，死气沉沉、不慌不忙地说："亚瑟，请你把话说得明白一些好吗？说得我糊里糊涂，心寒胆战，不知道你究竟是什么意思。你究竟要我怎么办呢？"

牛虻转过一张幽灵般的面孔望着他。

"我对你没有任何要求。爱，难道还能强求吗？在我和上帝之间究竟最爱谁，你有选择的自由。如果你最爱上帝，就选择他好了。"

"我不明白你的话。"蒙泰尼里已经很疲倦,"我还能有什么选择?过去的一切已经无法挽回。"

"在这两者之间,你必须选择一个。如果你爱我,那就扔掉脖子上的十字架,和我一起走。我的朋友正在准备另一次越狱行动,如果你肯帮忙,越狱就很容易成功。一旦我们平安越过边境,你就公开承认我。但是,如果你对我的爱还达不到这种程度,你爱那个木头偶像胜过爱我,那么就去告诉上校,你同意他的要求。要去就马上去,免得我看见你心里难受。我自己已经够难受的了。"

蒙泰尼里微微颤抖着抬起头,渐渐明白了他的意思。

"要我和你的朋友取得联络,这自然可以办到。可是,跟你一起逃走……这不可能……我是一个教士。"

"教士的恩惠,我根本不想沾光。神父,我决不再做什么妥协。我受够了妥协,也受够了它带来的后果。要么放弃教士的职位,要么就放弃我。"

"怎么能放弃你?亚瑟,我怎么能放弃你?"

"那就放弃上帝。在我和上帝之间,你只能二者选其一。你想把你的爱分成两半,一半给我,一半给那个魔鬼一般的上帝吗?我可不要上帝的残羹。你如果属于他,那就不属于我。"

"亚瑟!亚瑟啊!你要把我的心撕成两半吗?你要把我逼疯吗?"

牛虻的手在墙上重重一击。

"两者必居其一!"他又说了一遍。

蒙泰尼里从怀中掏出一只小盒子,取出一张又脏又皱的字条。

"看看这个！"他说。

> 我信任你犹如信任上帝一样。上帝是泥土造的
> 东西，我一铁锤就可以把他砸烂；而你却以谎言欺骗
> 了我。

牛虻大笑着把字条还给他。

"十九岁的年轻人实、实在天真可爱哟！拿锤子把东西敲碎并不难，就是现在也容易办到，只是这回躺在锤子下面的是我自己。而你呢，你还可以用谎言来欺骗其他许许多多的人，他们还被你蒙在鼓里呢。"

"随你怎么说吧。如果我处在你的位置，可能也会像你一样冷酷无情，上帝知道。亚瑟，你要求的我做不到；但是，凡能办到的我定会去办。我会替你安排出逃。一旦你平安无事，我就到山里去寻死，或者误服过量的安眠药，随便你怎么要求都可以。这样你总该心满意足了吧？我能做的只有这些。这是大逆之罪，但我认为上帝会宽恕我。上帝可比你仁慈……"

牛虻尖叫着伸出了双手。

"啊，太过分了，太过分了！我有什么错，你竟然这样看待我？你有什么权力……好像我要对你报什么仇一样！难道你不懂，我完全是为了救你吗？你就永远不能明白，我是爱你的吗？"

他紧紧抓住蒙泰尼里的双手，泪如泉涌，对着那双手热烈地亲吻。

"神父，和我们一起走吧。这个世界处处是教士和偶像，一

片死气沉沉，你有什么舍不得的呢？他们浑身都是旧时代的尘土，腐朽污秽，毒气熏天。快跳出这个瘟疫成灾的教会吧，和我们一起投身光明！神父，生命和青春只属于我们，永恒的春天只属于我们，未来也只属于我们！神父，曙光就在前头，难道你不想看看旭日东升吗？快醒过来，把过去可怕的噩梦统统忘掉！快醒过来，重新开始我们的人生！神父，我始终爱着你，即使你害我的时候也不曾改变……你还要再害我一次吗？"

"啊，上帝！可怜可怜我吧！"蒙泰尼里大叫着挣脱双手，"你的眼睛和你母亲的一模一样！"

一阵突如其来的沉默，怪异而深沉，久久笼罩在两人之间。他们在暮色朦胧中默默相视，害怕得连心脏都停止了跳动。

"你还有什么要说吗？"蒙泰尼里轻声问，"随便什么……能给我一点希望吗？"

"没有。我的生命除了与教士战斗以外毫无用处。我并不是一个人，而是一把刀。如果你让我继续活着，就是支持我们这些刀子。"

蒙泰尼里转向十字架。"上帝啊！听听这些话……"

他的声音在空荡的寂静中逐渐消失，没有任何回音，反倒唤醒了牛虻那魔鬼般的讽刺。

"对他叫、叫、叫得再响些，他可能睡、睡、睡着了。"

蒙泰尼里像是挨了打，猛地站起来，呆立在原地凝视前方。过了一会儿，他坐到毛毡边上，双手捂住面孔，眼泪扑簌簌地淌下来。牛虻浑身颤抖不止，冷汗淋漓，他明白了对方流泪的真正含义。

他随手拉起毯子蒙住头，不想听那哭声。他是个精力充沛活生生的人，却不得不去死，已经够难受的了。偏偏那哭声还要往他耳朵里钻，在他耳内轰鸣，在脑子里炸开，在血管里震动。蒙泰尼里还在不停地哭泣、哽咽，眼泪顺着手指缝儿往下淌。

终于他止住了呜咽，用手帕擦擦眼泪，仿佛一个刚刚哭过的孩子。他站起身，手帕从膝头落到了地上。

"再谈下去也没有用了，你懂吗？"

"我懂，"牛虻呆滞又顺从地答道，"这不是你的错。你的上帝饿了，得有个人来填他的肚子。"

蒙泰尼里再次转身面对他。即将挖掘的坟墓也比不上他们此刻的肃静。两人相对无语地注视着对方的眼睛，就像两个情人，即将被不可逾越的鸿沟隔开。

牛虻首先垂下眼睛，缩着身子埋起了脸。蒙泰尼里明白，那姿势意味着要他"走"！他转过身，迈出了牢房。

不一会儿，牛虻突然惊跳起来。

"啊，我受不了！神父，回来吧！回来！"

牢门已经锁上。他睁大了眼睛，缓缓地环视四周，明白一切都结束了。到底还是那个加利利人 ① 占了上风。

牢房下面院子里的青草随风摇曳了一晚上，这些草很快就要枯萎，被铲子连根掘起。牛虻在黑暗中孤零零地躺着，哭泣了整整一夜。

---

① 加利利人（Galilean）：耶稣是加利利人，这里是对耶稣的蔑称。

✿ 第六章

　　礼拜二上午举行的军事审判十分简短，也很草率，完全流于形式，仅仅二十分钟就结束了。其实也没有必要浪费时间，因为不允许被告辩护，证人又仅限于受伤的暗探、军官和几个士兵。判决书事先已经拟好。蒙泰尼里也递交了非正式通知，同意军事审判，这也符合了他们的期望。这样一来，审判官也就没有多少事可干了（审判官是菲拉里上校、当地龙骑队少校以及瑞士卫队的两名军官）。法庭大声宣读起诉书，证人出示证据，判决书签字后，便郑重其事地向犯人宣读。牛虻只是听着，默不作声。法庭按例问他有什么话要说时，他只是不耐烦地摆摆手，不做回答。他胸前藏着一条手帕，那是蒙泰尼里丢落在牢房的。昨天夜里他一直对着手帕亲吻、哭泣，好像手帕是个活生生的人。现在，他神情憔悴，面如死灰，眼皮上还残留着泪痕。不过，他对判决书上的"枪决"二字似乎并不怎么在意，只是读到这两个字的时候，他的瞳孔稍稍放大了一下，此外就像没事一样。

　　所有手续结束后，统领说："把他押回牢房！"值班的军士显然心如刀割，拍了拍那个毫无动静的肩膀。牛虻吃了一惊，回头看看。

　　"啊，对了！"他说，"我忘了。"

统领露出一副近乎怜悯的表情。他本质上并不是一个残忍的人，对自己近一个月来扮演的角色暗自感到有点内疚。现在，他既然已经达到了主要目的，那么在自己权力范围内，他愿意做出一些小小的让步。

他看牛虻的手腕又伤又肿，就说："镣铐不用戴了。他可以待在原来的牢房里，死囚室太阴暗了。"又转身对自己的侄子说，"这种事说实在的，完全是例行公事。"

他干咳着，又换换脚调整了一下姿势，显然有些尴尬。接着，他把押送犯人离开的军士叫住。

"军士，等一下，我有话和他说。"

牛虻一动不动，统领的声音似乎在他耳朵里没有反应。

"你可有什么口信要转告亲戚朋友？我想你大概有亲戚吧？"

牛虻没有回答。

"你想一想吧，如果有信要带，找我或者那个神父都行。这事我会叫他们记在心上。最好交给神父，他马上就能过来，整晚陪着你。要是你还有其他要求……"

牛虻昂起了头。

"对神父说，我不要人陪。我没有什么朋友，也没有什么口信。"

"可你还要做忏悔呀。"

"我是无神论者。我什么都不要，只要静静地待着。"

他态度冷漠，语气平静，既不反抗也不生气，说完就慢慢转身走开了。走到门口，他又停住。

"上校，我忘了，还想请你帮个忙。明天请叫他们不要绑我，也别蒙住我的眼睛。我站在那儿不会乱动的。"

星期三早晨，太阳刚刚升起时，他们就把牛虻押到了院子里。他的腿比平时瘸得更加厉害，浑身疼痛，走路十分艰难，主要靠着军士的胳膊在扶持。但是，平时那种倦怠的温顺表情已荡然无存。往日在空洞的黑暗中压垮他的幽灵般的恐怖，以及那个阴影世界的幻象和噩梦，都随着产生这一切的黑夜一同消失了。一旦阳光普照，一旦敌人出现在眼前，他就有了战斗精神，也就无所畏惧了。

六名卡宾枪手被派来执行枪决，沿着长满常春藤的墙壁一字站开。牛虻那天晚上越狱，正是从这堵歪歪倒倒的墙壁上爬下来的。士兵们人手一支枪，站队时竭力克制着悲痛欲哭的心情。他们奉命执行枪决牛虻的任务，感到一种无法想象的恐怖。牛虻那犀利的雄辩、经久不衰的笑声、坦荡而感人肺腑的勇气，一如牛虻其人，给他们麻木又可悲的生活透进了缕缕阳光。现在偏偏要判他死刑，而且要他们亲手执行这个任务，在他们看来，这无异于要熄灭天上闪亮的明灯。

等待他的坟墓就在院子里那棵巨大的无花果树下，昨天夜里已经挖好了。掘墓人并不情愿干，铁锹上还沾着他们的眼泪。牛虻从那儿经过时，低头看看黑乎乎的洞穴，看看周围渐渐枯萎的野草，他微笑着深吸一口气，品味刚刨的新土散发的香气。

军士走到树旁突然停下。牛虻回头看看他，脸上洋溢着无比明朗的笑容。

"军士，我该站在这儿吗？"

军士默不作声，只是点点头。他如鲠在喉，自己要是能说句救命话就好了，可是他办不到。这时候，统领、他的侄子、负责执行任务的中尉、一名医生，以及一名神父都待在了院子里。他们走上前来，一个个都板着严肃的面孔。但是牛虻无所畏惧，含笑的眼睛闪出咄咄逼人的光芒，使他们不免有几分羞愧。

"先生们，早上好！啊呀，尊敬的神父大人，来得很早嘛！队长，你好吗？这一次相会你比上次要舒畅些吧？你的胳膊现在还扎着绷带，都怪我枪法不准啊。今天这几位兄弟，开起枪来一定比我要高明，对不对呀，伙计们？"

他扫了一眼士兵们阴郁的面孔。

"不管怎么样，这一次是用不着绷带了。好了好了，你们不必为此感到苦恼。打起精神，露一手高明的枪法吧。要不了多久，你们会有很多工作要做，多得你们都不知道怎么应付。事先实践一下是再好不过的。"

"我的孩子，"神父走上前打断了他的话，其他人便向后退去，让他们单独交谈，"几分钟后，你就要到万物之主那里去了。这最后的时刻是让你忏悔用的，还要说这些不相干的吗？我请你想一想，你头上顶着那么多罪孽，如果不做忏悔就死去，是何等可怕的事啊！一旦站到万物之主面前，再想忏悔就晚啦。你难道要带着满口戏言走到上帝那尊严的圣坛前吗？"

"戏言吗，神父大人？死前忏悔这种小玩意儿，只有你们才需要。等到你们接受惩罚的时候，我们用的可不是这六支破卡宾枪，而是大炮。到那个时候，你们就真正尝到戏言的滋味了。"

"你们还能用大炮？啊，真可怜！你已经站在可怕的深渊旁边，还要执迷不悟吗？"

牛虻回头扫了一眼敞开的坟墓。

"神父大人以、以为，只要把我往那里面一扔，就把我了结了吗？说不定你还要在顶上镇一块大石头，防、防止我三天之后复、复活吧。别害怕，神父大人！那种不值钱的表演是你们的专利，我不会侵权的。你们把我放在那儿，我就会像耗子一样安安静静地躺着。不过，话说回来，我们照样要用大炮。"

"啊，慈悲的上帝，"神父叫喊着，"饶恕这个可怜人吧！"

"阿门！"中尉用低沉浑厚的嗓音轻轻念了一声。与此同时，上校和他的侄子都虔诚地画着十字。

神父已经看出来，这样拖下去没有任何希望，就不再做无益的尝试。他走到一旁，摇着头喃喃祈祷。准备工作十分简短，牛虻站到指定的位置，转头看了看初升的朝阳红黄色交错的壮景。他再次提出，不要蒙住他的眼睛，那傲气凛然的神情逼得上校无可奈何，只好答应。他们都忘记了，这样做给持枪的士兵带来多么沉重的精神负担。

牛虻站在那里，对着士兵微笑，士兵手中的枪在簌簌抖动。

"我完全准备好了。"他说。

中尉站到了士兵的前面，激动得有点发抖，下达执行死刑的命令他平生还是头一回。

"预备——瞄准——开火！"

牛虻身子稍微晃了晃，又恢复了平衡。一颗射偏的子弹擦着了面颊，几滴血落到白色的领巾上，另一颗子弹击中了他的膝盖。烟雾消散后，士兵们看见他还在微笑，那只残缺的手擦着面颊上的血。

"枪法不行啊，弟兄们！"他那清晰响亮的声音传进可怜的士兵耳朵里，"再来一次。"

那一排士兵个个都在叹气发抖。刚才放枪时他们有意打偏，谁都不希望那致命的一枪出自自己之手。不料牛虻还站在那里，对着他们微笑。他们只是把刑场变成了屠场，那可怕的一幕还得再演一遍。军官们吓得目瞪口呆，愣愣地望着那个明明已被枪决却还没有死的人。他们大发雷霆，斥骂士兵。士兵们受到惊吓，一个个放下了枪，无可奈何地任凭军官叫骂。

统领挥起拳头在士兵面前疯狂吆喝，命令他们立正，举枪，尽快结束行刑。其实他自己也和士兵们一样泄气，对那个始终站立不倒的可怕形象连看也不敢看一眼。牛虻又开始对他说话，那冷嘲热讽的声音使他毛骨悚然，浑身发抖。

"上校，你今天早上带来这班人马，实在不像样子！还是我来指挥吧，看看是不是比你要强一些。注意了，弟兄们！把枪举高一些，偏左一点。兄弟，打起精神，你手里端的是卡宾枪，不是油锅！都准备好了吗？那好，来吧！预备——瞄准——"

"开火！"上校冲上前，赶忙下了开火的命令。让犯人自己下令枪决自己，实在是不能容忍的事。

又一阵胡乱的扫射，士兵们瑟瑟发抖，乱成一团，瞪着发狂似的眼睛向前张望。其中一个士兵根本就没有开枪，他把枪扔到地上，蹲下身子哀叹："我不能，我不能！"

硝烟缓缓散开，袅袅向上飘去，融进金光闪闪的朝霞中。牛虻已经倒下，但是仍然没死。士兵和军官吓得石化一样立在原地，望着那可怕的东西在地上扭动挣扎。接着，医生和上校大叫一声冲上前来，因为牛虻又拖着腿跪立起来，仍然面对士兵大声发笑。

"又没打准！再来！伙计们，看你们能不能……"

他突然晃了一下，跌倒在草地旁。

"他死了吗？"上校压低嗓门问。

医生跪下去，用手摸着鲜血淋漓的衬衫，小声回答说："我想是的，感谢上帝！"

"感谢上帝！"上校也说了一声，"终于！"

他的侄子碰碰他的胳膊。

"叔叔！主教大人来了！他在门口，想要进来。"

"什么？他不能进来，我不想让他进来！卫兵都在干什么？主教大人……"

院门开了又关上，蒙泰尼里站在院子里向前凝视，目光呆滞又令人生畏。

"主教大人！请您务必原谅，这样的场面不适合您！我们刚刚执行完任务，尸体还没……"

"我是来看他的。"蒙泰尼里说。统领这才惊讶地发现，主教的声音和神情都像梦游一样。

"哎呀，我的上帝！"一个士兵突然大叫一声。统领赶忙应声回头一看，居然……

倒在草地上的那堆血糊糊的东西又一次开始挣扎和呻吟。医生急忙扑下去，把他的头扶到自己膝上。

"动作快点！"牛虻在绝望中呼喊，"你们这伙野人，动作快点，看在上帝的分上，快了结吧！这样下去，叫我怎么受得了啊！"

汩汩鲜血喷涌而出，淌到医生的手上。他扶住那个不住抽搐的躯体，自己也浑身颤抖起来。他向四周胡乱张望，想找个人帮忙。这时那神父从他肩头俯下身来，把一个十字架放在那奄奄一息的嘴唇上。

"以圣父和圣子的名义……"

牛虻靠着医生的膝盖支起身子，睁着大大的眼睛，直瞪那个十字架。

在恐怖的寂静中，他慢慢举起被打断的右手，推开了那个十字架，鲜红的血抹了耶稣满脸。

"神父……你的……上帝……满意了？"

说完，牛虻的头就落到了医生的臂膀上。

"主教大人！"

见主教仍然沉浸在恍惚中，菲拉里上校又喊了一声，这次更响了。

"主教大人！"

蒙泰尼里这才抬起头。

"他死了。"

"的确已经死了，主教大人。您不离开这儿吗？这场面很可怕。"

"他死了。"蒙泰尼里又说了一遍，低头望着那张脸，"我碰了他，他死了。"

中尉不以为然地小声说："一个人身上中了六颗子弹，还能指望怎么着？"医生也小声附和："我看，他一定是被这种流血的场面吓得神经错乱了。"

统领伸手扶住蒙泰尼里的胳膊。

"主教大人，您最好不要再看了。让神父送您回家好不好？"

"好……我这就走。"

他慢慢地转过身，离开血淋淋的刑场，神父和军士跟在后面。走到院门口，他又停下回头望望，惊异的神色如幽灵一般。

"他死了。"

几个小时以后，麦康尼来到山坡上的一所小屋，对玛梯尼说，没有必要去拼命了。

第二次营救工作已全部准备就绪，实施起来比上一次简单得多。他们计划在第二天早上迎圣体节的群众游行到达堡垒附近时，玛梯尼从人群中挺身而出，拔出手枪向统领正面开火，以制造混乱。这时候，二十位武装的营救人员直冲大门进入塔楼，强迫看守打开牢门，把牛虻救出去，沿途若有任何人阻拦就开枪打死或击退。营救人员到了大门口就撤出战斗，掩护第二队。第二队人员是荷枪骑马的走私贩子，会把牛虻护送到山里的隐蔽点。只有琼玛一人对此计划毫无所知。是玛梯尼特别要求瞒着她的。"她要是知道了会心碎的。"

麦康尼走到园子门口，玛梯尼打开玻璃门到走廊上迎接他。

"麦康尼，有什么消息吗？"

走私贩子把宽边草帽往后推了推。

两个人一起坐在走廊上，彼此都不说话。玛梯尼一见对方帽檐下那张脸上的表情，心里就明白了。

"什么时候动手的？"沉默许久后，玛梯尼问。他觉得一切都死气沉沉，连自己说话的声音听起来也有气无力。

"今天早上，太阳刚出来的时候。军士告诉我的，他当时在现场，亲眼所见。"

玛梯尼低下头，抽去衣袖上的一根散线。

一切都是徒劳，这又是徒劳一场。他已经准备好，明天去赴死。现在他那一片美好的心意已经幻灭，犹如晚霞似锦的天空仙境随着黑暗的到来而消逝。他只好返归世俗的日常生活，跟格拉西尼和盖利那样的人打交道，忙于写密信、印小册子一类的琐事，纠缠于党内同志间喋喋不休的纷争，还要对付奥地利密探的阴谋诡计。总之都是革命党人机械枯燥的日常工作，他已经感到厌倦了。在他的思想深处，一直都有大片的空虚，牛虻一死，无论什么工作，无论什么人都无法将其填补。

这时候，他好像听到有人在问他什么话，他抬起头，不明白还有什么事值得一谈。

"你说什么？"

"我说，当然由你去把消息告诉她。"

玛梯尼那木然的神情里恢复了生气，恢复了对人生的恐惧。

"我怎么告诉她？"他叫了起来，"这不是叫我拿刀子去捅她吗？啊，我怎么能告诉她？怎么能啊！"

他紧握住双手，遮住了眼睛，然后感觉到麦康尼在他身旁惊动起来。他抬起头，看见琼玛正站在门口。

"西塞尔，你听说了吗？"她说，"一切都完了。他们已经枪决了他。"

第七章

"让我们俯伏在上帝的神座前。"蒙泰尼里站在高大的祭坛前，周围簇拥着手下的教士和侍祭，他在念弥撒开始时唱的赞美诗，声音平稳而洪亮。此时的教堂明亮而多彩，人们穿着节日的盛装，柱子上悬挂着鲜艳的帷幕和花朵，处处是热闹的景象。大门口的开阔地带，高悬着巨大的紫红色帷帘，六月的骄阳从帷帘的皱褶间渗透进来，洒下斑驳的光辉，仿佛阳光下麦田里红罂粟的花瓣一样闪烁。各修道会的会友擎着蜡烛和火把，各教区来的教友扛着十字架和旌旗，照得大祭坛两侧幽暗的小祭坛一片光明。走廊两侧挂的是游行用的旗帜，金黄色的旗杆和金穗在拱门下闪烁着熠熠的光辉。彩色的窗户把唱诗班教士的白衣映衬得五颜六色，阳光照到内殿的地板上，闪耀着橘红色、紫色和绿色的方形光斑。祭坛后面悬挂着亮闪闪的银色帷幕，正是这幅帷幕及各种装饰和灯光映托出主教的形象。他身着拖地白色长袍，像一尊苏醒的大理石雕像。

按照节日游行的惯例，主教只需主持做弥撒，不必亲自参加典礼。因此，恕罪祷告做完以后，他就离开祭坛，慢慢朝主教的宝座走去。沿途的侍祭和教士纷纷向他鞠躬致敬。

一个教士对身旁另一个教士耳语："主教大人恐怕身体欠佳，

神态不大对劲。"

蒙泰尼里低下头，接受了镶着宝石的主教冠。由神父担任的副主祭替他戴上主教冠，朝他看了一会儿，然后向前轻声问道："主教大人，您不舒服？"

蒙泰尼里稍稍偏过头来，眼神似乎没有对此做出反应。

"主教大人，请原谅。"神父小声说着，屈膝行礼，然后回到自己位置上，暗自责怪自己打断了主教的祈祷。

仪式以人们熟悉的形式继续进行。蒙泰尼里笔挺挺地坐在那儿，默不作声。闪闪发亮的主教帽和金丝锦缎法衣与阳光交相辉映，白色长袍上浓密的皱褶拖在红色的地毯上。数百支蜡烛的光芒照耀在胸前的红宝石和那双深陷而沉静的眼睛上，红宝石反射出晶莹的火花，而眼睛却没有丝毫光泽。听到有人说"主教大人，请赐福吧"，他才俯下身子，对着香炉开始给众人祝福。钻石在阳光下闪烁着跃动的光彩，他可能想到了群山之上，彩虹高悬，银装素裹，飞雪漫舞，想到了那壮观而又可怕的景象。他张开双臂，断断续续地发出一阵阵不知是赐福还是诅咒的言语。

接着是奉献圣饼仪式。他走下宝座，跪在祭坛前，一举一动无不显得呆板，与往日截然不同。在他起身走回宝座时，坐在统领后面身穿节日制服的龙骑队少校对受过伤的队长小声说："毫无疑问，老主教的身子垮下来了，行动就像一部机器那样死板。"

队长小声回答说："他是自作自受！自从那该死的大赦令颁布以来，瞧他那神气，就像一块磨石压在我们脖子上。"

"不过，军事法庭的事，他到底还是让了步。"

"是啊，让步是让步了，可是磨了多少口舌，费了多少时间啊！咳，这天也太热了！这样去游行非中暑不可。可惜我们当不了主教，一路上还有华盖遮挡烈日……嘘！嘘！嘘！我叔父朝我们看了！"

菲拉里上校转过头来，狠狠地朝两个年轻军官瞪了一眼。昨天早上执行过严肃的任务之后，他的心境变得虔诚而肃穆，很想批评他们对他视为"国家的迫切需要"缺乏正确的认识。

接下来司仪开始把参加游行的群众聚集起来，排列成队。菲拉里上校从位子上站起来，向内殿栏杆那儿走，吩咐其他军官跟他一道。弥撒一做完，圣饼就放进了圣体龛子的水晶盖下，供游行使用。这时候，侍祭和教士们都退到法衣室更衣，教堂里随即有人叽叽喳喳地小声议论。蒙泰尼里依然坐在宝座上，纹丝不动，两眼直视前方。周围的人山人海从他脚下汹涌而过，又归于平静。有人把香炉递到他面前，他机械地抬起手，把香末撒进香炉，两眼仍旧目不转睛地盯住前方。

更衣的教士已经回来，在内殿等他下祭坛，可是，他依然没有动弹。副主祭躬身去取他的主教帽，胆战心惊地轻轻叫了他一声。

"主教大人！"

主教朝四周看了一眼。

"你说什么？"

"今天太阳很毒，您是否觉得这次游行不宜参加？"

"太阳毒有什么关系？"

蒙泰尼里口气冷冰冰的，但还不致失了分寸，因此，神父又以为是自己冒犯了他。

"主教大人，请原谅，我还以为您有点不舒服。"

蒙泰尼里没有理会，站了起来，停在宝座最高一级的台阶上，同样不失分寸地问道："那是什么？"

他那白袍的长摆拖下台阶，一手正指着白色锦缎上面一块火红的色斑。

"主教大人，那是阳光透过彩色窗户落在了缎子上。"

"太阳光？有那么红？"

他走下台阶跪到祭坛前，拿起香炉慢慢地前后反复摆动。递过香炉的时候，阳光透过彩色玻璃窗照射在他裸露的头顶上，照进他茫然抬起的双眼，也投射在被教士们牵起的白色袍裙上，留下一道猩红的光彩。

他从执事手中接过圣体龛子，站了起来。这时唱诗班爆发出高昂的歌声，风琴也高奏着胜利的乐曲。

> 赞美光荣的圣体，
> 赞美供饮的鲜血，
> 宽仁之怀献出的果实，
> 殷殷淌出的鲜血。①

执仪仗的众人缓慢地走上前来，撑起缎子华盖为他蔽日。执事们分列在他两侧，把他的袍裙向后拉直。当侍祭躬身把长袍从地上掀起时，开路的世俗会友手持点亮的蜡烛，分左右庄严地排成两列，沿着中殿向前走去。

主教头顶华盖站在祭坛旁，高于众人之上，仍然一动也不动，把圣体龛子稳稳地高高举起，望着人群从下面走过。人们两

---

① 这里和以下几段诗原文均为拉丁文。

两拿着蜡烛、徽记和火炬，还有十字架、神像和旗帜，缓缓走下内殿台阶，在宽敞的中殿里，沿着花环装饰的庭柱向外走，经过卷起猩红色帘子的大门，上了阳光炫目的大街。歌声逐渐消失，为滚滚而来的人声所淹没。中殿里的人群走了一批又来一批，脚步声和混乱的杂沓声此起彼伏。

　　教区会友们穿着白色尸衣，蒙着罩纱走过去了；接着走过的是悲信会会友，他们穿黑衣戴头罩，只有一双眼睛从面罩的小孔里露出来，闪烁着暗淡的光彩；然后是修士们，有的是身披灰黑色风兜的托钵修士，有的是身穿白色长袍、神态严肃的多明我会修士，行走的行列十分庄严；后面是教会任命的世俗官吏；接着是龙骑队、骑巡队和地方警官；后面走的是身着节日典礼服的统领及其同僚。在他们的身后跟着一位执事，高擎着一座巨大的十字架，左右各有一名侍祭，手里都捧着闪亮的蜡烛。待他们走到门口时，门帘早已高高悬起，好让他们出门。站在华盖下的蒙泰尼里一眼就看到了洒满阳光、地毯铺就的街道，看到了墙壁上悬挂的旗帜，还看到身穿白袍的孩子们在撒着玫瑰花。啊，玫瑰花，多么鲜红欲滴啊！

　　游行队伍排列有序，继续向前行进，一个方队接着一个方队，一种颜色接着一种颜色。穿白色法衣的侍祭严肃又得体地给身着华服和刺绣袍子的神父让位。一会儿过去的是高大精制的十字架，下面闪动着火红的烛光；一会儿过去的是大教堂神父，身穿雪白的外罩，显得威风凛凛。一名教士步出内殿，手持大主教十字杖，两边是熊熊燃烧的火炬。接着，侍祭们跨步向前，拿起香炉随着乐曲的节奏摆动。仪仗人员把华盖举得更高些，数着众人的脚步："一，二；一，二！"蒙泰尼里踏上了"受难者之路"①。

他走下内殿的台阶，穿过中殿，管风琴的声音洪亮而持久，如雷声轰鸣。他经过大门，看到那卷起的鲜红色门帘，红得让人害怕。接着，他走上阳光灿烂的街道，只见玫瑰花撒了满地，血红色的花朵已经干枯，被无数脚步践踏后，踩烂在猩红色的地毯上。蒙泰尼里在门口稍停了片刻，几个世俗官吏走上前来接替那些撑举华盖的人。接着队列继续前进。他手捧圣体龛子，随着游行队伍一道往前走。周围唱诗班的歌声一起一伏，与香炉的摆动和游行的脚步节奏合拍。

> 主使基督的肉体变成面包，
> 主使基督的鲜血变成红酒……

鲜血，鲜血，又是鲜血！地毯像一条血的河流伸展在眼前，玫瑰花撒落在地上，像鲜血溅在石头上。啊，上帝！你所创造的天，你所创造的地，难道都染上了鲜血吗？啊！万能的上帝啊——连你的嘴唇也染上了鲜血，这是什么意思呢！

> 让我们深深鞠躬，
> 让我们膜拜这伟大的圣餐。

他看看圣体龛子的水晶罩，从罩下的圣饼上渗出来、经镀

---

① 受难者之路（the Way of the Cross）：此处有双关意义，一方面指蒙泰尼里在耶稣受难像前祈祷；另一方面也指他自己踏上了受难之路。

金的圣龛四角滴落到长袍上的，是什么东西？他曾见过同样的东西，从一只举起的手上滴落，那又是什么？

院子里的青草被人踩成了红色，全是红色……那么多的鲜血。血从脸颊上滴下来，从打穿的右手上滴下来，从受伤的腰部喷出来，像热气腾腾的红流在涌动。甚至连一绺头发也为鲜血所染，湿漉漉的，粘在前额上……啊，那是弥留之际沁出的汗，是难熬的痛苦煎出的汗。

唱诗班的歌声飞扬，更加威武响亮。

> 赞美圣父和圣子，
> 赞美主拯救世界，
> 赞美主的光荣和权威，
> 赞美主的恩惠。

啊，再也忍不下去了！上帝高踞天堂那金铜色的宝座上，染了鲜血的嘴带着微笑，俯视人间的苦难与死亡，难道还不够吗？一定要增补这些充满嘲讽的赞美和祝福，才感到满足吗？基督啊，你为拯救人类而毁碎了肉体，为替人类赎罪而流尽了鲜血，这滋味难道还不够吗？

啊，对上帝叫得更响些吧，他可能睡得正香！

我心爱的人，你真的睡着了吗？真的要长眠不醒吗？我心爱的人啊，难道坟墓就那么珍惜它的胜利，树下那黑洞洞的深坑真就死死缠住你一点也不肯放松吗？

这时候，水晶罩下的圣饼答了腔，滴着血说："你自己做的选择，怎么也感到后悔呢？你的愿望还没满足吗？看看那些在光明中行走的人吧，他们身穿丝绸，金光闪闪，我正是为了他们才躺在黑暗的坑洞里；看看那些抛撒玫瑰花的孩子们，听听他们甜美的歌声，我正是为了他们才口含黄土，用自己心脏的鲜血浇红了那些花朵；看看那些跪下来的人，正在吮吸从你袍上流下的鲜血，这正是为了他们而流的鲜血，以解他们贪婪的饥渴。因为《圣经》上写着：'倘使有人为朋友而献身，这种爱是至高无上的。'"

"啊，亚瑟，亚瑟，还有更至高无上的爱！倘使有人牺牲了自己最心爱的人，这难道还不够伟大吗？"

圣饼又回答说："谁是你最心爱的人？其实不是我。"

蒙泰尼里还想说下去，可是话到嘴边就冻住了。唱诗班的歌声从他们身边飘过，犹如北风吹过池水，使一切都肃静下来。

> 献出那伟大的躯体，
> 献出那光荣的鲜血，
> 为了芸芸众生的渴饮，
> 任鲜血从血管里流尽。

基督徒们，喝吧，你们所有人，喝吧！难道不是你们的吗？正是为了你们，这血的红流浸染了草地；正是为了你们，这活生生的肉体撕碎了一地。吃吧，食人的人啊，吃吧，你们都吃吧！这是你们的盛宴，你们的佳肴，这是你们欢乐的节日！快来庆祝吧，加入游行队列，和我们一道前进。女人们，孩子们，年轻人，老人们，都来分享这躯体的佳肴吧！

啊，上帝，看看那沉闷的棕色堡垒！那破碎的城垛和幽暗的塔顶隐没在贫瘠的山间，正怒视着山下的游行队伍扬起漫天的尘土。升降闸门的铁齿紧咬在大门口中，整座堡垒就像一只蹲在山间守护猎物的猛兽。若不是铁闸关得这般严实，它早就被打破撕成碎片，院子里的坟墓也就要交出它埋葬的尸体。因为基督徒的队伍正全力向前行进，寻找他们血的圣餐，就像一群饥饿的老鼠奔向垃圾堆，高呼着"给我！给我！"却从不说"足够了"。

"你难道还不满意吗？我为这些人牺牲了自己，你为让他们生而选择了让我死。看吧，他们的队伍向同一个方向行进，永远不会溃散。这就是基督徒的军队，是你的上帝的信徒，数量庞大，坚不可摧。熊熊烈火围绕着他们，吞噬一切；他们向伊甸园奔去，身后留下的只有一片荒凉的旷野。没有什么能躲过他们的摧残。"

"噢，回来吧，亲爱的，回到我身边，我已经后悔了自己的选择！回来，让我们一起逃走，躲到一个黑暗寂静的坟墓里，叫那吞噬一切的队伍找不到我们。我们就这样躺在下面，依偎在彼此的怀抱里，沉睡，沉睡，沉睡。饥饿的基督徒只会在冷酷的白昼从我们头顶经过，他们饮血食肉的咆哮声在我们听来模糊难辨。让他们走他们的路，留我们在此安歇。"

圣饼继续回答："哪里有我的藏身之地？《圣经》上不是写得很明白吗？'他们一定要在城里四处搜寻，一定要翻墙走屋，像个窃贼一样越窗入室。'如果我的墓造在山顶上，他们难道不会刨开吗？如果我的墓筑在河床底，他们就不会挖出来吗？他们犹如嗜血的猎犬，热衷对猎物的捕捉。我这血淋淋的伤口，正好可以被他们吮吸。他们在高歌，你听不到吗？"

他们一路高歌往里走，穿过悬着猩红色帷帘的大教堂门口。

游行已经结束，所有的玫瑰都已散尽。

> 欢呼呀，那是圣母马利亚之子，
> 为了人类，甘赴十字之刑，
> 钉子刺穿他的躯体，任凭鲜血流淌。
> 经历死亡的考验，成为真正的圣体。

歌声渐渐停止，蒙泰尼里走进大门，穿过修士和教士寂静的队列，见他们都按照一定的位置跪在那里，个个擎着点燃的蜡烛，饥饿的目光死死盯住他手捧的圣体。他知道他们为何在他经过时低头致意，因为亚瑟的鲜血沿着他白袍的褶边淌了下来。他跨进教堂大门时，脚下便留有一道深深的血迹。

蒙泰尼里这时已进了中殿，走向内殿的栏杆，仪仗人员都停在那里。他步出华盖，跨上祭坛的台阶。身穿白袍的侍祭们手捧香炉，教士们举着火炬，分别跪在左右，一个个睁大眼睛，贪婪地盯着圣体。

他站在祭坛前，用沾满鲜血的双手高高举起那破碎的躯体，那是他心爱的人被害的尸体。这时候，要吃圣饼的客人们又唱起了另一首歌。

> 啊，神圣的主，
> 崇高的牺牲者，
> 我们心之抚慰，
> 我们永世的安乐！

啊，他们开始吃圣饼了。去吧，我心爱的人儿，接收你这惨淡的命运吧！为那些货真价实的饿狼把天门打开吧！为我打开的大门则是十八层地狱啊。

副主祭把圣器放在祭坛上，蒙泰尼里就地屈膝，跪在台阶上。高处的白色祭坛上，鲜血直往下淌，滴到了他的头上。唱诗班的歌声响起，沿着穹顶在拱廊下回荡。

> 三位一体的主宰，
> 使我们世代相传，
> 愿他的光荣永世长存，
> 永无止境。

"永无止境……永无止境！"噢，幸福的耶稣啊，能够沉挂在自己的十字架上！噢，幸福的耶稣啊，他可以说："苦难已经结束！"而这惨淡的命运永无止境，像星星在自己的轨道上永恒不息地运转，像不死的寄生虫，像永扑不灭的火球，"永无止境，永无止境啊"！

蒙泰尼里已疲惫不堪，但还是耐心地继续在余下的仪式中扮演自己的角色。仪式都是老一套，进行得无比机械，因为礼节对他来说已毫无意义。祝福结束后，他又跪在祭坛前，双手蒙住脸。一个教士在高声朗读免罪表，那声音忽高忽低，仿佛来自不属于他的世界里发出的模糊声响。

朗读一结束，他就站起来，伸出双手示意大家安静。已经往门口走的一些人赶忙回转，人群中响起一片杂乱的悄声议论。教堂里回荡着一声低语："主教大人要说话了。"

教士们诧异地向他靠近，其中一个急忙在他耳边小声说："主教大人，您是要对大家说话吗？"

　　蒙泰尼里没有作声，只是摆摆手叫他让开。教士们连连后退，交头接耳议论纷纷。这样做未免不符合惯例，可是主教有权选择怎么做。他一定是有特别重要的事对大家说，也许罗马方面有什么改革举措要宣布，或者是要传递圣父的特别旨谕。

　　蒙泰尼里站在祭坛的台阶上俯视众人。下面人山人海，一个个仰起头，满怀热切的期待看着他。他高高地站在众人之上，面色惨白，像一个静止的幽灵。

　　"嘘——嘘！安静！"游行的领队们轻声招呼大家，众人不再交头接耳，顿时安静下来，好像摇曳的枝头因狂风顿失忽然平静下来一样。大家屏息凝神，默默地看着祭坛台阶上的主教大人。蒙泰尼里从容不迫地说：《约翰福音》写道：'上帝爱世人，甚至将他的独生子赐给他们，叫一切信他的不致灭亡，反得永生。'

　　"耶稣为拯救你们而遭杀戮，今天是纪念受难者的圣体和鲜血的节日。纪念上帝的羔羊，因它清除了世间的罪恶；纪念上帝的爱子，因他为你们的罪孽而死。你们排着庄严的队伍聚集到此，要吃为你们牺牲受难的圣体，向他的大恩大惠表示谢忱。我知道，你们今天早晨来参加这次盛宴、分享圣体的时候，心中充满了欢乐，因为你们还记得圣子的受难，正是由于他牺牲了，你们才可以得救。

　　"但是，告诉我，你们当中有谁想到过另一种受难——圣父的受难？圣父让自己的儿子钉在十字架上，在天堂的宝座上俯视各各他①的时候，他心里的悲痛你们谁曾想到？

"今天，在我的同胞排着庄严的队列游行时，我注意到你们内心充满了喜悦，因为你们已经赎罪得救了。但是，我祈求你们思考一下，你们得救付出的是什么代价。这个代价比红宝石还要昂贵，那是血的代价。"

众人都听得不寒而栗，哆嗦不止。内殿的教士们低着头，相互窃窃私语。主教接着往下说，众人这才又安静下来。

"因此，我今天要向你们明白相告：正是我在蒙受圣父那种苦难。因为我看到你们的怯弱和悲苦，看到你们膝下的孩子，为他们都不得不死而感到难过。我看到我那心爱的儿子的眼睛，看到他身上赎罪的鲜血。我竟弃之不顾，让他遭受悲惨的命运。

"这就是赎罪。他为你们而死，自己却被黑暗吞没。他死了，可是不能复活；他死了，我也就没了儿子。啊，我的儿子，我的儿子！"

主教的声音拉得越来越长，像是漫长的哭泣。听众大惊失色，啧啧惊叹，倒与主教的哭泣声相互呼应。教士们全都站了起来，副主祭上前拉着主教的胳膊。可是，主教把他们一一挡开，对他们怒目而视，眼神像愤怒的野兽一样恶毒。

"干什么！血难道还不够吗？你们这些豺狼，等着吧，到时候一定把你们都喂饱！"

他们吓得赶忙离开，颤巍巍的身子缩成一团，大口喘着粗气，脸色像粉笔一样白得怕人。蒙泰尼里再次面对听众，他们在

---

① 各各他（Calvary）：在耶路撒冷城外，耶稣被钉死在十字架上时所处的地方。

他面前惊得左右摇晃，仿佛狂风来临，田畴的谷苗被吹得东倒西歪一样。

"是你们杀了他！是你们杀了他！而受苦的是我，因为我不想让你们去死。现在，你们来到我身边，说些言不由衷的赞美话，做着不干净的祷告，我已经后悔了，悔不该这么做！你们全都应该在你们的罪孽中腐烂，陷入无底的污秽的地狱，而他应该活下来，这岂不更好些！你们这些灵魂染上瘟疫的人，有什么价值？要为你们付出如此沉痛的代价，怎么值得？可是现在后悔已晚，太晚了！我大声呼喊，他听不见；我叩响坟墓的门，他不能苏醒；我独自站在荒凉的旷野，这个世界已空无一物，大地埋葬了我心爱的人，沾染了他的鲜血，天空是一片可怕的虚无。我已经把他献出去了，献给了你们。啊，你们这些毒蛇的子孙！

"既然这个圣体属于你们，就拿去吧！我把它扔给你们，就像把一块骨头扔给一群狂吠的野狗！这是一顿美餐，代价已经付过，来吧，尽情享用吧！你们这群豺狼、吸血鬼、以腐肉为生的野兽！你们看，祭坛上的鲜血正往下流，泛着泡沫，热气腾腾，那是我儿子流的血，为你们而流的血呀！快喝，快舔，让鲜血染红你们一身吧！还有肉，快抢吧，拼命吃吧，别再来打扰我了！这是献给你们的躯体，瞧，它已撕得七零八落，鲜血还在流淌，还带着煎熬的生命在颤动，还带着弥留之际的剧痛在哆嗦。快拿去吃吧，基督徒们！"

他将手中的圣体龛子高举过头，嘭咚一声往地上砸去。教士们听到金属撞击石头的清脆响声，一齐拥上前，二十只手把那个疯子紧紧逮住。

就在这时，原本鸦雀无声的人群突然爆发出一阵狂呼尖叫。他们打翻了椅子，踢倒了凳子，在一片混乱中拉扯着门帘和花环，互相践踏着往大门口拥去。汹涌澎湃、呼天抢地的人群像潮水一般涌向了大街。

尾声

"琼玛，楼下有人找你。"玛梯尼压低嗓门说。近十天来，他俩都无意识地用这种声调说话，语言和动作迟缓而呆板，这是他们唯一可以表达内心悲痛的方式。

琼玛卷着袖子，腰系围裙，正站在桌旁把子弹一袋一袋装起来，准备分发下去。从早晨一直到烈日炎炎的下午，她一刻也没有停过。因为疲倦，她的脸色显得很憔悴。

"有人找我？什么事啊？"

"我不知道，亲爱的，他不肯告诉我，一定要单独跟你谈。"

"那好吧，"她解下围裙，放下袖子，"我还是去见见他，不过可能是个暗探。"

"总之我就在隔壁房间，随时能叫我。把来人打发走以后，你最好去躺会儿。今天已经站了那么长时间。"

"啊，不！工作可不能停下来。"

她慢慢往楼下走，玛梯尼不声不响地跟在后面。没几天工夫，她的模样像是老了十岁，头上的白发原先只有几绺，现在已经变成一大片了。成天两眼低垂，偶尔抬起头来，那目光隐含着一种恐惧的神色，叫人看了瑟瑟发抖。

小客厅中间笔挺挺地站着一个粗汉子，见琼玛进来，一抬头的眼神中露出担惊受怕的样子。从他的形象看，琼玛断定他是瑞士卫队的一名士兵。他穿着显然不是自己的乡下衣衫，一双眼睛左顾右盼，仿佛担心有人在跟踪他。

"你会说德语吗？"他操着浓重的苏黎世方言问。

"能稍说几句。听说你找我。"

"你是波拉太太吧？我这儿有一封信给你。"

"一封……信？"她身子开始颤抖，赶忙用手扶住桌子，稳住自己。

"我是那边的一个卫兵，"那人说着指了指矗立在山头的那座堡垒，"这封信是……上礼拜被枪决那个人写的。他是在头一天晚上写的。我答应他亲自把信交到你手里。"

琼玛垂下了头。他到底还是给她写了信。

"之所以拖了这么长时间才送来，"士兵接着说，"是因为他再三叮嘱，信一定要交给你本人。前几天我一直脱不了身，他们对我监视很严。我好不容易借了这身衣服才跑到这儿来。"

说着，他伸手探进衬衣，在胸前摸索。天气很热，掏出的那张纸叠了起来，又脏又皱，湿乎乎的。他站在那里不安地换着脚，又举起一只手搔他的后脑勺。

"这事儿你可别向外张扬，"他怯生生地开口说，不信任地对她看了一眼，"我到这儿来是冒着生命危险的啊。"

"我当然不会走漏半点风声。别走，等会儿……"

他转身正要走，琼玛把他叫住，开始摸钱包。可是那人连连后退，似乎受到了冒犯。

"我不要你的钱，"他粗声粗气地说，"我是为了他，是他托付我的。我本该为他多做些事情的。他对我很好……上帝保佑我啊！"

他说话有些哽咽，琼玛抬头看看，只见他用油腻腻的袖子慢慢擦了擦眼泪。

"我们没有法子才开了枪，"他压着嗓子说，"是我和我同伴们开的枪，一个当兵的不能不服从命令。我们把枪放偏了，只好重放。他大声取笑我们，还说我们蹩脚……他对我真好……"

客厅陷入沉默。过了一会儿，他挺直身子，笨手笨脚地敬了个军礼便走了。

琼玛手里拿着信，默默地站了一会儿，然后在敞开的窗户旁边坐下来读信。信是用铅笔写的，字都挤在一起，有些地方看不太清。不过，信的开头几个字写得非常清晰，是用英语写的。

　　亲爱的琼，

信中的字迹忽然变得模糊不清。她又一次失去了他，又一次啊！这熟悉的孩提时代的称呼真叫人难过，她又一次陷入了丧失亲人的那种绝望之痛。她哀痛到不知所措，茫然地伸出双手，仿佛压在他身上的那些泥土正压着她的心。

过了一会儿，她拿起信，继续往下看。

　　明天一早太阳升起的时候，我就要被枪决了。我曾对你说过，要把一切都告诉你，如果我说话算数，现在就该履行自己的诺言了。不过，你我之间其实没有过多解释的必要，因为我们向来不用多话就能相互理解，甚至在孩提时代就是这样。

亲爱的，你无须为很久以前打了我一记耳光而难过。那样的打击对我来说固然沉重，但是，类似的沉重打击我已受过多次，而且都挺过来了，有几次还给以回击。现在，我仍然像我们小时候看的书（书名想不起来了）里讲的鲭鱼一样，"活蹦乱跳的"！尽管，我只能跳最后一次了。明天一早就要"剧终了"，你我倒不妨说成是"杂耍收场了"。我们应该鸣谢众神，起码还对我们发了慈悲。虽然为数不多，但毕竟是一种慈悲。对这点慈悲以及其他一切恩惠，我们都要表示衷心的感谢！

同样，对于明天早上的事，我希望你和玛梯尼都要理解，命运之神为我安排这样的结局，我感到心满意足，不能再提其他更好的要求。请把我这个意思转告玛梯尼，算是一个口信吧。他是一个好人，好同志，一定会理解的。你瞧，亲爱的，那帮身陷泥淖的家伙，迫不及待地要秘密审讯、秘密处决我，不仅使他们自己处于被动地位，还给了我们一个有利的转机。我相信，如果留下来的同志紧密团结，猛烈地予以打击，必定会大有作为。至于我，我会像一个放假回家的孩子那样，怀着轻松的心情走进院子。我已经完成了自己的本职工作，他们对我判处死刑，恰恰证明我完全尽了责任。他们杀我，是因为怕我。一个人活到这分上，还能再奢求什么呢？

不过，我确实还有一桩心愿。一个人临死的时候有权利想想个人的心事。希望你能理解，我为什么一直对你那么粗暴，又对旧日的怨恨耿耿于怀。当然，你一定是理解的。现在，我还要再啰唆几句，只是乐于把它写出来而已。琼玛，在你还是一个难看的小姑娘时，我就爱你。那时候你穿着方格花布连衣裙，系着一块皱巴巴的围脖，还扎着一条小辫子拖在背后。现在我仍然爱你。那一天，我吻了你的手，当时你很可怜我，央求我"以后别这样"，还记得吗？我知道，玩这种小把戏不够磊落，但请你一定要原谅我。我在这封信上写到你名字的地方也吻过。因此，我已经吻了你两次，两次都没有得到你的同意。

这就是我要说的。别了，亲爱的。

信的下面没有署名，而是附上了一首小诗，那是他们小时候在一起背诵过的。

无论我活着，
或者是死亡，
我永远都是，
快乐的牛虻。

半个小时后，玛梯尼走了进来。他活了半辈子都沉默寡言，现在突然惊醒过来。他急忙扔下手中那张布告，把她紧紧搂住。

"琼玛！这是怎么回事，我的天啊！怎么哭成了这样，你从来就不曾哭过呀！琼玛！我亲爱的，琼玛！"

"没什么，西塞尔。以后再告诉你，现在我说不下去。"

她急忙把沾满泪水的信放进口袋里，站起身靠到窗边，以免叫他看见自己的脸。玛梯尼紧咬着胡子，忍住不说话。这么多年过去了，如今他竟像个学生一样流露了自己隐藏的感情，而她根本就没有在意！

"大教堂的丧钟响了，"片刻后她恢复了平静，回过头说，"一定是死了什么人。"

"我正是为此来告诉你的。"玛梯尼用平常的口气说。他从地上拾起那张布告，递给了她。那是一份匆忙赶印出来的镶着黑边的讣告，用大号字体写着："我们敬爱的红衣大主教罗伦梭·蒙泰尼里大人，因心脏破裂症突发，在拉文纳不幸逝世。"

琼玛看过讣告，很快抬起头来，玛梯尼从眼神中领会了她的意思，耸了耸肩回答说："太太，心脏破裂症是最好的托词，否则还能怎么说呢？"